江上 剛

銀行支店長、泣く

実業之日本社

実業之日本社文庫

銀行支店長、泣く／目次

主要登場人物

＜うなばら銀行関連＞
貞務定男　浜田山支店支店長
柏木雪乃　浜田山支店行員、貞務の相棒
木下勇次　情報会社社長、貞務の協力者
藤堂三郎　勇次の相棒、元マル暴刑事

神崎進介　不審死を遂げた浜田山支店行員
金田　聡　浜田山支店副支店長
大村健一　前浜田山支店長、現検査部
桜田洋子　浜田山支店パート行員
沢上良夫　専務
久木原善彦　頭取、貞務の同期

大村幸治　うなばら不動産会長秘書、健一の父
影浦道三　うなばら不動産会長兼社長
鈴野　彰　うなばら不動産相談役、元うなばら銀行会長

＜JT－1投資関連＞
榊原聖仁　癌抑制物質JT－1の世界的研究医
榊原十三枝　聖仁の養母
当麻純之助　東都大医学博士、聖仁の指導者
溝口勇平　光鷹製薬副社長
桜田　毅　投資ファンド経営者、洋子の夫
茶谷俊朗　投資コンサルタント経営、元さわらぎ園職員

プロローグ

早朝、うなばら銀行浜田山《はまだやま》支店副支店長の金田聡《かねださとし》は、支店で明かりのスイッチを入れた。瞬く間に支店内が真昼のような明るさになった。

空気がシンとしている。今年は暖冬と言われて、二月になっても外気は十度近くある。支店内はひんやりと冷たく、外気よりも温度が低い。

まだ行員たちは誰も出勤していない。金田は、誰もいない早朝の支店内の空気に幸せを感じる。一日が、今から始まるという、緊張感に満ちているからだ。机も椅子も、壁に貼られたポスターも、ＡＴＭも、なにもかもが、「ゴー！」という指示を待っている。この緊張感がなにものにも代えがたく好きなのだ。

もうすぐ行員たちが出勤してくる。そうなれば人いきれで温度が上昇するだろう。ほんのつかの間の喜びだ。しかし他の行員たちにとっては迷惑なことだ。支店の幹部である副支店長が早く出勤してくると、行員たちも出勤を早くしなければならないからだ。

支店長の大村健一《おおむらけんいち》からもたびたび注意される。「今は、働き方改革の時代なんだよ。もう少しゆっくり出勤しなさい。みんなが迷惑するんだ」と言われても、「お気になさらずに。私が早く出勤するからといって、みんなにはそうしなくていいと言ってあります」とやんわりと拒否する。

その効果があったのか、いつのまにか金田の早朝出勤は黙認され、誰も気にしなくなった。

金田は、副支店長の席に座って営業室を見渡す。

「もうすぐこの店も終わりなんだなぁ」

ふと呟《つぶや》きが漏れる。

浜田山支店は、近々改築されることになっている。建物は築五十年以上も経過し、古くなったことと、ＡＩ時代に対応するためだ。

現在の建物は、客のためのスペースが狭い。バックヤードと言われる行員たちが働くスペースがその倍ほどもある。

大きな金庫が背後に控え、伝票処理、書類整理、現金保管など様々な業務のためにどうしても行員やパートたちの人数が多くなり、バックヤードを広く確保せざるをえないからだ。

しかし今や、伝票処理も書類整理も、多くの事務がすべてコンピューター処理されることになった。支店で書類や伝票を保管することもない。現物はすべて本部の事務センターで保管され、データはサーバーに蓄積される。必要な時に端末を操作すれば、液晶画面に表示される。

　今まで事務処理に使用していたバックヤードを狭くして、客用のスペースを広くするのだ。そして客も選別する。ＡＴＭだけ利用するような、または振り込みだけの客は極力排除し、投資信託、株式投資、保険、投資用不動産購入ローンなどの資産運用客を相手にすることになる。

　一言で言って、貧乏人はさようなら、なのだ。

　それでいいのかと金田は思う。大学卒業後、うなばら銀行に勤務して二十九年、現在五十一歳だ。その間、たいして出世もせず、支店を転々としてきた。出世とは無縁だったが、自負はある。それはいつも客の側に立ったサービスを手掛けようとしてきたことだ。客に貧乏人や金持ちの区別はない。お年玉を握りしめて支店に駆け込んでくる子どもも大切な客だ。しかし今や銀行は客を区別し、金持ちだけを相手にしようとしている。

　支店を減らし、雑多な用事は客のスマートフォンのアプリケーションで処理させる。さらに今後はローンや融資の審査、資産の運用や窓口業務にＡＩを活用して、行員という生身の人間と客との接点をなくそうとしている。

　そのうち人々は「銀行って不要ね。スマホがあればいいじゃないの」と口にするようになるだろう。これで銀行の未来はあるのだろうか？　人々から必要とされなくなる業種になれば、銀行業そのものは消えてしまい、スマホを活用したインターネットの会社に代替されてしまう可能性もある。

役割を見失い、人々から相手にされなくなるみじめな銀行の姿をできれば見たくないが、そうなりそうだ。定年は六十歳だが、そろそろ他社への転籍の声がかかる年齢になっているからだ。

同期の大半は銀行を離れ、他社へ転じた。関係会社への天下りは最近は渋くなっている。人事部で斡旋《あっせん》はしてくれるが、自力でも探さねばならない。自分を評価してくれるところならどこへでも行こう、金田は密《ひそ》かにそう決意していた。

「さて、金庫から書類をだすかな」

金田は、よっこらしょと自らに声をかけ、椅子から離れた。

金庫は金田の背後の少し離れたところにある。その中には、日中の営業で使う書類などを収めたケースなどが収納されている。それを取り出して、昨日、処理できなかった書類を片付けようと思った。

金田は金庫の前にきた。扉は金田の背丈より大きい。重厚な鋼鉄製だ。中は広い。廃店になった支店の金庫をカフェに利用しているところがあるが、ここもいずれそうした利用ができそうだ。鍵を鍵穴に挿入し、左に回す。その後、丸いハンドルを力を込めて左にぐるっと回転させれば、鍵が外れ、扉が開く。耐火のための重厚な扉を開く時、金田は緊張と興奮を味わう。この扉の重みが、銀行としての責任の重みだ。

「ん？」

鍵を鍵穴に差し込み、左に回したが、鍵が外れる音がしない。軽い。抵抗がない。鍵が外れたまま？　まさか？　心臓の鼓動がわずかに速くなる。鍵をかけ忘れて退出したのか。忘れたはずはない。自分が休みの日以外は金庫施錠はこの手でやっている。否、たまに他の者に任せることがある。昨日もそうだっただろうか。不安を覚えながらハンドルを回す。やはり軽い。いつもなら力を入れなければ回せない。それがくるくると回る。

「鍵がかかっていない？」

いよいよ動悸《どうき》がする。施錠忘れなどという初歩的なミスなど起きたことがない。支店長への報告、検査部への報告、原因追及……。

鋼鉄製の扉がゆっくりと開いた。中には現金や小切手の他に契約書などの重要書類が保管されている。まさか盗まれているようなことはないだろう。そんなことになれば大変なことになる。

金田は慎重な足取りで金庫内に入った。その瞬間に「ウワーッ」と自分の声に驚くほどの悲鳴を上げて、その場にへたり込んだ。

瞼《まぶた》が一生、開いたままになるのではないかと思うほど、目を瞠《みは》り、目の前の異様な光景を見上げた。

金庫内の内扉の鉄格子にぶら下がっていたのは人だ。首にはロープが巻き付き、うっ血による黒ずんだ顔で金田を見つめている。

「神崎《かんざき》！」

金田は叫んだ。

第一章　転勤

1

　貞務定男《さだむさだお》は支店長席からぼんやりとロビーを眺めていた。客は少ない。振り込み専用窓口に一人、投資信託などの運用相談窓口に一人いるだけだ。相談に対応しているのは、柏木雪乃《かしわぎゆきの》だ。彼女は、女番長の異名を持っているが、貞務が最も信頼する部下である。どんな言いにくいことでも言ってくれる。リーダーにとってこんなうれしいことはない。

「忠言は耳に逆らえども行いに利あり」というが、その通りだと思う。

　今日は、今から本店に行き、頭取の久木原善彦《くきはらよしひこ》に会わねばならない。久木原は貞務の同期入行組だが、現在は頭取だ。T支店という都心とも言えない、いわば場末の支店を任されている貞務とは段違いの出世ぶりだ。

　貞務は、現在五十七歳。大学を卒業して三十五年もうならば銀行に勤務している。同期は、大半、出向か転籍し、銀行を離れている。

貞務もそろそろそんな時期だと考えているのだが、久木原が承知しない。それは貞務が久木原やうなばら銀行を襲う幾多の危機を解決してきた実績があるからだ。貞務のことを、まるで守り神のように思っているからだろう。

「ちょっと本店に出かけてくる。頭取に呼ばれているんだ」

副支店長の丸岡才一《まるおかさいいち》に伝える。

「おっとぅ、それは大変ですね。今度の人事で役員昇格ですかね」

丸岡は調子よく言う。副支店長として先月に赴任してきた。なかなか有能なのだが、すこしヨイショが過ぎるところが難点だ。

「そんなことはありえません」

「でも、お噂《うわさ》では頭取のご信頼が厚いとか」

丸岡は、過去の事件のことは全く知らない。ただし貞務が久木原に頼られているということだけは知っているのだ。頭取につながる支店長につかえていれば、なにか余禄《よろく》があるかもしれないと考えているのだろう。

「出向を命ずってことじゃないですか」

貞務がきっぱりと言った。

「出向ですか。残念ですね」

丸岡はさも残念そうに言う。

「後任に君を推薦しておきますかね」

「えっ、本当ですか」

丸岡の目が輝く。

「本当です」

「よろしくお願いします」

丸岡が九十度に腰を折った。貞務の出向を残念がっていたのが、まるで嘘《うそ》のような態度だ。

支店を出ようとすると「支店長」と呼び止められた。

雪乃だ。

「なに？　柏木君？」

「あちらです」

雪乃が、カウンターから支店の入り口を指さした。

そこには二人の男が立っていた。貞務の盟友、木下勇次《きのしたゆうじ》と藤堂三郎《とうどうさぶろう》だ。

勇次は、元総会屋。今は情報会社社長だ。藤堂は、元警視庁刑事。勇次を逮捕したことがあるが、その際に勇次の心意気に惚《ほ》れて、退職後一緒に働き始めた。

貞務は、総務部に勤務していた頃に勇次と知り合い、それから親しく付き合っている。

貞務が危機を乗り越えるのに勇次と藤堂のコンビがどれだけ重要な役割を果たしてくれ

たか、分からない。

「おやおや勇次さんと藤堂さん、ご無沙汰です」

貞務はにこやかに二人に近づいていく。

「貞務さんの顔を見たくてね。もうそろそろ仕事が終わるだろうから、一杯、飲まないか」

藤堂が指で杯の形を作って、口元に持っていった。

「申し訳ありません。今から本店に行かねばならないんです。頭取からの呼び出しです」

貞務が渋い顔をする。

「頭取って、久木原だろう?」勇次が眉根を寄せる。「またろくでもないことに巻き込まれるんじゃないか」

「そんなことはないと思いますが」

貞務は苦笑いを浮かべた。

「それじゃあ、用が済んだらラインで連絡してくれよ。この辺で飲んでいるからさ」

藤堂が、ちらりと雪乃に視線を送る。

雪乃がウインクをして、指でOKマークを作って、藤堂に見せた。

「以心伝心とはこのことですね。分かりました。連絡を入れます」

貞務は藤堂に言った。

「では、なにごともないことを祈っているよ」

勇次は厳しい表情を浮かべた。勇次の鋭い勘は、貞務を覆う暗雲を感じ取っているのかもしれない。

2

「私に、浜田山支店をやれって言うのか」

貞務は頭取室で久木原と向かい合っていた。部屋の中には二人の他に誰もいない。頭取の久木原にため口をきくのは貞務だけだ。同期のよしみで敬語抜きの付き合いだ。

「頼む」

久木原が頭を下げた。

「よしてくれよ。頭取に頭を下げられても困る。命令とあれば、所詮、宮仕えの身、どこへでも行くしかない。それにしても浜田山とはね。今のT支店は中小企業と個人客混在だが、浜田山は明らかに個人客の店舗だね。私のような老いぼれた支店長が行く店ではないんじゃないか。能力の高い女性の方が適任だろう」

「貞務、お前の力を借りたい事態なんだ」

久木原の眉間の皺《しわ》が一段と深くなった。

「やっぱりな……」

いつもは表情を変えない貞務がにやりとした。「なにかあると思ったよ。いい加減にしてくれよな」

「怒るのは承知だ。困った時の貞務頼みとは、私も正直に言って情けない。他に人材はいないのかとね」

「その通りだ。うなばら銀行にどれだけの人材がいると思うんだ。それなのに俺のようなロートルに頼るなんて……」

「しかし、この事態を収められるのは貞務しかいない」

久木原は乞うような目で貞務を見つめた。

貞務は、しばらく無言だった。

「分かった。話を聞こうじゃないか」

貞務の返事に、久木原の顔が一変し、笑みがこぼれた。

「浜田山を、我が行にとっての戦略的店舗にしようと考えている。あの地域は裕福な個人が多い。そうしたお客に対する特別な支店を作るつもりなんだ」

現在、どの銀行も支店を減らしている。経営を効率化させたいからだ。客はネットで用が足りる時代となり、目抜き通りに支店を構えても来店する客が少なくなった。

そんな支店不要の時代に、富裕層相手とは言え、特別な支店を作るとは、久木原も思い切った戦略の採用を決断したものだ。

「そんな上品な支店に行くのか？」

貞務の疑問に久木原が首を振った。

「そうじゃないのか」

「申し訳ないが、そういうことで貞務に頼むんじゃない。実は……」

言葉を選びながら、久木原は貞務を浜田山支店長に選んだ理由を説明した。

二月四日の早朝、浜田山支店に於《お》いて金庫内で首を吊《つ》って死んでいる神崎進介《しんすけ》という行員が発見された。発見したのは、副支店長だ。

その事件のことは貞務の耳に入っていない。通常、新聞などを賑《にぎ》わす事件でもない限り、他店の不祥事の情報は拡散しない。銀行の隠蔽《いんぺい》体質健在なり、ということか。

「行員は自殺したのか？」

「警察は、自殺と見ているようだが、まだはっきりしていない。問題は、支店内だ」

「どういうことだ」

「疑心暗鬼が渦巻いているんだ。自殺だ、いやそうじゃない殺されたんだ。殺したのはあいつだ。いや別のあいつだ……。もうどうしようもない。支店長は当事者能力を失ってしまった。彼が、殺人犯とまで言われたのだからだな」

現浜田山支店長は、大村健一。久木原の話では四十歳で、なかなかのやり手らしい。

「支店長が殺人犯とは、かなりのものだな」

「本人は否定しているんだが、パワハラもあったようだ」

「検査部は調査したのか?」

「ああ、検査部、人事部が合同で行員たちをヒヤリングした。死の真相を調査する目的が主だが、ヒヤリングすることで行員たちの気持ちを落ち着かせようと思っての措置だ。ところがそれまで全く問題のない業績順調な支店だと思われていたのだが、不満が抑えきれないほど噴出したんだ。いっそのこと支店全員を別の部署に異動させようとまで考えたのだが、新しい支店を作る準備もあるので、そうもいかない。それで行員たちの気持ちを一つにしてもらいたいということで、貞務が適任と考えたわけだ」

「行員たちの心を一つにして、新しい支店作りに意欲を持たせればいいということか」

「そうだ、そうだよ」

久木原は、まるで自分が納得するかのように声を弾ませた。

「分かった。引き受ける」

「そうか、ありがとう。やっぱり貞務だ。頼れる男だ」

それまでの暗い顔から、相好を崩した。

「それにしても久木原、お前は徳のない頭取だな。唐の太宗《たいそう》の政治を記した『貞観政《じょうがんせい》要《よう》』に『水旱《すいかん》、調わざるは、皆、人君の徳を失うが為《ため》なり』という言葉がある。歴代の天皇陛下は災害が起きるたびにご自身の心を痛められているとお聞きする。お前はそれだけの自覚があるのか」

貞務は、ぐっと久木原を睨《にら》みつけた。

「言う通りだ。私には、徳がない。そのマイナスを貞務、お前が埋めてくれよ。頼む」

久木原は両手を合わさんばかりだ。

相変わらず調子のいい奴《やつ》だ。しかし、どうしようもない。自分が手伝うしかないのか。

これも同期の腐れ縁だ。

「条件がある」

貞務が言った。

「なんでも受ける」

久木原が答えた。

「柏木雪乃を連れていく。いいか」

貞務は、T支店の雪乃を一緒に転勤させるように要望した。

「柏木雪乃っていうのは、あの女番長か？」

久木原も、今まで経験した危機における雪乃の活躍を十分に承知している。

「そうだ。あの雪乃だ」

「分かった。同時に転勤させる」

久木原はほっとしたような表情を浮かべた。

3

二月十四日に貞務と雪乃は浜田山支店への転勤発令を受けた。バタバタと急ぎ後任者への引き継ぎを完了した。二月二十五日に赴任する。

二十四日の夜、貞務は、T町の居酒屋にいた。そこには勇次と藤堂、そして雪乃もいた。

「支店長、本当に私も一緒に行くんですか？」

雪乃が言った。

「引き継ぎも終わったのに嫌かね？」

貞務が無表情に答えた。

「嫌じゃないですが」雪乃は、好物の厚焼き玉子を口に入れた。「なんだか支店長と一緒だなんておかしくありません？」

「愛人かなにかと間違えられるとか」

藤堂がからかうように言った。

「そうだな。同じ支店から支店長と女子行員が、同じ支店へと転勤するのは、あまり聞いたことがないなあ」

勇次まで微妙なニュアンスで疑問を口にする。手には、大吟醸「黒龍《こくりゅう》」がなみなみと注がれたグラスを持っている。

「そんなにおかしいですか？」

貞務は小首を傾《かし》げた。

「おかしいってことはないですけど、支店長は私になにを期待して一緒に異動させてほしいって頭取に頼んだのですか」

「説明を求められると困るが、なんとなくだね」

「なんとなく？　それは失礼です」

雪乃は、厚焼き玉子をもう一切れ、口に入れた。

「孫子《そんし》は、『敵の情を知らざる者は、不仁《ふじん》の至りなり』と言っています」

貞務は、信奉する孫子の兵法の用間篇の言葉を引用した。

要するに敵のことを知らないで戦いをするような者は、役立たずだという意味だ。

「支店長は、私にスパイになれというんですか？」

雪乃が少し憤慨する。

「それほどの意味はないんだが、どうも行員の死が自殺か、他殺か判然としないんだ。

他殺なら大変なことだ。頭取の話だと、相当に混乱しているらしい。私は支店長だから、どうしても上の立場で、実情がつかみにくい。その点、柏木君なら、私以上にいろいろなことが分かるのではないかと思ったんだ」

「信頼されているんだよ」

勇次がにんまりとした。

「喜んだらいいじゃないのさ」

藤堂が言う。手には、焼酎「伊佐美《いさみ》」のお湯割りを持っている。

「支店長に信頼されているというのは嬉《うれ》しいですが、初めての転勤なので……」

雪乃が不安そうな表情になる。

「ははは、矢でも鉄砲でも持ってこいっていう雪乃ちゃんがビビっているぞ」

藤堂がはやし立てる。

「ビビってなんかいませんよ」

雪乃が口を尖《とが》らせる。

「まあ、なにが待っているのか分からんが、柏木君、よろしくお願いします。事態は急を要しています」

貞務は頭を下げた。

貞務はウーロン茶をひと息に飲みほした。

うなばら銀行浜田山支店は、京王井《けいおうい》の頭《かしら》線の浜田山駅前から井の頭通りに向かう商店街にある。

4

井の頭線は、渋谷《しぶや》駅と吉祥寺《きちじょうじ》駅を結ぶ十二・七キロの比較的短い路線だ。井の頭線は、JRや東京メトロ銀座《ぎんざ》線などのホームと離れており、ちょっとした仲間外れ感が否めない。しかしそれが逆に希少価値とでも言おうか、高級路線のイメージを保つことになっている。

特に浜田山周辺の永福町《えいふくちょう》、高井戸《たかいど》、久我山《くがやま》駅周辺には豪邸も多く立ち並んでいる。井の頭通り沿いには、世界のほぼすべての高級車ディーラーの店舗が並んでいる。世にラーメン通り、すし屋通りというのはあるが、高級車ディーラー通りというのは珍しいのではないだろうか。

日本のトヨタ・レクサスは勿論《もちろん》のこと、ドイツ・ポルシェ、ドイツ・BMW、イタリア・マセラティ、スウェーデン・ボルボなどなどの高級車ディーラーを眺めていると、久木原が、浜田山支店を富裕層向けの支店に変えようとしている意図が貞務にも理解できた気がした。

今の金融界は、日銀のマイナス金利政策の煽《あお》りを食って全く収益が上がらない。メガバンクの一角を占めているとは言え、うなばら銀行も同様だ。そこで証券会社との提携を深め、富裕層向けの運用商品の販売を強化している。傘下の証券会社社員と銀行員を一緒に客のところに訪問させ、運用商品をセールスする。傘下に証券会社を持たない地銀は、負けじと大手証券会社などとの提携を強化している。

しかし貞務はそうした久木原の意図に批判的だ。

「そんなに金持ちの懐ばかり狙う営業をやるのが銀行なのか」

貞務は、展示してある高級車マセラティの三千万円という価格を見つめて、ため息をついた。

既に貞務は、二月二十二日に浜田山支店の営業エリアを自分の足で歩いた。これは貞務が赴任前に自らに義務付けていることだ。

支店は、自分の城である。最近の銀行の支店は、すべてを支店長に任せず、支店長は単に預金などの事務を管理する課長並みになっているところも多い。営業は本部が担当し、支店長には人事権もない。いわば名ばかり支店長なのだ。

しかし幸いにも貞務は一国一城の主《あるじ》の扱いである。今の時代では、特別な計らいであると感謝しなければならないのだろう。その意味でも貞務は、「守り、かつ攻める」ために、赴任前に営業エリアの確認を怠らない。

孫子は、地形には「通」《つうずる》「挂」《さまたぐる》など六種類あると言った。

たとえば「通」は「戦えば、則《すなわ》ち利あり」な地形。「挂」は、「返り難くして不利」な地形。撤退が困難であり、攻めるのに慎重でなければならない。

さてこの浜田山支店の地形はなんであろうか、と考える。

孫子は、地形と言ったが、戦う側が置かれている状況と言っていいだろう。いったいどんな状況なのか。一見すると、平和で穏やかな高級から中級の住宅街である。毎日、なにごとも起こらないような支店で行員が謎の死を遂げた。その死は自殺とも他殺ともまだ判明していない。貞務に久木原から与えられた任務は、行員から疑心暗鬼を取り除き、融和を図り、新しい支店作りに向かわせるということだ。

本日二月二十五日。着任後、ただちに行員と話し、彼らの考えや不安などを聞かねばならない。

「あえて言えば『支』《わかるる》か」

貞務は、浜田山支店の前で呟く。

「支」とは「我れ出でて不利、彼れも出でて不利」な地形。敵も味方も攻めるに不利であり、こうした地形では、敵の誘いに乗らず、一旦、撤退し、敵を誘い出し、反撃すれば勝利を収められる可能性がある。

「むやみに攻め急がず、敵を誘い出すことにするか」

貞務は、隣に立つ雪乃を見つめた。

「なにをぶつぶつ言っているんですか？　支店長、さっさと行きますよ」

雪乃は、貞務の迷いとも言える思考を打ち破る勢いで浜田山支店内に足を踏み入れた。

5

前任支店長の大村との具体的な引継ぎはなかった。

通常、後任の支店長が着任すれば、三日程度、書類や人事、取引先などなどの引継ぎが行われ、最終日には送別会が行われるのが、定番だ。

しかし今回は、ほんの数十分だけだった。

「後は頼みましたよ」

大村は、それだけ言い残してさっさと支店から去っていった。

彼には、検査部への異動が発令されていた。若くして支店長になり、エリートと目されていたのだが、挫折と感じているだろう。

「なにができるか分かりませんが、努力します」

貞務は、去っていく大村の背中に頭を下げた。

貞務は、早速、行員たちを集めた。始業時まであと二十分だ。

雪乃も行員たちの中にいる。

「皆さん、おはようございます」

貞務の第一声は、朝の挨拶で始まった。

まず雪乃が自己紹介をした。あっさりとしたものだ。名前と、「よろしくお願いします」と言っただけだ。

雪乃を見る行員たちの視線が厳しい。

なぜ貞務と同じ支店から転勤してきたのだろうか？　T支店では女番長と恐れられていたらしい。貞務支店長の愛人じゃないのか……。

行員たちの心に疑心暗鬼が増幅していく。

雪乃を連れてきたのは正しかっただろうか、とふと不安になった。しかしもう後戻りはできない。雪乃は雪乃で行員たちの融和のために働いてくれるだろう。

「支店長、ご挨拶をお願いします」

副支店長の金田が腰を曲げ、亀のように首を突き出した。上目使いに貞務を見つめている。彼が、神崎の遺体を発見したのだ。

「皆さん、貞務定男です。前任の大村さんに比べたら、かなりのロートルですが、みなさんと一緒に働きたいと思います。よろしくお願いします」

貞務はもう少しベテラン支店長らしいことを言うべきかと思ったが、止《や》めた。

行員たちの視線が暗いからだ。それも当然だ。今まで一緒に働いていた仲間の行員の死という事実に直面しているのだから。

貞務は、自分はなぜ支店長をしているのか、はたまたなぜ銀行員をしているのか、とふと考えた。

久木原は、手に負えない問題が起きると、貞務に協力を頼んでくる。今回の浜田山支店転勤もその口なのだが、行員が自殺など不審な死を遂げるのは、なにも今回が初めてではない。過去にもあった。しかし浜田山支店の事件が久木原の危機管理の琴線に触れたことは事実だ。それはなぜか？　久木原はなにも言わない。それは言えないのだろう。まだ形になっていないのだろう。

浜田山支店には疑心暗鬼が渦巻いている。これでは新しい支店として出発できない。そう久木原は言った。

貞務は、探偵ではない。久木原の危機を救うスーパーマンでもない。ではなぜ浜田山支店の支店長を受けたのか？　もういい加減に銀行を卒業してもいいのに、なぜ性懲りもなく銀行員でいるのか。

「うなばら銀行を愛しているからかなぁ」

貞務の口から、意識せずに呟きが飛び出した。

「支店長、なにか？」

金田が不思議そうな顔をした。

「いや、なんでもありません。では皆さん、今日も元気で頑張りましょう」

貞務は行員たちに精一杯の笑顔を向けた。

「では支店長、早速、行員たちの面談にかかりますか？」

金田が聞く。

「ええ、そうしましょうか。まず最初は、金田さん、あなたから」

「えっ、私ですか？」

金田は驚いた顔で聞いた。

「ええ、支店のことも知りたいですからね」

「分かりました」

金田は、渋い表情になった。自分以外の行員で面談スケジュールを決めていたのだろう。

行員たちは、足取りも重く、ぞろぞろという感じで、それぞれの仕事へと向かっていく。どの顔にも生気が感じられない。貞務は、行員たちに仕事への喜びを取り戻させたいと切に思った。それがうなばら銀行への愛だからだ。

貞務は、雪乃と視線を交わした。雪乃は、前任店と同じ、運用などの相談窓口の担当になった。前任者は、別の支店に転勤になった。まるで雪乃が追い出したかのようだが、それは貞務も同じだ。

前任者の窓口が特別に評判が良かったわけではなさそうだ。雪乃ならあまり時間を置かずに客の心も、行員の心も摑《つか》んでくれるだろう。

雪乃が、軽く頷《うなず》く。

――頼んだぞ。

貞務は声なき声で言った。

その時、行員たちの視線のすべてが自分に集まったような気配を感じた。彼らは、貞務を極めて警戒している。なぜなのだろうか？

6

「金田さん、いろいろお話をお聞かせください」

貞務は丁寧に言った。

「なにを話せばいいでしょうか？」

金田の全身から警戒心が溢《あふ》れている。身体《からだ》が前のめりだ。

「単刀直入で申し訳ありませんが、今回の事件についてお聞きしましょうか？　どういう状況だったのでしょうか」

「検査部にも警察にも散々話しましたけど……」

「そうでしょうね。でも私は詳しく聞いていないのです」

貞務はぎこちなく笑みを作った。

金田が、急に身体を起こした。貞務を睨むようにしている。

「支店長は、どんな特殊任務を帯びて赴任されたのですか？」

怒っているような顔だ。

「特殊任務？　なんのことでしょうか？」

貞務は首を傾げた。

金田はふてくされたように顔を横に向けた。

「だって大村前支店長を突然追い出して、来られたのが貞務さんです。貞務さんと言えば、久木原頭取の懐刀、隠密支店長って有名ですから」

「隠密同心というのは聞いたことがありますが、隠密支店長は聞いたことがありませんね」

貞務は苦笑した。

「私たち、少なくとも私は死んだ神崎君にはなにもしてませんよ。遺体を発見しただけですから。犯人にされたらたまったもんじゃない。みんな噂していますよ。貞務支店長は、犯人探しに来たのだってね」

　金田は悪い人間ではなさそうだ。正直で、歯に衣《きぬ》着《き》せぬ物言いをする男だ。こういう人間は、経験上信用できる。

「困りましたね。私は、名探偵でもなんでもありません。犯人探しだなんてとても、とても」

　貞務は右手を振った。

「本当ですか?」

　金田が貞務を覗《のぞ》き込むように見つめる。

「本当です。皆さんが落ち着いて業務ができるような環境を整えたいだけです。なんでも支店内にはいろいろな噂が飛び交い、疑心暗鬼になっているとか……」

　貞務は言った。今度は貞務が金田を見つめる番だ。

　金田が眉間の皺をぐっと深くして顔を伏せた。

「確かに……疑心暗鬼ですね」

　金田が呟いた。

「どうしてそんな風になっているんですか。心配ですね。今も申し上げましたが、私は、とにかく皆さんが働きやすい環境を回復したいと思っています。ぜひ協力してください」

貞務は聞いた。「卒を視《み》ること嬰児《えいじ》の如《ごと》し」という孫子の言葉を地で行くような慈愛の視線で金田を見つめた。

「神崎君が死んだことが、みんなの気持ちを暗くしているんです」

「神崎さんはどんな方だったのですか」

「営業担当でしてね。大人しい男でしたが、性格はきちんとしていますし、仕事も丁寧でした。人を押しのけて、自分の成績を伸ばしたいなどというタイプではなく、みんなと協調する方でしたから、好かれていましたよ」

「なにか悩みがあったのでしょうか？」

貞務の問いに、金田が首を左右に振った。

「だから自殺じゃないと言う者がいるんですよ。殺されたんだと言うんです」

「殺された？　自殺ではないんですか？」

貞務は、他殺の噂があることを聞いてはいたが、知らない振りをした。

金田は左右に視線を走らせると、身を乗り出してきた。

「支店長、ご存じなかったのですか？　警察は、まだ自殺と断定したわけではないんです。それで余計に疑心暗鬼が渦巻いているんです」

声を潜める。

「でも金田さんが遺体を発見された時は、自殺だと思われる状況だったんでしょう？」

「ええ、金庫内の内扉の鉄格子にロープをかけて、そこにぶら下がっていましたからね。一見すると自殺でしたよ。もう、こっちは死ぬほど驚きましたがね」

「それがどうして殺されたなんて声が上がるのですか?」

貞務の問いかけに、いよいよ金田は警戒するような視線を周囲に飛ばした。

「神崎君はどういうわけか、大村前支店長に嫌われていて、なにかといえば怒鳴られ、朝から叱責を受けていましたからね。お前のそのぐじゃぐじゃした顔が嫌いなんだ。やる気が失《う》せる、どこかへ行け、いっそのこと死んでしまった方がいいってね」

「それはひどい」

貞務は顔を背けたくなった。

「大村前支店長の、まあ、苛《いじ》めですけどね、それに悪乗りしたのが、営業課長の遠井洋《とおいよう》一《いち》です」

「直属の課長ですね」

支店内の人事配置は、貞務の頭に入っている。

「遠井は、大村前支店長の、全く召使みたいな存在で、前支店長に輪をかけて神崎を苛めぬいていたんです」

「こんなことを言うと、申し訳ありませんが、金田さんは副支店長ですよね」

「ええ、そうですが」

金田は、いったいなにを聞くのかというような怪訝《けげん》な顔をした。

「そうした苛めに対してなにもしなかったのですか？」

「できませんよ」即座に否定した。「大村前支店長に逆らえる空気じゃないですよ。そんなことをしたら私がやられます。前支店長は、元副頭取でうならば銀行最大の関連企業であるうならば不動産の会長の息子さんで、超エリートですよ。本人も自分は頭取になると言ってはばからないんですから。今回もこれ以上傷つかないように、さっさとこのおぞましい現場を離れて、一時的に検査部に退避したんでしょう。いずれしかるべきポストに就くんでしょう」

知らなかった。大村がそうしたエリート一家の生まれだとは……。久木原はなにも言わなかった。検査部に転勤したのは、大村にとって初めての挫折だと思ったのだが、実際はそうではないのか。そういえば大村が、特段、失意にまみれた顔で去っていかなかったことに違和感を覚えないでもなかったが、そこには自分はエリートであるとの絶対的自信があったのだろうか。

ということは……。貞務はわずかに腹立ちを覚えた。久木原は、大村を守るために貞務に面倒な役割を押し付けたのか。

「ご存じなかったのですか」

金田がしたり顔で言った。

「ええ……」

貞務の声のトーンが落ちた。

「ですから貞務支店長は、貧乏くじを引かされたという話ですよ。前支店長の後始末を任されたんだってね。でもですよ、みんな神崎君は、前支店長と、遠井に殺されたと思っていますから、きっと貞務支店長が正義の鉄槌《てっつい》を下してくれると期待しているんです。私は、貞務支店長の忠実な部下になりますからね。なんでもおっしゃってください。あの大村前支店長と、遠井は許せませんから」

金田は、興奮したのか声が上ずり始めた。

そして、遺体発見の状況についても詳しく話した。

早朝、金庫を開けようとしたら施錠がされていなかった。前日、金田自身が施錠したと思っているが、はっきりしないと言う。ルーズになっていたのかもしれない。金庫の鍵は、重要鍵として金田の机に保管されている。勝手な持ち出しはできないことになっているが、金田が休みの日には部下に施錠を頼まねばならないため、皆、保管場所は知っていた。そのため時折、部下が許可を得ずに持ち出すこともあった。もっと厳格に対処すべきでしたと金田は、反省の態度を示した。

鍵がかかっていないと不思議に思いながら金庫を開け、そして神崎の遺体を発見したのだ。

「そうなると、誰かが、あなたの保管箱から金庫の鍵を勝手に持ち出して、金庫内に入った可能性もある？　それが神崎さんか、それとも誰か殺人者なのか」

　貞務は言った。

「神崎君が鍵を開けたあと、私の保管箱に戻して金庫に入り、首を吊ったと考えられます。他には、やはり誰かが鍵を持ち出して、神崎君を首吊りに見せかけて殺して、鍵を元に戻した……」

「その場合、なぜ鍵をかけなかったのでしょうか？」

「さあ、慌てたんでしょうかね」

　金田は首を傾げた。

「ところで金庫の中からは鍵をかけることはできないんでしたね」

「ええ、できません。事故防止のためです」

「あえてお聞きしますが、神崎さんを殺すとすれば、誰ですか？」

　貞務は聞いた。

「遠井ですね。あいつならやりかねませんから。大村前支店長、命《いのち》っていう男ですから。前支店長が、『死ね』って言っている男なら殺そうと考えるんじゃないですか？　でも、そこまで前支店長に尽くしても出世しないと思いますよ。前支店長は、自分の命令をなんでも聞く、遠井を馬鹿にしてましたから」

金田は、声を出して笑った。貞務は、強烈な不快感を覚えた。

次は遠井を呼ばねばならない。

7

遠井も暗い目をしていた。営業全般を担当するには明るい性格でなければならないのだが、そうではないようだ。それとも神崎の死で暗くなってしまったのか。

貞務は、自己紹介を済ませ、早速質問に入る。

「神崎さんが亡くなったことについてなにか言うことがありますか?」

「なにかって、なんですか」

遠井は、つっかかるような態度を見せた。

「あなたが殺したっていう人がいるんですよ」

貞務は平然と言った。言葉を濁すよりもいい。

「あはは」遠井は空気が抜けたような笑いを漏らす。「私が殺すはずがないじゃないですか。可愛《かわい》い部下ですよ。変な情報に惑わされないでください」

「信じているわけじゃありません。しかしあなたは神崎さんを相当、苛めていたそうですね」

「誰がそんなことを……」遠井は首を傾げ、考える素振りを見せた。「ははん、金田副支店長ですね。あの人なら言いかねない。私が神崎を苛めて殺したって言っているんでしょう。金田副支店長は、嫉妬しているんですよ。私は大村前支店長に可愛がられていましたからね」

「金田さんのことは聞いていません。あなたは苛めていないと……」

「勿論です。指導はしましたよ。でも苛めなんか、これっぽっちも」

遠井は、親指と人差し指を合わせて、狭い隙間を作った。これっぽっちも、という言葉を強調するためだ。

「指導が行き過ぎたってこともありませんか。子どもを躾《しつけ》と称して、実際は虐待していたみたいなことはありませんか」

貞務は聞いた。

「ありませんよ」

遠井はぶっきら棒に答えた。

遠井は、取りつく島のない男のようだ。貞務の質問にすべて反対する。いずれ気持ちを解きほぐして、真実を聞かねばならない。

「私が、神崎を追い詰めて、自殺させて、なにかメリットがありますか？　損するのは、直属の上司の私ですよ。バカなことを想像しないでください。怪しいのは金田ですよ」

ついに副支店長という役職をつけず、呼び捨てにした。どうも金田と遠井は険悪な仲らしい。

「なぜ金田副支店長が怪しいと思われるんですか？」

「だって金庫の鍵は、あいつが保管しているんですよ。あいつしか殺せません。それに金庫の開閉は、金田の責任です。あいつは、その責任を取りたくないために私を悪者にしているんです」

遠井は、訴えるような目つきで貞務を見つめた。

「金田副支店長が、神崎さんを殺す理由はあるんですか？」

貞務は、興奮気味の遠井を落ち着かせようと、軽く微笑した。

遠井は、少し考えていた。なにか言いたげだが、まだ決心がつかないという感じだ。

「これは聞いた話ですがね。金田はよからぬことをやっていて、それを神崎に見つかり、脅されていたんじゃないかという話です」

遠井の目が、さらに暗くなった。

「よからぬことってなんですか」

貞務は厳しい視線を遠井に向けた。

「それは知りません。警察じゃないんだから。でもとにかくよからぬことですよ。金絡みじゃないですか」

「いい加減な話をひろめたら困ります」

「いい加減じゃないですよ」遠井は怒った。「だったら私が金田の尻尾《しっぽ》を摑んで貞務支店長にご報告します。私を犯人扱いしようなんて太《ふて》え野郎だ」

もはや副支店長という上司に対する尊敬はない。

「そのよからぬ話はだれから耳にしたのですか?」

貞務の質問に、遠井の顔に迷いが表れた。

「うちの課で、庶務事項を担当している葛城《かつらぎ》さんですよ」

遠井は、しぶしぶという顔で言った。

「葛城彩子《あやこ》さんですね。ベテランの方ですね」

貞務は、四十歳を過ぎている独身女子行員の顔を思い浮かべた。やや化粧の濃い女性だ。口紅が妙に赤かったのを記憶している。外見で判断してはいけないが、銀行員にしては少し派手だ。

「ええ、いつまでも銀行にしがみついていますがね。見かけより気が良いオバサンですよ」

遠井は、相当に口が悪い。貞務のことも、いずれ悪く言うのだろうか。

「では彼女に聞いてみますね」

貞務が言うと、遠井の目じりがピクリと動いた。不味《まず》いことでもあるのだろうか。

「ところで支店長、お聞きしてもいいですか？」

「なんでしょうか？」

「大村前支店長が、元副頭取でうなばら不動産の会長の息子だっていうのは、本当ですか？」

やや不安げだ。

「残念ながら、私は存じ上げません」

貞務は正直に言った。先ほど、金田から聞いたばかりだ。

「やはりね……」遠井は幾分、力を落とした。「いやね、大村前支店長は、ことある毎《ごと》に自分のことをエリートだと言っていたんですよ。うなばら不動産の会長の息子だ。親《お》父《や》《じ》がなれなかった銀行の頭取になるってね。それですごいなと思っていたんですが……」

「それがどうかされたんですか？」

「それが……」遠井は深海魚のような光のない目で貞務を見つめた。「神崎がね、それは嘘だって言っていたんです。大村前支店長は、元副頭取の息子じゃないってね」

「本当ですか……」

大村が神崎を苛めていたというのが事実なら、自分の嘘がばれるのを恐れてのことなのか。大村が神崎の死に最も関係しているのか。

「もう関係ないですがね。私のことなど、忘れてしまわれているでしょうから」

遠井は寂し気な顔をして呟いた。

8

貞務は、面接を続ける気力を失いそうになった。

金田と遠井の二人を面接しただけで、疑心暗鬼が渦巻いているのが分かる。これから何人も面接を繰り返せば、その渦に巻き込まれて身体も心もばらばらになってしまうのではないだろうかと心配になる。

老子《ろうし》は「道の道とすべきは、常の道にあらず」と言った。

彼のいう「道」とは人間が理想とする生き方である。その「道」が不変ではないというのだ。「道」は、仁、恕《じょ》などで表すことができないほど微妙で、人間には捉えようがないとでも言うのだろう。今、貞務は目の前に「道」が見えない。今までなんとか見つけてきたという気になっていたが、浜田山支店に来て「道」が見えなくなった。いったいどんな「道」を見つけることができるのか。いったいこれからどのように手を付けるべきか、悩み、頭を抱えて、立ちすくんでしまった。

9

一日が終わり、疲れた身体を持て余しながら、吉祥寺の社宅に戻った。浜田山支店勤務をきっかけに銀行が、井の頭公園近くのマンションを社宅として用意してくれた。独身の貞務にはもったいないほどの広さのあるマンションだ。

ソファに寛《くつろ》いで、ワイングラスを傾けていると電話がかかってきた。

スマホを耳に当てた。雪乃からだ。雪乃とは、頻繁に連絡を取ることにしている。どこかで会うと、あらぬ疑いをかけられるので、電話にしようと約束した。

「どうしたのかね？」

「今日、歓迎会があったんです」

「それはよかった。早く、支店にとけ込んでくれるといい」

「努力します。ところでその場で変な噂を聞きました」

「なにかね？」

「亡くなった神崎さんは不倫をしていたんですって」

「不倫？　彼は独身だろう？」

「相手が既婚者なんですよ。それも支店の窓口をしているパートの桜田《さくらだ》洋子《ようこ》さんです」

さすがの貞務もパート勤務者の名前までは、まだ覚えていない。

「パートさんと不倫？」

「不倫の悲劇的結末が、今回の死ではないかと言うんです」

神崎はいったいどういう男なのだろうか。大人しくて目立たない存在。大村や金田からの徹底した苛め。それに加えて不倫とは！

貞務の前から完全に「道」が消えた。どこへ行けばいいのだろうか。

第二章　疑心

1

「まあ、ゆっくりしてください」

貞務はリビングにビールやワインなどの酒を並べ、ケータリングで頼んだピザを置いた。

「いいマンションじゃないか」

勇次がベランダに出て井の頭公園を眺めている。

「やっぱり支店長ってのはいいんだな。こりゃ役得だぜ」

藤堂が缶ビールのプルタブを引いた。

「ほんと、素敵。私、こんなマンションに住みたい」

雪乃がベランダ越しに見える景色に目を細める。

「貞務さんの嫁さんになったら一緒に住めるぜ」

藤堂が茶化すように言い、缶ビールを呷《あお》った。

「なに、馬鹿なことを言うんですか。セクハラで訴えますよ」

雪乃が怒る。藤堂を拳で殴る真似《まね》をする。

「冗談、冗談。ごめん。貞務さんみたいに加齢臭漂うおじさんはご勘弁だよね」

藤堂が頭を抱えながら言った。

「さあさ、冗談はそれくらいにして公園の景色を眺めながら、飲みましょう」

貞務が皿に盛ったオードブルを運んできた。チーズの盛り合わせ、缶詰を開けただけのアンチョビ、サラミなどのソーセージ類だ。

貞務は、赤ワインだ。近くのスーパーで買った千五百円程度のチリ産だが、美味《うま》い。酔えば高いワインも安いワインも同じだ。

ベランダのガラス戸を閉めて、勇次が席についた。勇次も赤ワインを所望した。

ベランダからは井の頭公園の池が見える。多くの木々に囲まれ、鳥たちが憩っている。周囲を散歩したり、走ったりする人たちが見える。もうすぐ、池の周囲を取り囲んだ桜が満開になり、花弁が池を桜色に染めるだろう。今からその景色が楽しみだ。

貞務は五十七歳になる。結婚し、家を持ち、子どもを育て、その子どもがもう独立していてもいい年だ。同期のほぼ全員がそのような生活を送っている。

恋をしなかったわけではない。結婚寸前にまで行ったこともある。しかし、踏み切れなかった。多くのトラブルを解決するのは得意でも、家庭というものを維持していく能力はないのかもしれない。

久木原が、このマンションを社宅として提供してくれた。気に入ったら購入しろよと言った。どうせ銀行が所有する訳あり物件なのだろう。今までは新宿《しんじゅく》の賃貸マンションに住んでいたから、生活費の上では随分と助かる。賃貸マンションに比べて社宅費は格安だ。

「支店長、こんな景色を眺めながらまったりしている時間はありませんよ。早速、情報を整理しましょう」

雪乃が、飲んでいた白ワインのグラスをテーブルに置いた。

「そうですね。すぐに時間が経《た》ってしまいますからね」

貞務が浜田山支店に赴任したのが、二月二十五日だ。

最近中国・武漢《ぶかん》で発生した新型肺炎が蔓延《まんえん》し、世界を恐怖に陥れている。コウモリ由来のウイルスにより発症する肺炎と言われて、感染力が強いが、はっきりしたことは不明である。

二〇〇三年には、ＳＡＲＳが中国で流行した。あのころ、世界における中国の存在感はＧＤＰ百五十兆円程度と、今とは比べ物にならないほど小さかった。現在のＧＤＰは一千兆円を超え、日本の二倍以上になっている。

中国人観光客、ビジネスマン、労働者は世界に溢れるようになった。一帯一路政策を進め経済力で世界に大きな影響力を与え、軍事力ではアメリカと対立するまでに巨大化した。

日本への影響力も想像を絶するほど大きくなった。

日本に来る外国人観光客約三千万人の内、約一千万人が中国人観光客だ。インバウンド需要という彼らが日本で消費するカネが、消費税増税で低迷する国内の個人消費を下支えしている。

それだけではない。製造業のサプライチェーンにおいて部品や材料の供給元は中国が多い。日本の製造業のほとんどが中国に製造拠点を持っていると言われている。そのチェーン（鎖）がずたずたに寸断されてしまった。いったい日本の製造業がどうなってしまうのか、不安は尽きない。

中国が風邪《かぜ》を引けば日本は肺炎になると言われるほど日本の中国依存は高まっている。

本家の中国が肺炎になったのだから日本が重篤な病状になるのは当然とも言える。

さらに悪いことには、世界各国で出入国禁止措置が取られ、外国人が日本に来ない、日本人が日本から出られない、そんな日が現実になった。新型肺炎鎖国とも言える状態だ。

これほどの危機的状況に陥った時にこそ、銀行の活躍が期待されているはずだ。経営難に直面するかもしれない中小企業の支援に、銀行が活躍しなければならないのだ。

しかしながら貞務が赴任以来、なにをしたのかと言えば副支店長の金田や支店行員たちとの面談と幾つかの取引先の訪問だけだ。それなのに十分、神経を使い、くたびれてしまった。

現状では久木原が望んでいる行員の気持ちをまとめるというには程遠い状態だと言えるだろう。行員たちがまとまらなければ、取引先の危機にも対応できない。悩みは深い。

「貞務さんの立場は、相当、ややこしいみたいだから始めようか」

勇次も言った。

「ではやりましょう」

貞務が立ちあがった。

リビングの壁にぶら下がっているホワイトボードの前に立った。

一メートル四方ほどの大きさだ。貞務が物忘れをしないようにメモを適宜貼り付けるために設置した。

「まず私から話しましょう」

貞務は、ポスト・イットに神崎進介と記入して、ボードの真ん中に貼り付けた。

「亡くなった行員は神崎進介、二十九歳。慶明《けいめい》大学卒、入行七年目。営業担当。独身。

二月四日の朝、浜田山支店の金庫内で、鉄格子にかけたロープによって縊死《いし》しているのが発見された。第一発見者は副支店長の金田聡、五十一歳。神崎とその死の概略は、ざっとこのようなものです」

　貞務が説明した。

「どんな評判の行員だったんだ」

　勇次が聞く。

「副支店長の金田によると、大人しくて真面目《まじめ》なタイプだったようですね。しかしなぜか大村前支店長に、死ねばいいと言われるほど苛められていました」

「苛めの理由は？」

「はっきりとは分かっていませんが、これは営業課長の遠井の話です。大村前支店長が、うなばら銀行の元副頭取、現うなばら不動産の会長の息子だというのは嘘だと、神崎が指摘したからだと言います」

「大村ってのは、そんなエリート一族なのかい？」

　藤堂が言う。手には日本酒のグラスを持っている。中身はテーブルの上で、すでに半分ほどまでに減った「会津娘《あいづむすめ》」だ。福島県会津の銘酒で、地元で愛され、東京ではめったに手に入らない。会津在住の知人が送ってくれたのだが、まだ会合が始まったばかりなのに半分も飲まれてしまった。こんな日にお披露目したのが間違いだったと、自分の不明に貞務は後悔した。

「大村は普段から、自分は元副頭取で、現うならば不動産会長の息子であり、将来は頭取になると言ってはばからなかったようです。それを嘘だと言った神崎を苛め自殺に追いやった、あるいは自ら手を下したのではないかと言うのです」

貞務が、「疑惑」とボードに書き、大村健一と記入したポスト・イットをそこに貼った。

「大村との面談については後ほど話します」貞務は言った。「ところでその『会津娘』を私にも下さい」

「おっ、これは美味いね。やはり『娘』はいいね」

藤堂が、グラスに酒を注ぐ。

「嫌らしい言い方ですね。セクハラですよ」

雪乃が顔をしかめる。

「悪い、悪い。そんなつもりじゃないんだよ」

藤堂は、にやついた顔で酒の入ったグラスを貞務に渡す。

貞務は、グラスを受け取ると、一気に飲み干した。なんとも言えぬ馥郁《ふくいく》たる香りが身体の芯から立ち上り、鼻に抜けていく。きりりとした辛口だ。噂通りの美味さだ。こんな疑心暗鬼渦巻く人間関係の分析より、美味い酒を飲んでいたいと心から思った。

「他に怪しい奴はいるの?」

勇次が聞く。

「大村と一緒になって苛めていたのが、直属の上司の遠井です」

貞務は、遠井洋一と記入したポスト・イットを大村と並べて貼った。

「大村前支店長の金魚の糞《ふん》みたいな存在だったという噂です」

雪乃が発言した。

「金魚の糞ねぇ。ありゃなぜあんなに切っても切れねぇんだろうね」

藤堂が呟く。

「不潔なこと言わないでください」

雪乃が注意する。

「雪乃ちゃんが、金魚の糞って言ったんだよ」

藤堂が真面目に抗議する。

「すみません」

雪乃が頭を下げた。

「まあまあ、内輪もめはそれくらいにしてください。遠井は、大村に引き上げてもらおうと必死だったようですね。それで一緒になって神崎を苛めたようです」

貞務は遠井のポスト・イットを指さした。

「ひどいことするんですね」

雪乃が顔をしかめる。

「第一発見者の金田はどうなんだ」

勇次が聞く。

貞務が、金田聡と記入されたポスト・イットをボードに貼った。

「金田はなにか不正を働いていたらしく、それを神崎に指摘され、殺害したと遠井は話しています。不正の内容は不明です。金田が遠井の悪口を言うのは、遠井が大村に可愛がられていたことへの嫉妬からだ、金庫の鍵は、金田が保管しているので一番怪しい、これが遠井の主張です」

「もう一人、怪しい人がいます」雪乃が発言した。「パートの桜田洋子さんです」

貞務が急いで桜田洋子とポスト・イットに書き、ボードに貼った。

「今度は女か?」

藤堂が雪乃を見る。

「神崎さんは、桜田さんと不倫していたという噂があります」

雪乃は話す。

「桜田ってのはどんな女?」

藤堂が興味を持つ。

「年は三十五歳。既婚で一児の母親です。パート勤務で窓口担当です。ちょっと寂し気な美人です」

「そそるなぁ」

　雪乃の説明に、もはや赤ら顔になった藤堂が呟き、にやりとした。

「いてっ」藤堂が頭を押さえて、顔をしかめた。「なにするんだよ。雪乃ちゃん」

「藤堂さん、真剣に考えてください」

「ごめん。そんなつもりじゃないんだけどさ。人妻で、寂し気な美人というからさ……」

　藤堂が雪乃を恨めしそうに見る。

「柏木君が聞いた以外では、私の耳にその情報は入っていません。事実なのかな？」貞務が雪乃に聞いた。

「歓迎会の席で耳にした噂です。その場には桜田さんはおられなかったのですが、女子行員の中ではちょっと噂になっていたようです。親し気に一緒にいたとか、近くのファミレスで一緒に食事していたとか……」

「桜田さんは当然にご主人がいらっしゃるよね」

「でも別居されているそうです。ファミレスには桜田さんのお嬢さんも一緒だったとか……」

「その不倫がトラブルになったというわけか」

「詳しいことは分かりませんが、ご主人から不倫で訴えられそうで悩んでいたと言われています」

「みんなよく知っているんだな」

勇次が感心する。手には赤ワインを持っている。

「みんな自分のことより他人に関心があるんです」

雪乃が不快感で表情を歪《ゆが》めた。

「真面目で大人しいわりに不倫していたり、前支店長を嘘つき呼ばわりしたり、神崎ってのは複雑な男だな」

勇次が赤ワインを飲む。

「そうなりますね……」

貞務は勇次の意見に同感だった。確かに神崎は捉えようのない男かもしれない。しかしなぜ彼が不審な死を遂げざるをえなかったのか。

「大村とは話したのか?」

藤堂が聞いた。

「ええ、本店の検査部に行き、話をしました」

「どうだった?」

貞務は、藤堂の問いに大村と会った時の嫌な気分を思い出していた。

＊

貞務は大村に連絡し、本店検査部で会うことになった。

時間も場所も、大村の指示に従った。

午後の二時に本店検査部の応接室で待っていると、大村が入ってきた。

四十歳の大村は、スリムな体形で、顔の形は細長く、全体に薄い感じのつるりとしたのっぺり顔だ。冷たい印象を受ける。ちょっとトカゲか蛇に似ている。

「貞務です」

貞務は立って挨拶をした。

「ああ、大村です」

大村は、貞務を見ずに、ソファに腰を下ろしながら挨拶をした。

「ろくに引継ぎもできずに残念でした」

貞務は言った。

「あなた、頭取から特別の命令を受けて赴任してきたんでしょう？　なにを調べようっていうんですか？」

「支店長の任命は受けましたが、なにか調べろっていうことは……」

「だったらなぜ私に会いに来たのですか?」

「引継ぎも満足になかったからですよ」

「まあ、そういうことにしておきましょうか」大村は顔を歪めて不愉快そうにした。「神崎の自殺に私は責任はありませんよ。とんだとばっちりです。検査部なんかに飛ばされて……。まあ、一時的な待機だと言われているから、仕方がなく我慢しましたがね」

貞務は、胃の中の内容物が沸々と滾《たぎ》るほどむかついた。昔ほど気が長くない。歳《とし》を取れば取るほど短気になっていく気がする。

「あなたは彼をひどく苛めておられたとか?」

貞務の問いに、大村はフンと鼻で笑った。

「私の苛めのせいで、神崎が死んだとでも言うんですか。苛めてなんかいませんよ。指導、指導です」

大村は、課長の遠井と同じことを言う。指導という名の苛めだろう。

「指導も度を過ぎると苛めになります」

「神崎は、生意気で、私の言うことなど全く聞かない。成績は上げない。時間にもルーズ。約束も守らない。嘘をつく。どうしようもない部下でしたよ。こんな部下をどうしたらいいですかね。いつの間にか顔を見ると、ムカムカッとするようになりましたね」

大村は腹立ちが今も抑えられないかのような顔になった。

「誰でも好き嫌いはあると思いませんか？　私は支店長として部下の好き嫌いをしてはいけないと自覚しています。しかし、どうもあいつだけは好きになれなかった。だから苛めたってことではありませんよ。苛めなんてしてない。こんなの支店の誰に聞いていただいても、そう言うでしょうね」

孫子は、「卒を視《み》ること嬰児《えいじ》の如《ごと》し」「卒を視ること愛子の如し」と言った。部下は赤子であり、自分の子どもである。そう思って愛情を注がないと一緒に戦ってくれない。大村は神崎を嬰児にも愛子にも見なかったのだろう。

「副頭取をお務めになった、うなばら不動産会長のご子息があなただというのは本当ですか？　それで頭取になると公言されていたとか……」

大村が貞務を憎々し気な目で睨む。

「それがなんの関係があるのですか」

「神崎さんが、それを嘘だと言ったとか。あなたに面と向かって言ったのか、それとも陰で言ったのかは分かりませんが、それであなたは神崎さんを憎むようになったのではありませんか」

「そんなことを誰が話しているんですか？」大村はなにかを考える様子になった。しかしすぐに態度を変えた。「誰が言おうと関係はない。私はうなばら不動産の会長の息子なんかじゃありませんよ」

「そうなのですか」

貞務は驚いた顔をした。大村が明確に答えなければ、久木原に聞かねばならないと思っていたのだが、意外だった。

「まあ、全く無関係というわけじゃないですがね」

「どういうことですか？」

「どうでもいいことです。いずれにしても私は、神崎を苛めていないし、もしもそのように受け取っている者がいるとしたら、それは誤解です」

「では神崎さんの死の原因はなんだとお考えですか？」

貞務は迫った。

大村は、むっとした表情になった。もういい加減にしろというのだろう。

「分かりません。個人的なことじゃないですか……。もう神崎のことはいいでしょう。ここへ来るのは、これっきりにしてください」

＊

「大村はなんて奴だ。冷たいな。部下が死んだっていうのに」

勇次が呟いた。

「大村は苛めを否定。全ては神崎のルーズさにあると、まるで金田とは正反対のことを話しています。神崎という人物が、ますます分からなくなってきました」

貞務は眉根を寄せた。

「金田の神崎評はきちんとした人物だったというもの。大村の評価は正反対なのか……」

藤堂が、くいっと日本酒を呷った。

「そして不倫疑惑」

雪乃が呟く。

「問題は、自殺、他殺に関係なく神崎がなぜ死に追いやられたのか。それを知らねばなりません」

貞務が言うと、勇次たちが深く頷いた。

「まずは神崎という人物をよく調べることだな。そして死までの足取りだ」

藤堂が言った。

「その通り。藤堂さんもいいことを言うじゃないですか」藤堂が吞《の》んでいた「会津娘」を雪乃は自分のグラスに注ぐ。「これ、美味《おい》しい」

「警察じゃないんで限界はあると思いますが、調査してください」

貞務は勇次に言った。

「分かった。任せてくれ」

勇次は胸を叩《たた》いた。勇次は、情報の世界では裏と表を行き来する特異な人物だ。やると言ったことは必ずやり遂げる、強い意志と人脈を持っている。

醸し出す雰囲気は、昭和の生き残りの任俠《にんきょう》者風で、今時ではなく情に篤《あつ》い。貞務は全幅の信頼を置いている。

「頼みましたよ」

貞務が念を押した。

「支店長は、これからどうされますか?」

雪乃が心配そうに聞く。

「行員たちと話をして神崎さんのことを調べつつ、営業に力をいれる。柏木君は、例の不倫のことをもう少し詳しく調べてくれるかな? 私ではやりにくいのでね」

「分かりました。やってみます」

雪乃が堅い表情で答えた。

まだ全くの手探りだ。複雑なことにならなければいいのだが……。

「新たなことが分かりましたら、再度、集まりましょう」

貞務は赤ワインを飲み干した。

2

「君は、神崎さんと親しかったのですか」

貞務は営業車を運転する平沼実《ひらぬまみのる》に聞いた。

平沼は、神崎と同じ営業課に所属している。年次は一年下になるが、年齢は同じ二十九歳だ。

私立大学を卒業し、うなばら銀行に入行し、浜田山支店が二か店目である。

眉が濃く、目も大きいはっきりとした顔立ちで、性格も明るいようだ。

「いえ、そんなに親しいってわけでもなかったですよ。同じ課だというくらいです」

「そうなの？　親しいって聞いたんだけどね」

「まあ、他の人と比べればばって程度じゃないですか？」

どっちなのだ。親しいのか、親しくないのか。はっきりしろよ、貞務は文句を言いたくなるのを、ぐっと抑えた。

「彼が亡くなったのはどう思った？」

「そりゃショックでしたよ。あれ以来、金庫室に入るのが怖いです」

平沼はまっすぐ前を向いたまま答える。ハンドルを握る手に力が込もった。

「あんな死に方をした理由に思い当たることはあるかな？」

「さあ、ありませんね」

平沼の回答はいたってシンプルだ。

「全く？」

「ええ、全く」

「どんな人物だったの？　神崎さんは……」

平沼は貞務をちらっと見た。

「支店長は刑事か探偵みたいですね」

平沼は、再び正面を向いた。もうすぐ取引先に着く。

営業担当者の主要な取引先を帯同訪問しながら、神崎について聴取を試みている。一人ずつ支店長室に呼び込んでも、本音は聞けないと思ったからだ。

「探偵じゃないけどね。彼は、大村さんや遠井さんから、随分苛められていたんだってね」

平沼は黙っている。

「どうなの？　大村さんも遠井さんも指導だと言っていたけどね」

「……苛められていましたね。あれは指導じゃないです」

平沼が横目で貞務を見た。暗い視線だ。

「やはりね。相当ひどい苛めだったの?」

キーッ。急ブレーキをかけた。シートベルトをしていたからよかったが、身体が前へ飛び出しそうになる。

「どうした!」

貞務は思わず叫んだ。

「すみません。ちょっとお時間をいただいてもいいですか」

平沼の表情が険しい。

「いいよ。だけど取引先に遅れないか」

「大丈夫です。すぐ近くですから。約束の時間には間に合います」

平沼は車を道路脇に寄せた。

「話を聞きましょうか」

「神崎さんはいい人でした。仕事はやり手ではありませんが、皆に好かれていました」

「大村さんは、ルーズな行員だったと話していたけどね」

「そんなことはありません」

真顔で否定した。

「ではなぜ苛められたんだろう」

「それがよく分からないんですが……。ある日、突然のことなんです」

「突然のこと？」

貞務は、怪訝な顔で首を傾げた。

「ええ、それまではなんでもなかったんです。ある日、大村前支店長が神崎さんを呼びつけて、怒鳴ったんです。俺の言うことを聞けって。聞かないとどこにでも飛ばしてやるぞ。お前なんかの首を切るのはなんでもないんだとかなんとか」

「神崎さんはどうしていたの？」

「唇をぐっと噛《か》み締めて、うつむいていました」

「怒鳴られた理由を聞いたかい？」

貞務の問いに平沼は首を横に振った。

「それが……」平沼の表情が歪んだ。「神崎さんに聞いても、なんでもないよって」

「遠井さんは……」

「あの人は大村前支店長の腰巾着みたいな人ですから、神崎さんが苛められているのを見て、自分も苛めようと思ったのではないですか」

平沼の話は、副支店長の金田と平仄《ひょうそく》が合っている。

やはり嘘をついているのは、大村と遠井なのか。

「もう一度聞くけど、神崎さんが苛められる理由に思い当たることはないの？　その前後に神崎さんに変わったことはなかったかな？」

貞務の問いに、平沼はハンドルに身体を預けて、じっと動かない。

貞務は待った。

平沼が身体を起こし、貞務を見た。

「そう言えば変なことを言っていましたね。今に世界中をアッと言わせてやるからとかなんとか」

「世界中をアッと言わせる。なんなのかな」

貞務は首を傾げた。

「去年の十二月だったと思うんですが、飲み会でそんなことを口にしていました。誰も本気で相手にしていませんでした。テロでも起こすのかってからかってくる奴がいると、テロみたいに破壊力があるかもしれないって。その中身についてはなにも言いませんでした。ただニヤニヤしていたように記憶しています」

神崎はいったいなにをしようとしていたのだろうか。世界をアッと言わせることとは、なにか。酒の席の戯言《ざれごと》なのだろうか。

「支店長、時間です。行きましょうか」

金田副支店長の不正の噂、神崎の不倫疑惑など、まだ聞きたいことがあるが、今日はこれくらいにしておこう。

平沼は車を発進させた。

3

雪乃は、支店内の食堂で昼食を食べていた。

食堂は、支店の三階にある。メニューは定食とうどんなど麺類《めんるい》。給食会社の経営だ。味はいい。雪乃は、ハンバーグ定食を選んだ。ビーフ百％のハンバーグとサラダ、味噌《みそ》汁《しる》、ごはんだ。デザートのプリンまでついている。ボリュームたっぷりだ。カロリーオーバーかなと不安になる。

「柏木さん、お話ししていいですか？」

桜田洋子が近づいてきた。

雪乃は、周りを見渡した。幸い食堂にいるのは雪乃と洋子だけだ。

他の行員は既に食べ終えたのだろう。今は、午後一時過ぎ。昼食時間には遅すぎる。

雪乃は、投資信託を契約する客の対応に、思いのほか時間がかかってしまったのだ。

洋子は食事をする様子はない。雪乃に会うためにわざわざ食堂に来たのだと思われる。

雪乃は、ドキリとした。洋子には、神崎との不倫について聞きたいと考えていた。しかし親しい関係ではなく、きっかけを摑むことができずに苦慮していた。それが向こうからやって来た。

「どうぞ」

雪乃は微笑《ほほえ》んだ。

洋子が雪乃の正面に座る。

夫と別居中で、実質的にはシングルマザーだと聞いているが、生活のやつれは感じられない。わずかに陰りはあるが、目元のすっきりした、色白の美人だ。

黙って雪乃を見つめている。なにかを言いたげだが、言い出せないでいる様子だ。

「どうされました？」

雪乃の問いに、意を決したように洋子の視線が強くなった。

「柏木さんは、支店長とお親しいんでしょう？」

「親しいっていうことはないですけど」

雪乃は戸惑った。親しいとはなにを意味するのか。誤解は招きたくない。

「そうなのですか……」

洋子は力を落とした。

「同じ支店で勤務していましたし、どういうわけか同時期に浜田山支店に転勤になりましたから、特に気遣うことなくいろいろとお話はできます」

「よかった……」

一転して洋子の表情が明るくなった。

「なにか支店長におっしゃりたいことがあるんですか？」

「ええ……」

口ごもっている。

「話してください。お聞きします」

雪乃が促す。

「支店長ってどんな方ですか？」

「どんな方って……」雪乃は上目遣いで考える。貞務がどんな人だとか考えたことがあっただろうか。「いい人ですよ。頼りがいがあるし、冷静だし、私たちにも優しいし……。あっ、それと正義感があります。戦略家ですね」

こうやって並べてみると、貞務にはいいところがあるじゃないか。

「優秀な方なんですね」

「優秀って言っても冷たい人じゃないです」

「相談したいことがあります。支店長に会わせてくださいませんか」

「会わせてくださいって……。支店内で会って、お話くらいはできるんじゃありませんか」

「そういうことじゃなくて、個人的なことの相談に乗っていただきたいんです」

洋子はすがるような顔になった。

　雪乃は、とっさに貞務一人で洋子に会わせるわけにはいかないと判断した。どことなく陰りがある美人の洋子と貞務を二人きりにしたら、貞務が取り込まれてしまう心配がむくむくと沸き起こったのだ。

　これって嫉妬？　否、事故の未然防止だ。

「分かりました。私もその場に同席させていただいてもよろしいですか？」

「はい。ぜひともお願いします」

　洋子は、はっきりとした口調で答えた。当然のことだろうという顔をしている。

「あのぅ、よろしいですか？」

　雪乃が思案気に聞く。

「……はい」

　洋子が頷く。

「支店長に相談したいことって、亡くなった神崎さんのことですか？」

　雪乃の問いに、洋子が目を瞠る。

「すみません。そうかなって思ったんです」

　雪乃がわざとらしく頭をかく。

「はい……。その通りです」

　洋子が伏し目になる。

「分かりました。今日の仕事終わりにどこか場所を決めて、会いましょう」

雪乃は言った。貞務の都合を聞かなくてもいい。最優先事項だ。

「いいんですか？　今日の今日で」

洋子が驚く。

「構いません。なんとかします」

雪乃が強い口調で言う。

「それなら、井の頭通りにあるファミレスのエブリイデイズに六時ではどうですか？」

エブリイデイズは、カジュアルなファミリーレストランだ。

「承知しました。参ります」

雪乃は、洋子にわずかながら安堵《あんど》の表情が浮かぶのを見逃さなかった。余程、思い悩んでいるのだろう。いったいどんな相談があるのだろうか。早速、貞務にラインで連絡しなくてはならない。

4

「支店長、大変だよ。もう倒産だよ。なんとかしてよ」

幸陽《こうよう》商事社長の柊泰三《ひいらぎたいぞう》は、太った体を揺さぶるようにして貞務に迫った。

脂ぎった額には、汗がてらてらと光っている。ソファにうずくまるようにして座った身体は腹が膨らみ、太鼓腹という表現がぴったりだ。

今の今まで大儲《おおもう》けし、美食、美酒に酔いしれてきたのではないかと思わざるをえない体型だ。

幸陽商事は、全国の観光地の土産物《みやげもの》店に菓子類を卸す商社だ。

例えば北海道の有名観光地土産の菓子があるとしよう。それは北海道以外で製造しているケースもある。東京のどこかで製造したものを幸陽商事が買い上げ、北海道の土産物店に卸すのだ。

幸陽商事は、観光地の土産物店からニーズを吸い上げ、それに従って中小メーカーに製造させた菓子類を卸していた。

歴史は古い会社だが、昨今のインバウンドブームに乗り、大きく成長していた。

それが一転したのが、中国発で世界的に流行している新型肺炎だ。日本国内にも感染が拡大し、中国を筆頭に海外からの観光客が激減したのである。

観光客が減少すれば、土産物は売れない。日本人客だけを相手にしていては商売にならないのだが、当の日本人観光客も肺炎を気にして減少しているから、なおのこと厄介だ。

「幸陽商事さんは、全国の観光地の土産を扱っておられるので今回の新型肺炎の流行は、すごい痛手なんです」

平沼が説明する。

貞務は、いささか驚き、かつ興ざめしていた。薄々、土産の菓子は、観光地の地元だけで作っていないのではと想像していたが、まさか東京でも製造されていたとは知らなかったからだ。

「そうでしょうな」

貞務は、さも同情するように言ったが、柊の体型を見たら、同情する気にはなかなかなれない。

「一挙に暗転ですわな。注文はみんなキャンセル。いつまで続くか分からんけど、資金繰りが大変なんですわな。助けてもらわなしゃあないな」

関西弁ともなんともつかない独特のイントネーションで柊は早口で話す。全国の取引先を相手にしていたせいで、おかしな言葉遣いになったのかもしれない。

「支援させていただきます」

貞務は答えた。

「ごっつぅ安心だな。支店長にそないにはっきり言ってもらうとな。嬉しい、安心、ということやな。平沼君」

「はい。それはもう、しっかりやらせてもらいますわぁ」

平沼まで変なイントネーションになっている。影響を受けやすい男だ。

「詳しいことは平沼にご相談ください。それにしても突発的な危機に対処するのは難しいですね」

「そうやねんですわ。春の観光シーズンに向けて、各地の観光地では早《はよ》うから土産物の菓子を用意してまんねや。それが一挙にキャンセルだ。もう頭抱えてしまいましたわ」

柊は身体に比して短い手で頭を抱えた。

「早く終息してくれないと大変ですね」

政府は、新型肺炎で経営が厳しくなった中小企業支援の方針を打ち出しているが、現場で対処する銀行員に審査能力があるかどうかだ。

現在の銀行は保険や投資信託を集めることばかりに注力して、中小企業の経営を支援することができる人材を育成していない。

貞務は支店長として、中小企業融資ができる人材の育成に努力してきた自負はあるのだが、うなばら銀行全体ではどうだったのか。

うなばら銀行は、バブル崩壊時、不良債権が増大した際、融資管理や不良債権回収などができる人材不足に悩んだことがある。

バブル時代にイケイケの融資増大に狂奔《きょうほん》する行員だけを優遇し、融資管理などの地味な業務を担当する行員を冷遇したツケが回ってきたのだ。

現在、低金利下で銀行収益が厳しい。勢い、手数料収入が稼げる保険や投資信託ばかりに力を入れているが、そのツケが回ってこなければいいのだが……。

「まあ、私にはうなばら銀行がついているからよぉ。なあ、平沼君」

「ええ、その通りですよ。大船に乗った気でいてください」

「頼んだよ。泥船じゃないよな。はははは」

柊は笑った。隣の平沼も笑った。笑えないのは貞務だけだ。貞務の辞書には、愛想笑いはない。この平沼はちょっとお調子者かもしれない。

「なあ、支店長さん」

柊が笑いを止め、まじめな顔になった。

「つかぬことを聞くけどよぉ」

「はあ、なんでしょうか?」

「突発的な危機に対処するのは難しいと言いしゃったが、お宅も大変なんでしょう?」

柊の目が光る。

「はあ……」

返事に困る。

「隠さんでもいいですわな。行員さんが自殺したんでしょう。神崎さんやね」

「はあ、どうも……」

困惑する。ニュースになっているわけではない。世間には知られていないと思ったのだが……。平沼を見る。耳まで赤く染めて、うつむいている。柊に話したのだろう。

「まあ、いろいろありますな。神崎さんはうちも関係しているんですよ」

「どういうことでしょうか」

意外な言葉に貞務は驚く。

「あの人、カネに汚いよね。ねえ、平沼君」

柊が平沼に視線を向ける。

「ええ、まあ、あのぅ」

平沼の表情が明らかに動揺している。

「お話を聞かせてください」

貞務が頼む。

「いいですわな。神崎さんを連れてきたのは、ねえ、平沼君だったよね」

「ええ、まあ、そうですね」

平沼は、さきほど貞務にはそんなことは全く言わなかった。

「なんじゃらね」

いったい柊は、どこの方言を使うのか。

「詳しく、お願いします。カネに汚いとは……」

貞務はぐっと柊を見つめた。

「汚いというか、カネを欲しがっていたね。私に投資しないかって言うんだよ。いい話があるからって」

「投資？」

「そうじゃね。投資だよ。エンゼルとかになってくれんかと言うんじゃね。ものすごく儲かるさかい言うてね」

柊が思い出すかのように遠くを見た。

「どんな投資ですか？」

貞務が聞く。

「今、流行《はや》りのベンチャー投資やと思うんやがね。なあ、平沼君」

平沼が、血相を変えて、否定するように手を左右に振る。

「君はなにか知っているの？」

貞務が聞く。

「私は、なにも知りません。神崎さんが、柊社長を紹介してくれって言ったので、そうしただけです」

平沼が焦っている。

「まあ、そういうことでいいじゃないですかね。平沼君も、『一口乗ろうかな』って言っていたことは秘密にしておきましょうかな。ひひひひ」

柊が下品な笑いを発した。平沼は、ハンカチを手に取り、忙しく額を拭った。その様子を見て、柊の笑いが大きくなった。

「なんのベンチャー投資ですか？」

「分かりませんがな。とにかくリスクはあるけどリターンが大きい。今のうちに投資しとけば、一千万円が何倍、何十倍にも化けますよ、って言っていましたがね。投資を決断されたら、詳しいことを話すってね」

「投資されたんですか？」

「その前に死んじまったね。結構、必死でカネ、カネって集めていたね。私にも投資してくれるような人を紹介してくれってね。カネに困っていたんかね。どうなの平沼君」

柊が平沼に聞く。

「分かりません！」

平沼が強く答えた。

「まあ、そないに怒るなよ。融資の件、頼んだよ。資金繰りが苦しくならないうちに、早め、早めに頼むわな。ははははは」

柊は笑った。

平沼が、首をすくめて怯《おび》えたように身体を縮めている。

柊は、平沼を脅しているのだ。平沼は、既に融資の約束をしてしまっているに違いない。その金額は、今回の新型肺炎で被った被害以上なのだろう。

これ以上の詳しいことを貞務に話してほしくなければ、黙って融資をしろというのではないだろうか。平沼の、幸陽商事への融資をきっちりと検証しなければならない。

「投資先は言わずに投資を勧めたのですね」

「そうだよ。銀行員も大変だね。でも個人的にカネが必要だったように見えたね。バブルの時も、そんな銀行員が大勢いたさ。ゴルフ会員権を買うように勧めてきたりね。売れれば、いくらかピンハネしていたんだろう？　私は、そんな話には乗らなかったが、神崎さんのには乗ってもよかったかなって思っているんだ。今となっては残念だな」

柊は投資の内容は知らないと言いつつ、なにかを知っている口ぶりだ。神崎が投資を勧めたのが事実だとすれば、投資先の説明もしなかったというのは考え辛《づら》い。

しかし匂わせはするが、詳しいことは話そうとしない。柊はなかなかの曲者《くせもの》だ。銀行との交渉において有利な立場を確保しようとしているのだろう。

「銀行員が、銀行に無断で投資を勧めるようなことは致しません。誤解を生むようなことをして申し訳ありませんでした」

貞務が頭を下げた。

「いえいえ、支店長に頭を下げてもらうようなことじゃありませんよ。被害はなかったわけですからね。ははははは」

柊の勝ち誇ったような笑いが部屋の中に響く。平沼がますます身体を縮め、小さくなっている。

いったい神崎はどんな投資を勧めたのか。それはなぜか。本当にカネが必要だったのか。それはなぜか。まさか投資詐欺をはたらくつもりだったということはないだろう。

貞務は、身を縮める平沼に視線を向けたまま、憂鬱な気持ちになった。

5

貞務は、雪乃から指定された井の頭通り沿いのエブリイデイズに入った。

足取りは重い。神崎という人物の正体不明さに翻弄されている。支店内の誰もが本当のことを言っていないような気がしてならない。いったいどういう人物だったのか。なぜ死ぬことになってしまったのか。まるっきり手掛かりが摑めない。

幸陽商事の柊の話も気にかかる。神崎は、カネを必要としていたようだ。本当か嘘か判然としないが、柊に投資を持ち掛けていたようだ。投資詐欺？　本当なのだろうか。その話には平沼が関係しているようだが、幸陽商事を出た際、平沼にその点を質《ただ》しても、なにも知らないと強く否定した。神崎を柊に紹介したことは事実だが、それ以上のことはないと言う。支店長に黙っていたことは謝るが、投資の話は初めて聞いて、驚いているというのだ。平沼によると、柊は虚言癖のある社長で、いろいろとあることないこと、想像をめぐらして話すことがある、今回もそうだろう、と言う。

エブリイデイズのドアを開けた時、神崎が世間をアッと言わせることをすると口走っていた、という平沼の発言を思い出した。もしあれが平沼の作り話でなかったら……。それと投資話が結び付くのだろうか。

いったい誰のことを信用すればいいのか。憂鬱さに気持ちが沈む。

「支店長、こっち、こっち」

隅の四人掛けのテーブルから雪乃が手を上げて呼んでいる。

貞務は小さく手を上げる。雪乃の前に女性が座っている。こちらを振り向いた。桜田洋子だ。寂し気な笑みを浮かべて、頭を下げた。貞務も頭を下げる。また憂鬱が一つ、増えそうな予感がする。

「お待たせしました」

貞務は、雪乃と並んで座り、洋子と向き合った。

「申し訳ありません。お忙しいのに……」

洋子は消え入りそうな声でうつむき気味に話す。

「いえ、結構ですよ。なんでも神崎さんのことで相談があるとか？」

貞務が聞いた。

「支店長、なにか食べながら話を伺いましょうよ。その方が話が弾みますよ」

雪乃が言う。わざと明るく振舞っているようだ。

「そうだね。私も夕食をここで食べようかな」

「ねっ、桜田さん、支店長におごってもらっちゃいましょう」

雪乃がメニューを洋子に渡す。

「私……」

洋子が戸惑っている。

「遠慮は無用です。ねっ、支店長」

「ええ、どうぞなにか注文してください。私は、とんかつ定食にします」

「支店長、がっつり系ですね。では……、私はオムハヤシとサラダにしようっと」

雪乃が言う。

「それじゃあ、私も柏木さんと同じ物をいただきます」

「いいんですか？」

雪乃が洋子に念を押す。

「はい」

洋子が頷く。

雪乃は、店員を呼んで、それぞれのメニューを注文した。

「さてと、どうぞお話しください」

貞務は洋子に話を促した。

「神崎さんは、私の夫に殺されたのです」

洋子は、絞り出すような声で言った。

「えっ」

雪乃が絶句した。

「どういうことでしょうか?」

貞務は、驚きで言葉を失いそうだったが、なんとか聞き返すことができた。

「私は、子どもと二人で夫の暴力から逃げています。シェルターにいるわけではないので、夫は私の居場所を知ってはいます」

洋子は、ますます寂しそうになっていく。

貞務も雪乃も、洋子の発言の衝撃でなにも言えない。

「私と神崎さんが不倫関係にあるという噂が流れているのは知っています。柏木さんもお聞きになったでしょう?」

洋子は、雪乃を見つめた。

「事実だったのですか」

雪乃は聞いた。

「特別な関係にあったわけではありません。ある時、私が夫に追い詰められている現場にたまたま神崎さんが遭遇され、私を助けてくださったのです。それをきっかけに親しくなったのです。夫は、私と神崎さんの仲を邪推して……。神崎さんを追い詰めたのだと思うのです」

「ご主人はなにをされている方なのですか」

貞務は聞いた。

「投資ファンドを経営しています。ベンチャー企業専門です。事業自体は順調ですが、私のことを殺すとまで言います」

「投資ファンド?」

貞務は、柊から聞いた話を思い出した。神崎が投資を勧めていたことと関係があるのだろうか。

「ええ、それほど大きなものでありませんが、創薬のベンチャーに投資をしているようです。詳しくは存じません」

「なぜ殺すなんてところまでこじれたのですか」

「私にも分かりません。しかし、夫が子どもを躾と称して虐待するようになりまして、それに対して抗議をしたところ、私に暴力を振るうようになったのです」

「そんなあなたを、神崎さんが助けてくれたのですか？」

「はい。ものすごく同情してくださって、夫との話し合いの席にも同席してくださいました。それで夫は深く神崎さんを憎むようになったのです。私は、神崎さんと一緒になるつもりだから、別れてほしいとも言ったのです」

「それは本気だったのですか？」

「本気ではありません。神崎さんの提案でした。しかし逆効果で夫はますます逆上して、不倫で裁判に訴えるとか、うなばら銀行の頭取も知っているからお前なんか銀行に居られなくしてやる、と言い出したのです」

「それにしても随分、神崎さんはあなたに深く関わったのですね。失礼なことを言って申し訳ないですが」

　貞務の言葉に、洋子は伏し目がちになった。

「私のことを愛してくれていたのだと思います」

「そうですか……」

「でも、これは私が一方的に思っているだけで神崎さんから聞いたわけではありません。あの方はとても愛情の深い方で、過去に随分、辛い思いをされたようで、私に深く同情してくださったのです」

　中国に「忠なるものは報いられざるはなく、信あるものは疑われず」という諺《ことわざ》がある。

忠や信を推奨する内容だが、中国の歴史上でも必ずしも報われない事例は多い。

神崎も洋子に尽くしたのだが、報われなかったのだろう。

「ご主人が神崎さんを殺したというのは、どういう意味ですか？」

雪乃が、我慢できない様子で聞いた。

「実際、手をかけたのかどうかは分かりません。しかし神崎さんを追い詰めたことは事実です。それで神崎さんは自ら命を絶ったのだと思うのです。私の責任です」

洋子は両手で顔を覆った。

「桜田さんの責任じゃないわ」

雪乃は言った。

「あなたがそこまで言うなら、御主人に会ってみる必要があるでしょうね」

貞務は言った。洋子の夫が投資ファンド経営というのが妙に引っかかるのだ。

「会ってくださいますか」

洋子の表情に明るさが戻った。

神崎の代わりに、今度は貞務が洋子の問題の解決に関与させられることになるのだろうか。

貞務の携帯電話が鳴った。勇次からだ。電話に出る。

「貞務です。なにか分かりましたか？」

〈ああ、神崎の過去が少しね。彼は児童養護施設で随分ひどい目にあっているな〉

勇次が言った。

児童養護施設？　神崎は施設で育ったのか。貞務は、新たな疑問が増えるのではないかと嫌な予感を覚えた。

第三章　研究者

1

聖仁《きよひと》は、最近、夢にうなされ、飛び起きることが頻発している。着ているパジャマが汗でぐっしょりと濡《ぬ》れている。気持ちが悪くてすぐに着替えることがしばしばだ。

見る夢、それを悪夢というならいつも同じだ。

暗く、冷たい水の中で溺れている。水が容赦なく口から肺に入ってくる。苦しくて、苦しくて、もがくのだけれども一向に浮上しない。どこまでも沈んでいく。

ああ、もう死ぬのだ……。諦めた時に目が覚める。

悪夢の原因は分かっている。隅田川《すみだがわ》で溺れかけた記憶だ。長い間、心の奥底に封印されていたのだが、最近になって、その封印が破られてしまったようだ。

あれは十歳の夏の夜のことだった。聖仁は、友人と二人で児童養護施設さわらぎ園を逃げ出した。

聖仁は、実の父母を知らない。一歳くらいの時、江東区《こうとう》のさわらぎ園の前に捨てられていた。着せられていた産着に「山名明《やまなあきら》」と布製のタグが縫い付けられていたという。はっきりはしないが、これが本名なのだろう。

さわらぎ園を逃げ出した理由については思い出したくもない。毎日が地獄の日々だった。

どことといって行く当てがあったわけではない。夜になり、どこかで眠ろうということになった。ねぐらを探したのだが、なかなか適当な場所が見つからない。公園などで眠ったらさわらぎ園の職員に見つかってしまう。そんなことになればどんな折檻《せっかん》を受けるか知れたものではない。

ようやく見つけたのは、隅田川に浮かんでいたボートだった。幸いテントのように青いビニールシートで覆われており、その中に隠れて眠ることができそうだ。

あれにしようか？　聖仁が提案した。友人は、黙って頷いた。

ボートは狭くて、二人が横になると窮屈で仕方がなかった。しかし疲れていたのか、すぐに眠ってしまった。

目が覚めたのは、明け方だった。こんなところに隠れていやがった、という聞きなれた男の声が耳に入ったのだ。さわらぎ園の職員の声だ。

すでにテント代わりの青いビニールシートは剝がされていた。友人は、二人いた職員の一人に首ねっこを押さえられていた。

こっちへ来るんだ。もう一人の職員が聖仁の腕を掴んだ。彼が一番激しく聖仁を虐待している職員だ。

彼は聖仁を裸にすると、水をかけ馬鹿野郎、逃げ出しやがってと怒鳴り続けたこともある。許してくださいと悲鳴を上げながら頼んだが、彼は、それを無視し、苛めを楽しんでいる。にやにやしながら、まるでダンスを楽しんでいるかのように身体を揺らし、ステップを踏み、水をかける。

聖仁は、ボートの中に捨てられていた板切れを拾い上げ、彼の手をしたたかに叩いた。悲鳴が上がる。聖仁を掴んでいた手を放す。そして怒り溢れる顔で、痛《い》てっ！　この野郎、なにをしやがる、と叫んだ。

えいっ！　聖仁は隅田川に飛び込む。夏だったが水は冷たい。

あっ、飛び込みやがった。

友人を捕まえている職員が驚きの声を上げた。

逃げろ！

友人の叫び声が聞こえた。

聖仁は、あまり泳ぎが得意ではない。それに加えて隅田川はみかけよりも流れが速い。

特に河口近くだったので潮の影響も受けていたのだろう。手足を動かしても身体が流されていく。必死だった。しかしどうしようもない。身体が沈んでいく。

波にのまれそうになりながらも顔を上げ、川岸を見る。職員たちが焦って走っている。もし死んでしまったら、奴らは殺人犯だ。警察に逮捕されるだろう。聖仁は、それでいいと思った。ほんのささやかな抵抗だ。

ざまあみろ……。

水を飲んでしまった。もう手足をバタバタさせるのはやめよう。このまま死んでしまうのだ。それが一番の幸せだ。友人はどうなっただろうか……。意識が遠のいていく。

気が付いたら真新しい布団の中だった。これが天国というところなのか。

「目が覚めたかい」

聖仁の目には優しそうな笑みを浮かべた男女が映った。

そしてその隣に白衣を着た医者らしき人物。

「もう大丈夫でしょう。しかし川の水を飲んでいますから、細菌性の肺炎を起こす可能性があります。この抗生物質を飲ませて様子を見てください」

医者は言い、往診鞄《かばん》を持ち上げた。

聖仁は身体を起こそうとした。しかしあちこちが痛く苦痛にうめき声を上げた。

「無理に起きなくてもいいからね」

男が優しく言った。

「すみません」

聖仁は布団に身体を横たえたまま言った。助かったのだ。

「隅田川のテラスを散歩していたら、あなたが川べりにしがみついて気を失っているから、びっくりして家に運び入れたのよ。主人が救命のノウハウを知っていたから水を吐き出させたので大丈夫だと思うけどね」

女が言った。女性は四十歳くらいか。細身で瞳がきらきらと輝いているのが印象的だ。男性は五十歳くらい。がっしりした体つきで、日焼けした顔に太い眉が目立つ。

「ありがとうございます」

聖仁は言った。

「事情は、後で聞くとして、もし身体が起こせるなら、温かい豚汁があるけど、食べるかい」

男が言った。

それを聞くと、急に腹が減っているのに気づいた。クーッと腹が鳴った。

「正直だね。お腹《なか》が空《す》いているんだ」

女が笑った。楽しそうだ。聖仁もつられて笑った。警戒心が、溶けていくのが分かった。

二人は、江東区の清澄《きよすみ》庭園近くで印刷会社を経営する榊原晴次《さかきばらせいじ》と十三枝《とみえ》夫妻だった。経営するのは会社と言っても個人経営で、名刺やチラシ、企業の宣伝パンフレットなどを印刷する中小企業だった。

二人は毎日の日課で隅田川を散歩するのだが、そこで聖仁を見つけたのだ。

二人は、聖仁に名前や住所などを聞いた。当然のことだ。聖仁を両親のもとに届ける義務がある。事故なのか、故意なのかは分からないが、隅田川で溺れているというのは尋常ではない。なにか複雑な事情があるはずだ。

聖仁は、とっさになにも思い出せないと答えた。自分の名前も、なぜ隅田川で溺れていたのかも、なにもかもまるきり思い出せないと、嘘をついたのだ。

正直に答えて、さわらぎ園に連れ戻されたらと考えたら、自己防衛の本能が働いたのだろう。

榊原夫妻は心配になり、医者に見せたが、医者も聖仁の演技を見抜くことはできなかった。一時的なショックからくる記憶障害でしょうと言うだけだった。そして時間が来れば回復しますとも言った。

「うちには子どもがいないんだ。良かったらうちで一緒に暮らすかい?」

晴次が聞いた。

「無理にとは言わないからね」

十三枝がほほ笑んだ。

聖仁にとっては、これ以上の幸運はなかった。記憶喪失を装っているという罪悪感はあったが、それ以上に喜びと安堵感が勝った。

それでも聖仁は、毎日、不安に暮れた。さわらぎ園から捜索願が出され、警察が来るのではないかと怯えたのだ。しかし誰も探しに来なかった。きっと聖仁が逃亡したことを隠蔽してしまったに違いない。

二人は、彼に「子どもが産まれたらつけようと思っていた」名前である「聖仁」と名付けた。そして数か月がたち、孤児扱いで、聖仁を正式な養子として迎えいれたのだ。

榊原夫妻は、聖仁にとって理想の両親だった。優しく、慈愛に満ち、決して聖仁の過去を詮索せず、本当の自分の息子として育ててくれた。

聖仁も二人の愛情に応えて、勉強に励んだ。いつしかさわらぎ園の記憶やそこを逃亡したことなど、すっかり忘れてしまった。生まれた時から榊原夫妻の子どもだったと思うまでになったのである。

それは榊原夫妻にとっても聖仁にとっても都合のよいことだった。

だが喉に刺さった魚の小骨のようなもので、さほど害はないものの、いつまでも喉の奥から、聖仁を不安定な気分にさせるべく、かすかな刺激を与え続けていたのだった。

聖仁は、優秀だった。単に秀才というより天才と言ってもいいほどだった。

榊原夫妻の教育費負担を心配して、聖仁は決して私立の名門校に行こうなどとは言わなかった。地元のありふれた公立小学校、中学校、高校と進学し、日本トップの名門東《とう》都《と》大医学部へと進学したのだった。

聖仁の高校で、東都大、それも医学部に進学したのは後にも先にも聖仁一人だけだった。校長が、花火を上げて祝いたいと言ったのも、あながち冗談ではなかった。

「人のために尽くすんだよ。ありがとう。聖仁と暮らせて、幸せだったよ」

晴次はその言葉を残し、聖仁の大学入学を見届けると、亡くなった。享年六十三歳。膵臓《すいぞう》に癌《がん》が見つかったのだが、すでにリンパに転移し、手の施しようがなかった。

聖仁は、晴次の枕頭で大泣きに泣いた。そして喉の奥に刺さった小骨のような嘘を告白しなかったことを後悔した。

しかし、自分は山名明などではなく、榊原聖仁なのだと改めて思い直した。そして晴次を死に至らしめた癌の撲滅に、一生を捧《ささ》げようと誓ったのだ。

十三枝は、晴次の残した印刷会社の経営を断念したが、会社の土地をマンションにすることで生活はなんとか安定した。

聖仁は、臨床医の道を選ばず、研究医の道に進むことを決意し、晴次を死に至らしめた癌克服のため、抗癌剤を研究する当麻《とうま》純之助《じゅんのすけ》博士の指導を受けることとなったのである。

当麻は医学博士でありながら薬学にも研究領域を拡大し、抗癌剤研究の世界的権威となっている。

当麻は、聖仁の才能をいち早く見抜き、研究室のみならず東都大のホープとして育てようと目論《もくろ》んだ。そのため聖仁は、早くから専門研究雑誌への論文掲載が認められるなど幸運に恵まれた。

そしてついに聖仁の晴れ舞台が用意されることになった。

抗癌剤の歴史を変えるかもしれない大発見を成し遂げたのだ。その記者会見が近づいている……。

「大丈夫かね。榊原君」

当麻が声をかけてきた。

「大丈夫です。ご心配には及びません」

聖仁は、研究データを整理しながら、答えた。

「そうかね。少し顔色が悪いようだが、あまり無理をしないようにね」

当麻が聖仁を見る目が、限りなく温かい。それもそのはずである。娘の美里《みさと》の婚約者であるからだ。

当麻を研究室の後継者と見込んでからの当麻の動きは素早かった。

次女である美里とさりげなく見合いさせたのである。美里は、聖仁をたちまち気に入った。

聖仁も、美里の清楚《せいそ》な美しさを気に入り、とんとん拍子に婚約へと進んだ。

十三枝は聖仁の出世を喜んだ。晴次の墓前に手を合わせて、報告をした。

聖仁の周囲の者たちからの嫉妬めいた言葉が聞こえないでもなかった。

これで東都大の最年少教授の肩書を入手したも同然ですな……。

当然でしょう。当麻教授が義父になるのですからね……。

などなど。

聖仁の耳にもこうした嫉妬深い声は入っていた。

最近になり、聖仁の憂鬱は深くなった。それは喉に刺さった小骨がじくじくと膿《うみ》を持つかのように、うずき始めたからだった。

2

聖仁は、記者会見での発表の要旨をまとめていた。

多くの記者が駆け付けると事務局から聞いていたので、緊張が高まる。

――癌は、日本国民の死亡原因のトップである。男女とも三割ほどが癌で亡くなる……。

癌についての基礎的な説明から入った方がいいだろうか。そんなのはすっ飛ばしていきなり研究結果に行った方がいいのか。

晴次のことを思った。膵臓癌で亡くなったのだ。聖仁が、抗癌剤の研究に取り組もうと決意したのは、晴次の死がきっかけだ。

このことはぜひ話そうと思った。物事を始めるには、強い動機が必要だ。自分には、その動機がある。十三枝が聞けば、喜ぶに違いない。

――今日では癌の治療方法が進み、コントロールできる病気であると主張する医療関係者がいることも事実です。実際、早期発見することが前提ではあるものの、五年生存率は前立腺癌なら百％、胃癌、大腸癌、乳癌では九十五％という数字もあるほどです。

ここで記者からあなたの治療法はどのようなものなのですか、と質問を受ける。

この質問は、知り合いの雑誌記者に頼んでおいた。いわゆる仕込みだ。やらせというと人聞きが悪いが、記者会見を盛り上げるためには許される程度の演出は必要だ。

聖仁は、パソコンの画面をきりりと睨んで、

――ご説明しましょう。癌治療には主に三通りの方法があります。手術による除去、放射線治療、そして抗癌剤治療の三つであります。私は、そのうちの抗癌剤治療に関わる研究をしておりますが、今回、発表させていただくＪＴ－１は従来の抗癌剤の概念を一変させる可能性があります。

ＪＴ－１という新しい癌抑制物質は、「当麻純之助」のイニシャルから名付けた。聖仁の当麻への気遣いである。

聖仁は、画面を睨んで見得を切った。目の前で大勢の記者がパソコンのキーボードを叩きながら、聖仁の一言一句を聞き漏らさないように注意を集中する——。

ドアがノックもなく、バタンと開いた。

「先生、やってますね」

大声を発しながら、研究室にずかずかと入ってきたのは、ベンチャー投資ファンドを経営する桜田毅《たけし》だ。

聖仁は、顔をしかめて振り向いた。

「ノックくらいしてくださいよ」

言いにくそうに抗議した。

「すみません。ぶしつけが持ち味でしてね」

桜田は悪びれもしない。聖仁に近づくと、傍《そば》にあった椅子を摑み、自分に引き寄せると、それに腰を落とした。

聖仁はキーボードから手を放し、椅子を回して桜田と向き合った。

「記者会見の準備ですか」

桜田がパソコン画面をのぞき込んだ。

聖仁は、画面に手をかざし、桜田の視線を遮る。

「まだ見ないでください」

「はい、はい。先生にはすっかり嫌われちゃったな」

嫌味な笑いを浮かべる。

桜田とは、当麻の紹介で出会った。当麻は、親しい財界人に紹介されたと言う。その際の紹介の言葉は、リスクマネーを提供してくれるから、会った方がいいというものだった。

抗癌剤など、新薬を創り出す創薬の分野には、多くの資金が必要となる。

ベンチャー投資を語るのに「千三《せんみ》つ」という言葉がある。千に三つも当たれば、投資した元手が回収できるという意味だ。

しかし創薬に関しては「万が一」の方が正しい。万に一つも成功の可能性がないという否定的な意味だ。

そのため小規模な製薬会社は投資負担に耐えられず、世界的な企業に買収されてしまう。

日本でも大手製薬会社が海外の製薬会社を買収し、規模拡大と事業のリストラを大胆に行った。国内のマーケットだけを相手にしていては、じり貧になるとの危機感からだった。

企業がこれほど危機感を抱いているのだから、大学の研究室も同じ状況だった。

研究室を預かる教授自ら、企業を巡り、研究内容を説明し、投資、すなわち研究費の拠出を依頼するのが普通となっている。

国費や大学からの援助だけを頼りにし、象牙の塔にこもっている時代はとっくに終わったのだ。

桜田は、自分が経営する投資ファンドから億単位の金額を当麻研究室に投入した。

やや増長した態度なのも仕方がないのだ。聖仁は、当麻の手前、甘受せざるをえない。

「儲けさせてくださいよ」

桜田は欲の皮を思い切り突っ張らせたような下品な笑みを浮かべた。

「私は、儲けるために研究しているんではないです。世のため人のためです」

「はい、はい。よく分かっていますよ。先生は、名前の通りに聖人君子ですからね」

「皮肉を言わないでください」

聖仁はますます苦り切った顔になった。

どうしてこんな男のカネに頼ってしまったのか。このことだけは世話になっている当麻に不満を抱かざるをえない。

「先生の発表が、センセーショナルであればあるほど、新しい治療薬に注目が集まり、私の投資ファンドにもカネが集まるんです。投資し甲斐《がい》があるってものです」

桜田は、満足げに鼻毛を抜いた。

その不潔さに聖仁は眉を曇らせた。桜田の投資ファンドのカネ主についてはとかくよい噂を聞かない。それは当麻にも情報として提供したことがある。

当麻は、憮然《ぶぜん》たる面持ちで、いずれ処理すると答えただけだった。聖仁はそれ以上、言うのを止めた。当麻を悩ますだけだからだ。当麻の苦労は、痛いほど分かっている。

「ああ、そうそう」

桜田が軽い調子で、なにかを思い出したらしく話し出した。

「なにか？」

聖仁は軽く首を傾げた。もういい加減、研究室から出ていってほしいという態度をあらわしたつもりだが、分かってくれただろうか。

「この間、話しましたっけ。私、女房と別居していますけどね。女房とやたらとねんごろになっていた奴が死んだんですよ。私が殺してやったみたいですが、すっきりしましたね」

「殺してやったって物騒な言い方ですね」

「ほんと余計なことばかり言う男だったんですよ。女房は、私のカネを嫌って、恥ずかしながらうなばら銀行でパートをやっているんです。投資ファンドの経営者の女房が銀行のパートですからね。どうしようもない女です。それに味方をしていた奴なんですよ」

　聖仁は、うなばら銀行と聞いて、わずかに緊張した。

「女房とできてたみたいでね。よくある話ですよ。私の不満を聞いているうちにねんごろになったようです。それで私と別れるようにって、余計なことを口出しするので、死ねって、殺すぞって……」

「まさか本当に殺したんじゃないですよね」

　聖仁は、疑念を顔に出した。冗談にしても言っていい冗談とそうでないものがある。

「さあ、どうですかね。しかし、相当、追い詰めてやりましたからね。自殺したって言うんですよ。まだ、はっきりしてはいないですがね。女房の奴は、私が殺したってヒステリックに騒ぎやがって……。あんな男は死ねばよかったんです。私は絶対に女房と別れませんからね」

　桜田は、不愉快そうに吐き捨てた。

「桜田さん、失礼なことを言って申し訳ありませんが、個人的なお話を聞いている時間はないので、特段の用事がなければ帰ってくれませんか」

　聖仁は思い切って言った。

　桜田は口を歪めて、「そんな邪険にしないでくださいよ。先生のところに他の会社が触手を伸ばしてないか、チェックするのも私の大事な仕事なんですから」と言い、「ああ、そうそう。死んだのは神崎って奴なんですよ。ホント、うるさい、嫌な奴だった」

　桜田が大儀そうに言った。

「えっ、神崎！」

　聖仁は、驚き声を上げたが、慌てて言葉を呑んだ。

「神崎進介です。ご存じでしたか？」

「いえ、ちょっと……」

　聖仁は言い淀《よど》む。

「そう言えば、あの男、先生を知っているようなことを言っていましたね」

　桜田が、聖仁を探るような目つきで見つめた。

「そう……そんなことを言っていましたか」

　聖仁は動揺を桜田に覚《さと》られたくないという意識を抑え込む。

「私が先生の研究に投資していると、女房から聞いたらしくて、それを止めろとうるさく言うんです。本当にこの手で首を絞めたくなりましたよ。あの神崎って何者ですか」

「知りません」

　聖仁は、強く否定した。

「まあ、いいでしょう。死んだ奴にいまさらとやかく言われることはないですからね」

「本当に死んだのですか」

「何でも銀行の支店の金庫内で首吊り死体で発見されたみたいですよ。明らかに自殺なんですが、まだ結論は出ていないらしいです」

「そうですか……」

「やはり神崎をご存じなのですね」

「いいえ、そういうわけではありません。よく似た名前の人を知っていたものですから、驚いただけです」

「まあ、いいでしょう。でも先生。なんだか今度の発表には大手製薬メーカーの光鷹《みつたか》製薬も関心を持っているって話ですね」

桜田が、疑い深そうな目つきになった。

「私は知りません。当麻先生に聞いてください」

聖仁は、桜田に背を向け、パソコンに向かった。

「私が、先生にとって一番有利な製薬会社をご紹介して、投資したカネの回収を図らせていただきますからね。余計なことはしないで研究にまい進してください。では、また」

桜田はようやく椅子から腰を上げ、研究室から出ていった。

聖仁は、気づかぬ振りをして黙ってパソコンの画面を見つめていた。

あああっ、と大きな声で叫びたくなった。パソコンのキーボードに顔を伏せる。

どうして嫌なことばかり起きるようになってしまったのか。純粋に研究に勤《いそ》しんでいる時は、どんな苦労も感じないほど身体から活力が溢れていた。

ところが研究に成果が出て、ビジネスになりそうになると、多くの人や、会社が現れてきた。啓蟄《けいちつ》という言葉がある。三月のはじめ、春を待っていた虫が地面から顔を出してくることを意味しているが、自分の周りもそれと似た状態になっている。

虫という表現は失礼に当たるかもしれないが、当麻のところには内外の多くの製薬会社が研究成果の製品化を求めて顔を出している。

桜田の投資ファンドと当麻がどのような契約を結んでいるのか、聖仁は聞かされてはいない。すべてに桜田の投資ファンドが優先するのだろうか。それとも新たなスポンサーを見つけてもよいということになっているのだろうか。

今では、金銭的な欲がないと思っていた当麻まで目の色が変わり始めた気がする。人間不信に陥ってしまいそうだ。

「進ちゃんが死んだのか……」

聖仁は、胸に強く嘆きの痛みを感じた。自分が殺したのかもしれない。桜田は、絞め殺したいような奴だと言ったが、自分はどうだったのか。

自分もそのように思っていたかもしれない。じくじくと膿汁が滲《にじ》みだしてくるような嫌な気分は、神崎進介が現れてからのことだ。

聖仁も、進介が死ねばいいと思ったことがないとは言えない。本心かどうかは分からないが、目の前から消えてくれればどれだけ心が晴れやかになるだろうかと思っていたことは事実だ。

消えてくれと進介に言ったこともある。その時の悲しそうな眼を覚えているが、それが彼の死のきっかけになったとしたら……。

まだまだ嫌なことが続く気がする。進介が、どのようにして死んだのか。気になるところだ。

「あいつ、おせっかいな奴だったからな」

聖仁は、少年時代の進介の屈託のない笑顔を思い出した。なにかにつけて自分のことを守ってくれた。そのことを思い出すと、急に涙が溢れてきた。

「俺は、なんて人でなしなんだろう」

聖仁は、両手で顔を覆った。

3

「進ちゃん、逃げようぜ。こんな地獄みたいなところは」

聖仁は神崎進介に言った。

「明君、逃げよう」

進介が青い顔で答えた。

二人は、江東区にある児童養護施設さわらぎ園に幼いころから入所していた。歳は同じ十歳だ。

児童養護施設は、児童福祉法に基づき設置されている。そこには育児放棄、虐待、経済的理由などで家庭で暮らすことが困難な子どもたちが暮らしている。

このように児童養護施設は、家庭を失っている子どもたちのラストリゾートと言うべき存在なのだ。

多くの施設が、子どもたちの未来のために努力しているのだが、中にはひどい施設もある。

聖仁と進介が暮らしていたさわらぎ園は、その一つだった。

さわらぎ園で児童への虐待が日常的に行われるようになったのは、一年前に園を経営する社会福祉法人の経営者が替わり、彼が連れてきた職員が勤務するようになってからだ。

聖仁たちを虐待するのは主に茶谷俊朗《ちゃたにとしろう》という職員だった。

茶谷は、経営者の友人ということで園内で急速に権力を持つようになった。

経営者は、園の経営を茶谷に任せきりとなっていたが、それをいいことにやりたい放題の横暴振りだった。

子どもたちを怒鳴り、侮蔑する悪行ぶりだった。

大人しく逆らうことがない子どもたちを前にしてなにを勘違いしたのか、王様気どりになってしまったのだろう。

夏ならば裸で水を浴びせられたこともある。逆らうと食事を減らされることもあった。

聖仁は茶谷に抵抗した。許せなかったのだ。経営者に直接訴えたこともあったが、狡《こう》猾《かつ》な茶谷は、経営者に媚びを売り、聖仁の訴えを嘘だと否定した。

聖仁は、女子児童が苛められていれば、茶谷に身体でぶつかり、そのためロープで縛られたことがあった。ある時は、あまりに大声で茶谷への攻撃の言葉を叫んだため、タオルを口に詰め込まれる恐怖を味わったこともある。

他の職員や子どもたちは無力だった。彼の陰湿な性格や経営者への讒言《ざんげん》を恐れて、誰一人聖仁の味方になってくれる者はいなかった。

進介だけは違った。聖仁が苛められると、庇《かば》ってくれた。いつしか二人の間には深い友情が育まれていった。

聖仁は学校での成績は断トツの一番だった。区の図書館で大人が読む小説や科学関係の本を借りては読んでいた。

ある時茶谷が、聖仁が読んでいた本を奪い取り、それで聖仁の頭をこづいた。

「なにをするんですか」

聖仁は両手で頭を押さえ、怒りのこもった視線で茶谷を睨んだ。

「お前、どこの馬の骨か分からないのに妙に頭がいいらしいな。その生意気なところが気に食わないんだよ」

また本でこづいた。

「その本を返してください」

聖仁は痛さをこらえて、茶谷に向かった。茶谷は、笑いながら、その本を乱暴に放り投げたのだ。

殺してやる……。

もしその場にナイフがあれば茶谷を刺していたことだろう。

聖仁は、その時、さわらぎ園を脱走することを決意した。

そして進介を誘ったのだ。進介は、すぐに同意してくれ、夜陰に紛れて、二人は園を抜け出した。

固く閉まった門を無理やり開けようとして、大きな音を立てた。運悪く巡回中だった茶谷に見つかった。

聖仁と進介は、必死で走った。しかし大人の足は速い。茶谷が追い付いてきた。その時だ。聖仁は、ポケットに忍ばせていたナイフを茶谷に向かって思い切り振り下ろした。

「ギャーッ」

茶谷が悲鳴を上げてその場に膝をついた。左の頰を手で押さえているのが見えた。ナイフで切り裂いてしまったようだ。

「明君、逃げるよ」

進介が聖仁の腕を摑んだ。

「うん……」

聖仁は、その場にナイフを落とし、駆け出した。

心配になり、背後を一瞥《いちべつ》すると、別の職員が茶谷に駆け寄っているのが見えた。そして彼らは聖仁たちを再び追いかけ始めた。

＊

山名明が榊原聖仁になって十九年が過ぎた。

聖仁は、山名明であったことなどすっかり忘れてしまっていた。周囲の誰も聖仁の過去を知る者はなく、生まれた時から榊原家の一人息子であったようになっていたのだが……。

半年ほど前、進介が突然、東都大学の研究室を訪ねてきたのだ。

ドアを開けた瞬間、「明君」と進介は言った。

聖仁は凍り付いた。表情は強張《こわば》り、目は見開いたまま瞬《まばた》きを忘れていた。口は半開きのまま、閉じることはなかった。

進介は笑顔だった。

「これ、お土産。明君、シュークリームが好きだったよね。それを思い出したんだ。食事の後、配られたシュークリームを食べないで大事に取っておいたら、ベッドの下に落として、僕が踏んでしまって、ぺちゃんこにしてしまったよね。でも明君、もったいないって、クリームを指ですくって舐《な》めたよね」

止めてくれと叫びたくなるのをぐっと我慢した。

聖仁は冷静さを取り戻し、「どちら様ですか」と聞いた。

進介は、戸惑いの表情を浮かべながらシュークリームの箱を差し出す。

「神崎進介だよ。さわらぎ園で一緒だった……。忘れたの？　明君？」

「勘違いされていませんか？　私は榊原聖仁と言います」

心臓が身体から飛び出すのではないかと思うほど動悸《どうき》が激しくなる。

「この間、雑誌で大きく採り上げられていたでしょう？　週刊経済エクスプレスだよ。新進気鋭の抗癌剤研究者として……。あっ、明君だと思った。生きていたんだ。よかったなぁと心底思ったんだ。そしたら無性に会いたくなってね。ごめんね、突然、押しかけてきてしまって。受付では僕の名刺を出したら、すんなり通してくれたよ」

進介の顔には笑顔が溢れていた。その顔は、十九年という歳月を経たとは思えなかった。昔のままの、人のよい、心根の優しさがにじみ出ていた。

辛かったさわらぎ園での暮らしが、たちまち蘇《よみがえ》ってきた。聖仁は、今にも涙を流して「進ちゃん」と大声で呼びかけたかった。

「申し訳ありません。勘違いされていると思います。お帰りください」

聖仁は、冷たく言い放った。

「間違えるはずがないさ。君は山名明君だよ。忘れるはずがない。君の右の眉は真ん中で少し切れているだろう」

進介は、聖仁の眉の辺りを指さした。聖仁は、眉に手を当てた。

「それは僕が、工作の時間に小刀で傷つけてしまった跡だよ」

進介は、手を伸ばし、聖仁の眉を触ろうとした。

「止めてください！」

聖仁は思い切り進介の手を払いのけた。

「どうしたの？　おかしいよ。明君」

進介は悲しそうな顔をした。

聖仁は、泣きたくなるような表情で、進介を見つめた。恨みもこもっていた。帰ってくれ、帰ってくれと必死で願った。

「明君は、さわらぎ園に居る時から頭がよかった。雑誌を見て、こんなに立派になっているとは思わなかった。僕と一緒にさわらぎ園から脱出して、隅田川の船に隠れて眠ったよね。朝になって職員に見つかって、君は隅田川に飛び込んだ。僕は、職員に捕まって連れ戻されてしまった。僕は、脅されたよ。こっぴどくね。茶谷を覚えているだろう?」

進介は探るような目つきで聖仁を見た。

茶谷?　あの悪魔の職員だ。忘れようにも忘れられるものか。

「あいつには特にやられた。あいつに君が一太刀《ひとたち》あびせてくれたのはよかったね。あいつの左頬はざっくりと切れていて、皮膚から肉が飛び出ていたんだ。顔を包帯でぐるぐる巻きにしてさ。僕は君を探してくれ、溺れて死んだかもしれないって頼んだ。必死だった。しかし誰も探しに行かなかった。僕たちの脱出はなかったことにされたんだ。さわらぎ園はどのように細工をしたのかは分からないけど、君は最初からいなかったことにされたようだ。勿論、徹底した緘口令《かんこうれい》もしかれた。しかし僕は、何度も隅田川に来て、君を探した。だけどとうとう見つからなかった。君は、海に流され、自由になったんだと思った……」

進介の目に涙がにじんだ。

「そしてこの間、なにげなく雑誌を見たんだ。もうびっくりして心臓が止まるかと思ったよ。君が笑顔で写っているじゃないか。僕も君も、すっかり大人になったけど、子どものころの面影はきっちりと残っているさ。どんな事情があるか知らないけど、僕は、榊原聖仁は山名明だと信じている。そして僕の一番の親友、明君が世界的な研究者になったことを誇りに思った。やったね！　って感じだ。君の発見した癌をやっつける物質JT－1が世界の人を救う日が来るのを楽しみにしている。ノーベル賞ものだね。今日は、ごめんね。突然、訪ねて来て、驚かしてしまって……。とにかく元気な顔を見たかっただけなんだ。これ、置いていくから、よかったら食べてね」

進介は、シュークリームの入った箱を机の上に置き、研究室から出ていこうとした。

「名刺をいただけますか？」

聖仁は、進介の背後から声をかけた。

進介が振り向いた。喜びが浮かんでいる。聖仁が、完全に拒否しなかったことが嬉しいのだろう。

「失礼しました。僕は、うなばら銀行浜田山支店に勤務している。銀行員になったんだ」

進介は名刺を取り出し、聖仁に差し出した。「携帯電話の番号を書いておくから気が向いたら連絡してくれよ」

「分かりました」

聖仁は、名刺を両手で持ち、進介を見送った。

ドアを閉めた時、膝に力が入らず、その場に崩れ落ちた。なぜか涙が溢れ出て、止まらない。床に名刺を置いた。「うなばら銀行浜田山支店営業課調査役　神崎進介」と記載されている。名刺の文字が涙で滲んで見えた。

聖仁は、一人になり、身体が震えるほど不安が襲ってきた。それはすぐに恐怖に変わった。

「雑誌か……」

聖仁は呟いた。

最近、聖仁は新進気鋭の研究者として雑誌に写真付きで紹介されることが多くなった。テレビでインタビューを受けることもある。

今回の進介のように、それを見て、榊原聖仁は山名明であると気づく者がいるに違いない。

そうなると、過去がすべて明らかになってしまうだろう。それは大きな問題になるのだろうか。社会的に糾弾されるだろうか。

否、事件や自分の存在をもみ消した園側が、今さら明るみに出すはずがない。

否、実の親さえ分からないことや児童養護施設を逃げ出し、過去を隠して暮らしてきたことなどは、決してプラスではないだろう。

実の親が名乗り出てくる可能性もあるだろうか。ネット社会の弊害で、余計な詮索をして実の親を探し出す連中が現れる可能性も否定できない。それがとんでもない人物だったらどうするのだ。それでも親と言えるのか。

当麻はどう思うだろうか。自分の娘を「どこの馬の骨とも分からぬ」人間の妻にしようと思うだろうか。研究室を譲られなければ、東都大から放逐されてしまうのか。

聖仁の研究に投資をしたいと考えている、製薬会社の幹部たちはどう思うだろうか。

桜田はどう思うだろうか。

過去を隠した理由を根ほり、葉ほり調査するだろう。記憶喪失などという言い訳は通らないかもしれない。

自分の研究成果が、過去にまつわる情報で汚されるのではないか、貶《おとし》められるのではないか。

榊原の母はどう思うだろうか。どれほど悲しむだろうか。記憶喪失でもなく、過去を秘密にして暮らしていたことを知ったら……。

聖仁の頭の中に、不安が渦巻き、恐怖に変わっていく。解決ができない迷いが、堂々巡りをする。

聖仁は、名刺に書かれていた進介の携帯電話の番号を見つめた。

「やはり進介に助けてもらおう……」

進介は、いつも聖仁を庇ってくれたではないか。今度も助けになってくれるに違いない……。

4

研究室のドアが開いた。聖仁は、慌てて進介を失った悲しみの涙を拭い、振り向いた。

当麻が立っていた。

「どうした？」

当麻が怪訝な顔をした。聖仁の目が涙で赤くなっているのに気付いたのだ。

「いえ、なんでもありません」

聖仁は居住まいを正した。

「桜田が来ていたのか。なにか言っていたか」

険しい表情だ。聖仁の研究に誰も見向きもしないころ、桜田を連れてきて、投資させたのだが、最近は関係がよくない。

もっとよい条件で新しい投資先が見つかったからだろう。

「特になにも……」

聖仁は答えた。進介が死んだことは当麻には関係がない。

「彼は、どうも胡散臭《うさんくさ》いところがある。彼には悪いが、投資してもらったカネは早めに返したいと思っている」

当麻は眉根を寄せた。

桜田のカネ主が怪しいことは進介も話していた。

進介は、桜田の妻と付き合っていたらしいが、そこからの情報なのだろうか。

進介に、今までの事情を話し、助けを求めた。進介は、聖仁の事情をすべて理解し、「二人だけの秘密」と言い、全面的に聖仁を守ると言ってくれた。

その際、桜田の話をしたことがあった。彼から資金援助を受けていると説明した。進介は、桜田に関して調査したのだろう。しばらくして付き合わない方がいいと言ってきた。カネを返して、早めに縁を切るべきだと言った。

理由を尋ねると、「聞かない方がいい、僕がなんとかする」と真剣な顔で話していたが……。

「応接室に来てくれないか。お客様がお待ちなのだ」

当麻の表情が和らいだ。

「お客様ですか」

「ああ、うなばら銀行と光鷹製薬の両巨頭が揃《そろ》って君の顔を見たいと言ってお待ちかねだよ。さあ、行こう」

当麻は聖仁の手を引かんばかりの態度を示した。

うなばら銀行と聞いて、進介のことを知っているだろうかとふと思った。しかし末端の行員のことなど、トップが気にかけてはいないだろうとすぐに思い直した。

「早くしてくれよ。お待たせするのも悪いからね」

当麻が研究室から出ていった。

「分かりました。すぐに参ります」

聖仁の表情は憂鬱さに陰る。

儲け話ばかりだ。なぜこれほどまでカネの亡者たちが集まってくるのか。聖仁は、純粋に研究を続けたいだけだ。その研究で、癌で苦しむ人を一人でも救いたいと願っている。榊原の父が、癌で亡くなった時、どれほど悲しかったことか。自分を信じ、自分を守ってくれた人を失う悲しみは耐えがたいほどだった。あんな悲しみを他の人に味わわせたくない。そのためにはこの世から、癌を撲滅しなければならない。

そう思って研究に没頭した。その結果、ＪＴ－１という物質を発見した。これは癌細胞の中の情報伝達系に作用し、増殖を抑える機能がある。

癌を撲滅し、体内から消し去ることはできないが、正常細胞と共存させられるのだ。

人間社会で言えば、戦国の世の中を終わらせるようなものだ。新興で暴れ者の癌という武将を大人しくさせ、秩序を取り戻し、戦争を終わらせるのだ。

この物質の発見は、聖仁の育ての親である榊原晴次、十三枝夫妻のお陰だ。二人は、少年であった聖仁を、自分たちの故郷である福島県会津によく連れていってくれた。自然が豊富で、食べ物もおいしかった。

ある日、晴次が「これを食べてごらん」と言った。お餅だったが、白くはなく、やや茶色がかっていた。

「これは？」

聖仁は尋ねた。

「とち餅って言ってね。とちの実で作るんだ。とちの実はとてもえぐみがあるんだけど、身体にはいいんだよ。これはそのえぐみを取ってあるから、甘くておいしいよ」

晴次に言われるまま、聖仁はとち餅を口にした。

甘くて美味《おい》しい。もちもちとした食感も楽しい。ほんのりと苦みも感じられるが、それが新鮮だ。身体にいいという晴次の言葉が実感できる。

「昔の人は、薬なんかなかっただろう。だから自然の物から身体にいいものを見つけ出していたんだよ……」

聖仁は、抗癌剤の研究を始める際に、この晴次の言葉を思い出し、世界中の木の実に含まれるえぐみの成分を研究しつくした。そして最後に出会ったのが、とちの実の皮のえぐみ成分だった。その成分からＪＴ－１を分離したのだ。本当は榊原晴次の名前からＳＳ－１と名付けたかったのだが……。

聖仁は、「人のために尽くすんだよ」という晴次の臨終の際の言葉を忘れたことはない。

ＪＴ－１は、最近開発されたオプシーボ等の腫瘍免疫治療薬のように一回の治療で千万円単位も要するような高額とはならないはずだ。経口薬として製造することができ、貧しい人も購入することができる。晴次の言葉通りの抗癌剤になる予定だ。

しかし一方ではそれが製薬会社の不満でもある。製薬会社は、できるだけ高額の治療薬の方が収益が上がると考えているからだ。抗癌剤を低価格で提供したくないのだ。

「薬、九層倍《くそうばい》だからな」

聖仁は、薬は莫大《ばくだい》な利益を生むという意味の諺を口にして、眉をひそめた。

5

聖仁は、白衣を脱ぎ、ネクタイを締め直し、スーツの上着を着ると、研究室を出た。

当麻が待っているのは東都大学の中でもＶＩＰを接遇する最も豪華な応接室だ。重厚な色合いのオーク材の壁には歴代の学長の肖像画が飾られている。当麻は、いずれその一枚になろうと野心を燃やしている。

聖仁は、研究室を出た。その途端に妙に嫌な感じがした。どことなく足が重い。逃げ出したいような気持ちになる。

今日はどうも調子が悪い。疲れているのだろうか。桜田が、進介の死の情報をもたらしたために、こんな沈んだ気持ちになっているのだろうか。

それにしても進介はなぜ自殺なんかしたのだろうか？　否、待てよ。まだ自殺かどうかははっきりしていないと桜田は言っていなかったか。殺されたのかもしれない。まさか……。でももし殺されたのだとしたら、いったい誰に？　それは自分にも関係があるのだろうか。

「葬式は終わったのかな……」

聖仁は、進介を思い出して再び涙ぐみそうになった。

向こうから男が歩いてくる。黒いスーツに身を包んでいる。やせ形で、どこか死神のような不気味さを漂わせている。髪の毛が両耳を隠すほど伸びている。

聖仁は、ややうつむき気味に男とすれ違おうとした。足を速めた。

「失礼ですが？」

通り過ぎようとした瞬間に男が振り向き、聖仁に声をかけた。

聖仁は立ち止まった。なぜだか緊張で身体が硬くなる。

「なんでしょうか？」

聖仁は振り返った。

男と目が合った。

その瞬間に卒倒しそうになった。男の左頬が目に入ったからだ。そこには五センチほどの長さのミミズのような肉の塊があった。それは赤黒く、醜い傷跡だった。

「思い出してくれましたか？」

男は右手で傷跡を撫でた。赤い舌が嫌らしくうごめき男の唇を舐めた。

「失礼します」

聖仁は、踵《きびす》を返して、その場を立ち去ろうと一歩を踏み出した。

男の腕が、すっと伸び、聖仁の左腕を掴んだ。

「なにをするんですか。放してください」

聖仁は、男の腕を振りほどこうともがいた。

「探したぜ。明……。東都大にいたとはね。俺もここにはちょっとしたコネがあるんだ」

男の目が冷たく光った。

「茶谷……」

聖仁に暗く冷たい川の中でもがき苦しむ記憶がまざまざと蘇ってきた。

第四章　創薬

1

うなばら銀行浜田山支店は、異様な様相を呈し始めた。客が列をなして押し寄せ始めたのだ。原因は、新型感染症蔓延による需要の急減で、取引先中小企業の資金繰りが悪化したためだ。

貞務は、中国武漢発祥と言われるこの疾病の拡大には、当初から大きな懸念を抱いていた。

人類は太古の昔からウイルスとの戦いを繰り返している。その戦いに勝利したから今日の繁栄があるのだと思われているが、貞務は実はそうではないのではないかと疑っていた。

ウイルスに侵され、多くの人間が死んだ。しかし死なないで免疫を獲得した人間も増えた。その結果、ウイルスの活動が低下していく。ウイルスと人間との共存関係が出来上がったから、感染が止まったのではないか。

貞務は、頭取の久木原に浜田山支店の現況を報告する際、新型感染症の感染拡大を予想して、うなばら銀行としての対策を早急に詰めておいた方がいいと話した。

「大丈夫だ。そんなに心配するな。我が行にはＢＣＰがちゃんとある」

久木原は笑いながら言った。

ＢＣＰとはビジネス・コンティニュイティ・プラン（Ｂｕｓｉｎｅｓｓ　Ｃｏｎｔｉｎｕｉｔｙ　Ｐｌａｎ）のことで事業継続計画と言われるものだ。

災害に襲われた際に被害を最小限に抑え、事業を継続するための計画だ。災害時の組織、コンピューター施設や支店の運営要員の確保などが決められている。地震や台風などが発生し、被害を被るたびに見直されている。コンティンジェンシー・プラン（Ｃｏｎｔｉｎｇｅｎｃｙ　Ｐｌａｎ）という緊急時対応計画も危機対応の趣旨で使用される用語である。

「今回は感染症だからな。今までの地震などとは違う」

「貞務は心配性だな。今までだってサーズやマーズなどのウイルス感染症があったけど、大したことにはならなかったじゃないか」

「今までが上手《うま》く行ったからといって、過去の成功体験に溺れるのは愚の骨頂だ。あの時と今とは時代が違う。ものすごく多くの外国人が日本に来ていた。日本人も世界中に移動していた。感染爆発が起きてからでは遅いぞ。すでに世界的な蔓延になっている」

貞務は相当、厳しく言い込んだ。しかし久木原は「分かった、分かった」と皮肉な薄笑いを浮かべるだけだ。

「とにかく健康を守る物資、人員の確保、取引先への支援、不良債権増加への備え、海外赴任者やその家族の安全対応など、あらゆることに備えた方がいい」

「忠告はちゃんと聞き入れる。総務部に計画の見直しと準備を指示しておく。それより浜田山の方はどうだ」

久木原は、これから起きる危機よりも、今起きている問題に関心が強いのだ。

「神崎の死の真相は混沌《こんとん》としたままだ。支店内の疑心暗鬼は収まっていない」

「そうか……。まあ、頼む。しっかりやってくれ」

久木原はやや不満そうに表情を歪めた。

「一つ、訊《たず》ねたいがいいか?」

貞務は久木原を見つめた。その視線は厳しく、どんな嘘も見抜くという気力に溢れていた。

「ああ、なにか知らないが、いいぞ」

久木原は緊張した表情になった。

「どうして頭取のお前が、一介の支店行員である神崎の死にそれほどこだわるんだ。なにか私に言っていないことがあるんじゃないか」

　貞務の問いに、久木原のこめかみがピクリと反応した。

「私が貞務に隠していることはないさ。新しい店舗をオープンするにあたって浜田山支店の空気を変えてほしいだけだ。それ以上でも以下でもない」

「分かった。信用する。空気を変えるためには、死の真相が必要なことは当然だからな」

　貞務は、もうこれ以上、久木原になにも言うことはないという雰囲気を醸し出した。

　久木原は、貞務の微妙な気配を察知したのか「お前自身が疑心暗鬼にならないでくれよ。頼りにしているから」と、真実味のまるで感じられない表情で貞務に頼み込んだ。

「ウイルスっていうのは、意外と知恵者なんだ。サーズやマーズは致死率が高くて、キャリアをすぐに殺してしまった。だから感染を拡大できなかった。すなわちウイルスも多くの仲間を増やせなかった。それで次のウイルスは、ステルス戦略を取ると言われている」

「ステルス戦略？　それはなんだ」

　貞務の説明に久木原は関心を寄せた。

「ステルス戦闘機というのがあるだろう。レーダーに捕捉されなくて隠密行動できる優れものだ。ウイルスも同じように隠密行動するんだ。致死率は低いけど、無症状で長期間潜伏し、感染者を増やしたところで一気に人を殺すんだ。感染したことを知らないで人々が移動し、自分自身がキャリアになり、スーパースプレッダーとなる、すなわち感染拡大を助けてしまうってわけだ。気づいた時には、もうどうしようもないくらい感染が拡大し、手の施しようがない。こんな事態を想定して、銀行の公的使命が果たせるような作戦を考えておくべきだ」

トップとしては危機に対する想像力に欠ける久木原も、貞務の説明と深刻な表情に影響を受けたのか、表情を強張らせている。

「忠告は深刻に受け止める」

久木原は唾をごくりと飲み込んだ。

「孫子は『兵は拙速なるを聞く』と言っている。戦いは長期戦に持ち込んでは勝ち目がないということだよ。兵隊の士気や戦力も底をつくからね。だから長期戦を覚悟などとは言わないで、短期決戦で決着をつけるつもりで作戦を練ってくれ。問題が起きたら、戦術を小出しにしないで、一気に投入するんだ。いいな」

貞務は強く念を押した。

「分かった。よく肝に銘じておく」

久木原の怯えたような様子を見て、貞務は少し安心した。ここまで言えば、久木原も対策が後手に回ることはないだろうと思ったのだ。

「浜田山のことはまた報告する」

貞務は頭取室を後にした。

2

神崎進介の死の真相の追及はなかなか進展しなかったが、新型コロナウイルスの感染は急激に進んだ。

貞務は、久木原に危機管理を説いた手前、早い段階から金田に感染対策を指示していた。

支店の備品として大量のマスクを備えさせた。行員の実務能力を分析、仕分けし、誰と誰の業務が交代可能か、取引先中小企業、特に飲食店などをリストアップさせ、その資金繰りを検討させ、どの程度の売り上げ減少に耐えられるか、住宅ローンの利用者の年収を再確認し、緊急時にはどの程度のリスケジュールが可能かなどを検討させた。

極めつけは近在に住むOBを使いたくなったなら銀行OB達の連絡網の作成だ。

「支店長、こんなものをなぜ作るのですか」

金田が怪訝な顔をした。

「必要にならなければいいだけのことです。OBとは言え、銀行員の予備役みたいなものですよ」

「予備役ですか……」

金田は納得できない表情で首を傾げた。

しかし三月の中頃を過ぎるころから、支店の窓口は異様な雰囲気となってきた。厳しい表情で取引先の社長たちが資金繰り支援融資の相談にやってきたのだ。着任直後に挨拶した幸陽商事の柊も例外ではない。あの時は、担当の平沼をからかい気味にいたぶる余裕があったが、今では青息吐息と言った様子だ。

「支店長、なんとかしてくれ。売り上げがゼロになった」

柊が貞務を捕まえて声を荒らげる。相談に来ている他の取引先が一斉に貞務と柊に視線を集中させる。ここでの発言が取引先との信頼関係に決定的に影響する。貞務は、腹に力を込めて、「安心してください。どんなことがあっても支えますから」と強い口調で言い切った。

貞務の言葉を聞いた柊はなんと表現していいか分からないほど安堵した表情になった。表情だけではなく、足下もとろけてしまいそうになり、貞務の支えがなければ倒れてしまうだろうと思われた。

「ありがとう、支店長」

柊は涙を流さんばかりだ。

周囲の取引先も一様に不安な表情を安堵に変えている。

「皆さん、なんでも相談に乗ります。安心してください。一緒に頑張りましょう」

貞務は相談の順番待ちをしている取引先に向かって話しかけた。普段、あまり大げさな態度で振舞うことのない貞務は、自分らしくないと思った。

しかし孫子が軍をまとめる際は「金鼓《きんこ》を為《つく》る」と言っている。多数の兵を一つにするためには、金鼓や旗など耳や目に訴えるものが必要なのだ。貞務の態度も一種の金鼓になるだろう。これで不安になっている取引先の気持ちが落ち着けばいい。

それにしても今回の感染拡大は未曾有の危機だ。日本ばかりでなく世界中が、同時期に同じ危機に怯え、身構えるなど、過去に経験がない。戦争でさえ一部で行われていたと考えている人もあったのだから。この事態は私たち人類の生き方そのものを変えてしまうかもしれない。どのように変えるかは、全く想像もつかないが……。

柊は、担当の平沼に付き添われて相談ブースに入っていった。なんども頭を下げる姿が痛々しいほどだ。感染拡大は、貞務の想像を絶するほどの痛手を取引先に与えているのだろうか。

「支店長、お客様です」

雪乃が近づいてきた。

「誰かな？」

「ＯＢの山口光太郎《やまぐちこうたろう》様とおっしゃっています」

雪乃が振り向いた方向に、ロマンスグレーの落ち着いた雰囲気の紳士が立っていた。

貞務は、その名前に憶《おぼ》えがあった。金田に作成を依頼した近在に住むＯＢリストにあったからだ。

「支店長さんですか」

山口は言った。

「はい。貞務定男と申します」

「私は、うなばら銀行を定年退職しまして、今はおかげさまで悠々自適の身でございます。感染拡大で大変な時期であり、なにかお手伝いができないかと思い、参上いたしました」

山口は軽く一礼をした。

「ありがとうございます。私もＯＢの皆様にご支援をいただきたいと考えていたところです」

貞務は微笑んだ。

「それはなによりです。私のように遊んでいる者も多くおります。昔取った杵柄《きねづか》で、なんでもやらせていただきます」

「山口様と同じようにお考えのＯＢの方は他にもいらっしゃいますでしょうか？」

貞務の問いに、山口は相好を崩し「おります。百人、二百人とは言いませんが十人くらいならなんとかなります」と答えた。

「それは心強いです。では早速、ご相談いたしましょう」

貞務は、山口を応接室に案内することにした。

「嬉しいね。柏木君」

貞務はOBが自ら駆け付けてくれたことに心底から感動していた。

「本当です。こういう危機的な時こそ人との絆《きずな》が嬉しいです。支店の空気が変わりつつあるんですよ」

雪乃が嬉しそうに言う。

「私も、そんな気がしていたんだ。やはりそうなのかな？」

「みんなが相手をいたわって、協力しようという空気になってきたんです。支店長のお陰ですかね」

「なに言うんだい？　危機意識がみんなを一つにしつつあるんだろうね。頑張りましょう」

今回のような危機においては、銀行員が本来持っている公共的使命感が自然と心の中から湧き出てくるのだろう。最近は、マイナス金利で銀行収益が厳しいため、稼げ、稼げと旗を振るばかりだったが、それが行員の側から変化が表れてきたのだ。

「それでは私は病院にマスクを届けてきます」

雪乃が言った。

貞務は、支店に備蓄していたマスクを行員たちが使う分を確保した上ではあるが、近所の病院や介護施設、保育所などの施設に寄付するように指示していた。

「支店長はマスクを病院に……」

山口が驚いた顔をした。

「ええ、感染が拡大して、またマスクが不足してはいけないと思いましてね。備蓄しておいたものですから。少しでもお役に立てばよろしいのですが」

貞務は小声で言った。

「いやぁ、その危機管理、たいしたものです」

「もしよろしければ山口さんにもおすそ分けさせていただきます」

「恐縮です」

山口は真面目な顔で答えた。

支店の空気はよい方向に変わりつつある。これは感染という危機がもたらしたものだが、神崎の死の真相を突き止めない限り、依然として膿は流れ続けるに違いない。貞務は、いよいよ気を引き締めた。

3

「支店長、お客様です」

　金田が貞務のところにやってきた。

　金田は、大村前支店長にあまり評価されていなかったため貞務の信頼を得ようとしていた。なんでも「はい、はい」と返事をするから部下からは「アグリー」とあだ名されるようになったらしい。醜いという意味ではなく、同意の意味の「アグリー」らしいが、両方の意味をかけているのかもしれない。そんな陰口を知ってか知らずか、金田は全く気にしない。感染症危機で、少しずつ行内の協力関係が醸成され始めたが、金田が貞務に忠実であることは、まだまだ疑心暗鬼が残っている中で貴重だった。

「どちら様ですか」

　貞務は聞いた。

「それが名前はおっしゃらないんですよ。若い方です。名前をおっしゃっていただけなければ取り次げませんと申し上げたのですが」

　金田が困惑している。

「それで用件は？」

金田の眉根がぐんと深くなった。

「神崎さんの死について聞きたい、とおっしゃるんです。いかがいたしましょうか」

貞務はにわかに緊張した。神崎進介の死について聞きたいとは、いったい何者だ。マスコミなのか?

「お会いしましょう。応接室に通してください」

「承知しました」

金田がほっとした表情となった。よほど客の扱いに苦労したのだろう。「アグリー」と言うことができて安堵しているようだ。

貞務は応接室に向かった。

いったい誰だろうか。名前を告げずに面会を要求する非常識な人間は……。

神崎進介は謎の多い人間だった。前任支店長の大村や課長の遠井は、まるで役立たずと言った。ところが金田や平沼などからは優しい、いい男だったとの高評価だ。どちらが正しいのかは分からないが、大村の評価にはなんからのバイアスがかかっているような疑いがある。だから彼を全面的に信じるわけにはいかない。ではどんなバイアスなのかと問われれば、判然としない。

今回の任務を与えた久木原に恨みの一言も言いたい気がする。どうも靄《もや》のかかった中を手探りで歩いているようなのだ。指示した久木原にも今一つ歯切れの悪さを覚えるのは、考えすぎだろうか。

ところで勇次から神崎の過去についての情報があったのだが、あれには驚いた。神崎は児童養護施設で育ち、その際、かなりの虐待にあったらしいというものだった。

勇次によると、神崎は江東区のさわらぎ園で幼少の頃から暮らしていたようだ。今もその児童養護施設はある。児童養護施設での児童虐待が、ニュースになることがあり、貞務も耳にするが、さわらぎ園もその例に洩《も》れなかったようだ。

さわらぎ園では児童への虐待が頻発していた。特に言うことを聞かない神崎は苛められ、逃亡を図ったこともあったようだ。

貞務は、辛い幼少期を送りながら、まだ自殺とはっきりしたわけではないが、「死」を選ばざるをえなかった神崎の不幸に思いを馳《は》せて、悲しみに瞑目《めいもく》したのである。

勇次は、神崎の人生についてまだ調べを進めてくれている。貞務としても強い関心を覚える。児童養護施設を出た後、神崎はどのようにして私立大学に通い、うなばら銀行に入行したのだろうか。自力で、これらのことを成し遂げたのだとしたら、神崎はかなり大した人間だと言えるのではないだろうか。いずれにしても勇次からの詳しい報告を待つことにしよう。

向こうから焦った様子で金田が走ってくる。貞務が応接室に入ろうとしたその時、

「支店長、待ってください。いなくなってしまいました」と金田が息せき切って言った。

「いなくなった？　どういうことですか」

貞務は応接室に入るのを止めて、金田に向き直った。

「とにかくいなくなったのです。ロビーで待っていただいていたので呼びに行きましたら、どこを探してもいないんです。私にもわけが分かりません」

金田は、貞務の指示に応えられなかったことが、重大な失策であるかのように嘆いた。

「分かりました。不思議ですね」

いったい誰だったのか。なぜその男は神崎の死に関心があるのか。貞務は胸の中を砂でこすられたようなざわついた気分になり、表情を曇らせた。

「申し訳ありません」

「金田さんが謝ることはありませんよ」

貞務は金田を慰めるように言った。

山口がこちらを見ている。

彼は融資、審査畑に長く勤務していたため、ローン関係の書類整備を手伝ってくれている。

彼の友人が何人か支援を申し出てくれているため、交代で勤務してもらっている。このOBによる支援は非常に有効だと久木原にも建言しておいた。いずれ全店で広がるだろう。感染症対策として行員を交代勤務させざるをえなくなる。その際にはOBの支援は非常にありがたい。

　山口がなにか言いたそうにしている。その気配を感じた。

「山口さん、なにかお気づきになったことがあるんですか？」

　貞務は聞いた。

「今、店頭の方を見ていましたら、すごい人が来ているなって。話しかけたいと思いましたが、突然、帰ってしまわれました。残念です」

「そのすごい人って誰ですか？」

「榊原聖仁さんですよ。ご存じないですか」

　貞務は、不明ながらその名前を知らなかった。

「すみません。どういう方ですか」

　貞務は情けない顔つきで聞いた。

　山口は、ちょっと意外だという表情をした。

「癌の克服に画期的な働きをする物質を発見した若手研究者です。将来のノーベル賞候補ですよ。先ほど金田副支店長が話されていましたけどね」

　山口の話を聞き、貞務は隣にいる金田の方を向いた。

「そんな方だとは知りませんでしたが、そういえばなんだか賢そうでしたね」

　金田も不明を恥じるような頼りなさで答えた。

「雑誌で見たんですよ。前立腺癌を手術しましてね。転移もなく、なんとかなっているんですが、それで癌には関心がありまして。榊原さんの記事には注目していたんです」

「そうでしたか。山口さん、ありがとうございます」

山口が、神崎のことで訪ねてきた人物の情報を持っていなければ、不明なままで終わるところだった。

「なんの目的でここに来られたんでしょうね」

山口が呟いた。

「亡くなった神崎さんのことで来られたのです」

金田が答えた。

山口が、一瞬、考え込むような態度をした。

「神崎さんの噂は耳にしました。不幸なことですね。榊原さんとなにか関係があったのでしょうか？」

山口が呟くように言った。

貞務は、その発言に何かが閃《ひらめ》く感覚を覚えた。

――こちらから榊原聖仁に会ってみようか……。

4

聖仁は振り向いてうなばら銀行の看板を見上げた。

ここで進介が働いていたのだと思うと、自然と涙が込み上げてきた。なぜ死んだのだ。ちょっとお節介が過ぎる奴だったけど、今思えば、僕の苦しみを一番理解してくれていたように思う。

なぜここに来てしまったのだろう。進介の死について知りたいと思ったのだが……。しかしよく考えたら、進介がなぜ、どのように死んだのか今更知ったとしてもなにかプラスがあるだろうか。そう思い、せっかく訪ねたのだが、支店長に会わずに逃げ出してしまった。ここに来るまでは意欲的だったのだが、急に怖くなってしまったのだ。

進介も、支店長を……名前は確か大村という名前だったような気がするが、ひどい男だと言っていた記憶がある。そんな人間に聞いても得るものはないだろう。

聖仁は、ここに来たことも、目的を果たさず逃げ出してしまったことも、どちらもひどく後悔していた。商店街の道を力なく駅に向かって歩いている。

進介の笑顔が浮かんでくる。

「元気出せよ。絶対に上手く行くさ」

さわらぎ園を逃げ出すときに、躊躇《ちゅうちょ》する聖仁を進介は励ましてくれた。今、自分が研究者として評価される立場にあるのは、進介のお陰と言ってもいい。

進介の死の真相を知ることの意味はあるのか。聖仁は考えた。その結果、やはり「ある」との結論に達した。

進介は自分のせいで死んだかもしれないのだ。自分がその真相を知りたいくせに、今一歩勇気が出ないのは恐ろしいからではないのか。

――進介を死に追いやったのは自分ではないのか……。

この考えに取り憑《つ》かれてしまっている。どうにかしないと前に進めない。進介に相談などしなければよかったのだ。

「あいつが突然、現れた時には本気で驚いたものだったが……」

聖仁は呟いた。

*

進介は雑誌の記事で聖仁を見つけて東都大の研究室に突然訪ねてきた。

最初は聖仁は、進介が親し気に近づいてくるのを拒否した。全く知らない、勘違いするなと言った。

しかし心の中から、燃えるような懐かしさがこみ上げてきた。幼いころの記憶が心を鷲掴《わしづか》みにして、聖仁を振り回し始めたのだ。

「進ちゃんって思わず言ってしまったな」

聖仁は思わず笑いを漏らした。

進介のなんとも言えない安堵した笑顔が目にとびこんできたからだ。

聖仁は、研究室で時間を忘れて進介と話をした。今までお互い音信不通だった時間を一気に埋めようとした。

腹が減ってどうしようもなくて職員の机に置いてあった昼食用のパンをくすねたこと。あの時のことは今、思い出しても心臓が早鐘のように打つ。その職員は、結構な大食いでいつもパンを机の上に置いていた。最低三つはあった。聖仁たちは、そのパンを美味そうに食べる職員を恨みの籠った目で眺めていた。ある時、進介が、あのパン、一個いただこうぜと提案した。早速、賛成した聖仁と二人で職員室に忍び込み……。

「ドキドキしたよな」

進介が思い出して胸を抑える。

「本当だよ。突然太ったパン好き職員が戻ってきただろう。どうしようかと思った」

聖仁は言った。

「パンをポケットにねじ込んだ時に現れたんだ。なにしてるって問われて、とっさに」

「進ちゃんはなにもしていませんって答えたんだ」

聖仁は、その後の成り行きまで思い出して笑った。

「そうそう、そう言ったらあの職員、『本当になにもしていないんだな』って俺の顔をしげしげと見つめたんだ。ポケットが膨らんでいるから、俺はバレると思って視線を合わせなかった。汗がたらたら流れてくるしさ」

「あの職員、名前なんて言ったっけ。いい人だったよね」

「田中《たなか》さんじゃなかったかな。てっきり怒られると思ったら、残りのパンを明のポケットにも突っ込んでくれた。このパンもポケットに入りたがっているぞってね」

進介との間では、聖仁は「明」になっている。

「こっそり食えよ。茶谷先生に見つかるんじゃないぞって言ったよね」

聖仁が茶谷俊朗の名前を出した時、進介の表情が複雑に変化した。陰りが出たというより、聖仁になにかを訴えていた。

「茶谷先生……。あの時、俺たちを追い詰めたんだったね」

進介があの時と言ったのは、二人でさわらぎ園から逃亡した時のことだ。

茶谷は、施設で暮らす聖仁たちからは鬼と恐れられていた。虐待を加えるからだった。

他の職員たちは彼に逆らうことはなかった。彼は、昔、暴力団に所属していたことがあるとか、どこかの大物の息子なのだとか、いろいろ真偽不明の噂があったからだ。彼が児童に虐待を加えていても、躾だと言い逃れできる環境にあった。園長も見て見ぬ振りをしていた。

「怖かった……どうしているかな」

聖仁は呟いた。

「元気にやっているよ」

進介があっさりと答えた。

聖仁は、驚き、同時に不快な気分になった。ザラッとした砂を飲んだような感じだ。

「進ちゃんは茶谷と今も……」

付き合いあるのかと聞こうかと思ったが、その言葉は発しなかった。

「噂を聞いたんだ。それだけさ」

進介の表情が揺らいだのを聖仁は見逃さなかった。

二人で多くのことを語り合った。しかし最後は、茶谷のことになった。聖仁が最も会いたくない人物だから、余計に話がそこに到達してしまうのかもしれない。

聖仁と進介は、思い出ばかり語ったのではない。

聖仁の研究についても話した。

養父の死によって抗癌剤研究に取り組むようになったこと、新薬への期待から銀行や製薬会社、投資ファンドなどが群がってきて少々嫌になっていること、遠からず記者会見を予定していることなどだ。

「抗癌剤がカネ儲けになっているのは許せないな」

進介が怒りを込めて言った。

「僕も同感だよ。安く、多くの人に利用してもらえるようにするのが僕の理想とするところだよ」

聖仁は顔をしかめた。

「明は、人助けのために研究をしているんだから、その理想に向かって走ればいいさ」

「そういうわけにもいかないんだ」

聖仁は、桜田の投資ファンドの説明をした。投資ファンドから資金が出ていて、身動きが取れないと愚痴めいたことを口にした。

「僕がなんとかするさ」

進介が胸をたたいた。

頼むよ、と言ったものの聖仁はそれほど期待していたわけではなかった。

進介とはその後、何回か会った。会う度に進介が聖仁の研究にのめり込んでいくようになった。桜田のことも調査しているらしく『気をつけろ』とだけ言った。

『もっと詳しく調べられれば、報告するから』

とも言った。進介が言った『桜田には気をつけろ』というのはどんな意味だったのだろうか。進介はなにも語らずに逝ってしまった。

進介が亡くなってから、まさかあの茶谷まで現れるとは……。

5

聖仁が当麻に呼ばれて、応接室に行った時、二人の見知らぬ紳士然とした人物がいたのだった。二人は、そろって立ち上がると、満面の笑みで名刺を差し出した。

聖仁が受け取った名刺には「うなばら銀行専務取締役沢上良夫《さわがみよしお》」と「光鷹製薬副社長溝口勇平《みぞぐちゆうへい》」と書かれていた。

聖仁は、頭を下げながら気づかれないようにため息をついた。またカネの亡者が来たと思ったのだ。

当麻はすっかり変わってしまった。聖仁の発見したＪＴ－１が画期的な抗癌剤となる可能性があるからだ。その製造権利をどれだけ高く売りつけるかということばかり考えるようになった。

「榊原先生、ぜひ我が社と共同でＪＴ－１を利用した抗癌剤を開発しましょう」

溝口が言った。笑みが顔に貼りついている。しかし一皮むけば、欲望に目がぎらついていることだろう。

「我が行も全面協力させていただきます。創薬に関する投資ファンドを組成しておりまして、それを利用すれば、無尽蔵といっていいほどの資金援助をさせていただくことができます」

沢上は妙に薄っぺらい舌をぺらぺらと動かした。うりざね顔を石鹸《せっけん》で洗い立てたようなつるつるとした印象だ。あまり誠実さは感じない。無尽蔵の援助など、なんと調子のいいことを言うのだろうか。

うなばら銀行といえば進介が勤務していたが、末端の行員、そしてその死などなんの関心もないだろう。そう思うと腹が立ってきた。進介が哀れに思えてきたのだ。

「私の友人がうなばら銀行に勤務していたんです」

「それはそれは」沢上が愛想笑いを浮かべる。よきコネクションができたという顔だ。

「お名前はなんとおっしゃるのですか?」

「か、い、いや、勤務していたと言ったのです」

聖仁はムキになったかのような顔つきになった。

「……過去形ですね。お辞めになったのですか。それは残念ですね」

「辞めたのではありません。死んだのです。自殺と見られています。随分、辛い思いをしたようです」

「それはそれは……」

沢上も溝口も戸惑っている。なぜ聖仁が、初めて会うにもかかわらず友人の死の話をするのか、意味不明なのだ。

聖仁にもよく分からない。先ほど茶谷と出会ったことが、このざわざわした気持ち、いら立ちに繋《つな》がっているのかもしれない。

「苛めにあっていたようです。うなばら銀行ってそんな銀行ですか」

聖仁は、わけの分からない憤りのぶつけ先を探していたのかもしれない。

「いやはや、なんとも……」

沢上が苦笑ともなんともつかぬ顔をして、当麻を見ている。助けを求めているのだ。

「榊原君、もういいだろう。友だちの話を聞きに来られたんじゃない。今後の抗癌剤製造にかかわることで来られたんだ。まあ、今日は挨拶だけだということだが、これからうなばら銀行さんと光鷹製薬さんのお世話になることを承知しておいてくれ。もう下がっていい」

当麻は、聖仁がどこか不安定になっていることを察して、この場から早く立ち去るように指示した。

当麻の顔に怒りが浮かんでいる。せっかくの初顔合わせなのに、もっとよい印象を与えることができないのかという思いなのだろう。

「失礼します」

聖仁は当麻の部屋を出た。ドアを閉める際、「記者会見が近くてイライついているんです。失礼しました」

と当麻が二人に謝っている声が聞こえた。

今、大学の研究室でスポンサーを見つけられないような地味な学科は、そのことで淘《とう》汰《た》されていく。学問というのは、カネではない。それなのに地味で、具体的な企業利益につながらない研究は、その費用が集まらず、徐々に淘汰される運命にあるのだ。

その点、当麻は、聖仁という金脈を掘り当てたため、スポンサー候補が引きも切らない。当麻は選びに選んだ末にうなばら銀行と光鷹製薬の連合軍をパートナーに選んだのだろう。

どれだけ素晴らしい条件を提示されたのかは分からないが、聖仁は嫌な気分にしかならない。それは手で触りたくない不潔なもののような気がするのだ。

当麻は、婚約者美里の父であり、今も、将来も聖仁を支援してくれる感謝すべき人物である。

また有能な研究者でありながら、自力で研究費を集めてくるというビジネスマインドも持っているという稀《け》有《う》な人物である。その研究費は、当然のことながら聖仁の研究にも大いに活用されることだろう。そう考えると、当麻に感謝こそすれ、嫌な気分や不潔感など抱くことは、天をも恐れぬ忘恩の態度ではないだろうか。

いったい自分はどうしてしまったのだろうか。当麻が言う通り新物質JT－1の記者会見があるため、不安定な気持ちになっているのだろうか。

　聖仁は、その原因は「過去」にあると考えていた。

　雑誌などに自分をもてはやす記事が掲載されるようになって以来、過去に怯えるようになってしまったのだ。過去が追いかけてくる。これほど気持ちを不安にするものはない。隠していた過去。忘れたい過去。それが容赦なく襲い掛かってくる。その意味では懐かしさを伴った進介の登場も同じだ。過去など関係ない。抗癌剤に革命を起こす新物質を発見した天才研究者という栄光の前には、どんな過去もひれ伏してしまうだろう。そう思い、堂々としていればいいのだ。

　しかし実際はそうならない。進介が現れ、亡くなり、そして茶谷が……。そのうち自分の本当の両親であるなどという男女が現れるのではないだろうか。訳あって育てられなかったと今更ながらの後悔の涙を流す男女。それは犯罪者かもしれない。どんな人間で、どんなDNAなのか分からない。それがいずれ明らかになるのではないか。パンドラの箱が開くと嫉妬などの悪心が飛び出すとの話があるが、過去が追いかけてきて、無理やり聖仁のパンドラの箱を開けようとしている恐ろしさに慄《おのの》くようになったのだ。

　聖仁は、生前の進介に自分の不安を正直に打ち明けたことが何回もよぎる。

「大丈夫だよ。僕が明を守るから」

進介は無邪気とも見える明るさで言った。

聖仁は、笑いながら「期待していないから」と言った。

実際、なにも期待していなかった。ただ過去からひょいと顔を出してきた進介に懐かしさから心を許してしまったのだ。

進介は何度もくり返した。

「僕たちは貧乏な中で成長した。だから明が作る抗癌剤は貧乏な人でも自由に使えるものにしてほしい。最近は、何千万円もするような抗癌剤ばかり開発されるんだ。それはお金持ちしか使えない。お金持ちだけが癌から解放されるなんて不公平だ。貧乏の中で大きくなった明だからできることをしてほしい」

進介は、「明」を連呼する。進介の前では「聖仁」ではなく「明」なのだ。「明」は貧しさの中から光明を見出《みいだ》した人間なのだ。将来を約束されたエリートの「聖仁」ではない。「分かったよ。僕が作る抗癌剤は、貧しい人もみんなが等しく使えるものにするよ」

聖仁は進介に約束した。

「絶対だよ。それなら明の邪魔は僕が取り除き、研究のための資金も集めるよ」

「大丈夫なのか?」

「僕は銀行員だ。明のような人を助けるのが仕事だ」

あんなに嬉しそうな笑顔の進介を見たことはなかった。それなのにどうして死んだのか。なにがあったんだ。僕は進介の死に責任があるのだろうか。それがはっきりしない限り、研究に身が入らない。勿論、記者会見などにも熱意を持って取り組めない。

「遅かったじゃないか」

当麻たちから解放され、研究室のドアを開けると、茶谷の卑しい薄笑いが目の前にあった。聖仁は、身構えた。またもう一つの過去が襲ってきたのだ。今度の過去は禍《わざわい》をもたらすのではないかとの不安が、聖仁をひどく怯えさせている。

*

聖仁は、逃げるように足早に商店街を歩き始めた。進介が背後から追いかけてくる気配を感じた。大丈夫だよ、守るからね……。進介の声が聞こえた気がした。もう一度うならば銀行の方角に振り向いた。しかし視界に銀行の看板を捉えることはできなかった。

6

「とんでもない世の中になっちまったな。これからどうなるんだ」

藤堂がマスクを外しながら、ぼやき気味に言った。

「まあな、いつまで続くんだろうな」

勇次もマスクを外しながらぼやいた。

「もうすぐ柏木さんも来るから、それまでゆっくりしていてください。お酒でも出しますか」

貞務が聞いた。

緊急事態宣言が発出されるなど、不要不急の外出や会合の自粛が要請された。

しかし、神崎の死の真相究明が恐らくうならば銀行の存続に関わる問題を孕《はら》んでいる危機感から、貞務は勇次たちを集めたのである。

「嬉しいね。最近、とんと外で飲む機会がなくなったからね。コロナの野郎めってとこだ」

藤堂が恨みがましく言う。

貞務は、缶ビールと赤ワインをテーブルに置いた。

摘《つま》みは簡単なナッツやチーズだ。

藤堂は、待ちきれないのか、缶ビールを手に取ると、プルタブを引き、勢いよく飲んで喉を鳴らした。

「銀行は大変だろう」

勇次が自らグラスに赤ワインを注いだ。

「取引先からの資金繰りの相談が急増しているんです。行員たちの感染リスクに対処しながら、相談に乗っているんですけどね。久木原頭取に政府の支援策が出る前に、低金利での緊急融資を制度化しろと言っているんだけど、決断が遅いですね」

「最近は、銀行ってのは保険か投資信託を売る会社じゃないかって思われているから、こんな危機に、必死で働いて、信頼を勝ち得ないとな」

勇次が皮肉っぽく言う。

「全くその通りですよ。やっと取引先から頼りにされたって、担当者のモチベーションが上がっています」

貞務が言った。実際、行員の中には「銀行が頼りだから」と取引先に言われ、感動して泣き出した者もいる。無事、この新型感染症が収束し、行員たちといい経験だったと喜び合いたいものだ。

「俺はさ」藤堂が、はや缶ビールを二本空けている。顔がほんのりと赤い。「日本人は清潔好きでさ、マスク、手洗いはちゃんとするし、唾を飛ばして喋《しゃべ》ることも少ないから、感染はそんなに拡大しないと思うけどな」

「そうであればいいけどな。甘い期待はしない方がいい。最近の日本人は自分さえよければいいって奴が増えているからな」

勇次が赤ワインを口に含んだ。

「銀行も、国も、危機管理の重要性を嫌と言うほど思い知らされる事態になるかもしれません。今では最悪の事態に備えようという原則を忘れていますから」

ドアが開き、雪乃が入ってきた。やはりマスク姿だ。

「遅れましてすみません」

雪乃が明るい声で言った。感染症拡大で、人と人とが話すことが極端に制限されている。そんな時期だからこそ雪乃の若く、透明な声がとても貴重に思えてくる。貞務は、思わず微笑んだ。

「今、始まったところだからね」

貞務が言った。手には赤ワインで満たされたグラスを持っている。

「もう、飲んでいるんじゃないですか」雪乃はちょっと呆《あき》れたような顔をしたが「はい、これ」と袋を掲げた。雪乃は環境派なのでエコバッグだ。

「なに、お土産?」

藤堂がすぐに飛びついた。

「ハンバーグ、ロールキャベツ、チキンカレー、オムレツ、ビーフパテ、そしてパン」

雪乃がにこやかに言う。

「おいおい、どうしたの?」

貞務は豪勢なメニューに驚いた。

「商店街で人気の洋食屋のパンセさんがコロナ対策で五月の連休まで店内飲食を自粛しているんです。持ち帰り専門で頑張るって言うから、協力しようと思って……。ちょっと買いすぎました」

「私が払いますから」

貞務が財布から一万円を出した。

「おつりは？」

雪乃が悪戯《いたずら》っぽく聞く。

「いいよ。取っておきなさい」

「ごちそう様です。太っ腹」

雪乃は喜んで一万円を財布にしまい込むと、すぐにキッチンに向かって、購入してきた総菜を皿に盛ってきた。

「さあ、料理と酒が揃ったところで始めましょうか」

貞務は言った。本来なら感染症対策のみに集中したいところだが、神崎進介の死の真相を明らかにしなければ、感染危機が去ったとしても浜田山支店、否、うなばら銀行が危機に晒《さら》されるような予感がしているのだ。

「久木原が……」勇次が口火を切った。「俺は、またなにか企《たくら》んでるんじゃないかと思うんだ」

「あの男は、貞務さんの友達面をしているが、腹黒いからな」

藤堂も同意した。

「そんな面もありますがね」

貞務は苦笑した。貞務も久木原の本当の狙いがどこにあるのか計りかねている。浜田山支店の行員たちの動揺、疑心暗鬼を収めるだけなら他にも適任がいるような気がしているからだ。久木原には、どうしても神崎進介の死の真相を知っておきたい事情があるのかもしれない。それがなんなのか。いつもながら久木原は、明らかにしない。なにも裏がなければそれでいいだけのことだが。

「まあ、久木原のことは、また考えることにして神崎が児童養護施設で育ったという話だが……」

勇次がおもむろに話し始めた。

貞務が聞きたいと思っていた話だ。

勇次の話によると、神崎進介は江東区にあるさわらぎ園という児童養護施設に幼いころから入園し、そこで育ったという。

さわらぎ園は、現在も同じ場所にある。進介は、生まれて間もなくこの施設に預けられた。両親などの個人情報の入手は困難を極めたが、飲食業勤務の若い母親だという情報があるから、「夜の商売だったのではないか」というのが勇次の推測だ。

若くして進介を産んだため、育てられずに施設に預けたようだ。

「施設を出たあとは？」

貞務が聞いた。

「神崎は慶明大に入学したんだが、優秀で奨学金が給付された。努力家だったらしい。親戚など、誰かの支援を得ていたという情報はないが、うならば銀行に入るまで自力で生きていたとしたら大した奴だけどな」

勇次は言った。

「そんな苦労して一生懸命に生きてきた若者が、どんな理由にしろ銀行の金庫で首を吊ったってのは、悲しすぎて許せないな」

藤堂がうめくように言った。手に持っているのは、缶ビールから日本酒の冷やに移っていた。貞務が、大事にしていた佐賀の銘酒「鍋島《なべしま》」をまるで水のように飲んでいる。なかなか手に入らない酒なのだが……。

「その施設で虐待を受けていたんでしょう？」

雪乃が切り分けたハンバーグをフォークで口に運んだ。飲んでいるのはジンジャーエールだ。貞務がビール代わりに飲もうと冷蔵庫に閉まっておいたのだが……。仕方がない。

「ずいぶん昔の話で覚えている人を探すのにひと苦労だったんだけどね」

勇次がちらっと藤堂を見た。

「まあ、俺の調査能力を見くびってもらっては困るってことだな」

藤堂がどや顔で胸を張った。

「すごいんですね。二十年ほど経っているのに調べるなんて……」雪乃は、ハンバーグの次はロールキャベツに手を出している。「やっぱりパンセは美味しいわ」

「俺も食べようっと。雪乃ちゃんにみんな食べられてしまうから」

藤堂が、パンにビーフパテをつけて口に放り込んだ。

「当時、一緒に入園していた男性を探り当てることができたんだ。藤堂さんのお陰だよ」

勇次が言うと、藤堂が親指を立てて「グッドジョブ」と言った。

「彼によると、当時、施設はかなり荒れていたらしい。記憶ははっきりしないんだが、茶谷という恐れられる職員がいてその男が神崎らを虐待していた。それで神崎は逃げ出したこともあったようだ」

「逃げ出したの？」

雪乃はパンにチキンカレーをつけて食べている。

「すぐに捕まったらしいけどね」

勇次は、なにも食べずに赤ワインを飲んでいる。

「児童養護施設育ち、虐待、逃亡……。結構、苦労しているな。それが死と関係があるのかな」

「俺たちは過去から逃れることはできない。今、幸せなのも、不幸なのも、過去に由来しているることがあるんだ。神崎の死は必ず過去と繋がっているはずだよ」

勇次が呟くように言った。

「そう言えば、今日、奇妙な客がいたんです」

貞務が言った。

「支店長、あの若い人でしょう？　ちょっと素敵でした」

雪乃が言った。

「会ったのかね？」

貞務が聞いた。

「私が受付して、金田副支店長に引き継いだんです。神崎さんのことで話を聞きたいとおっしゃって……」

「そうなんです。それで私がロビーに向かったら、もういなかった……」

「私は帰られるところは見ていないんですが、ロビーでもなんだかそわそわされていて、心ここにあらずって印象でした」

「それでその客は本当に神崎のことで来たのか？」

勇次が聞いた。

「そうらしいです。金田さんによると、どのように亡くなったのか聞きたいと言っていたそうです。だから亡くなったことは知っていたんでしょうね」

「いったいどういう関係だろうな。身元は分かっているのか」

藤堂が首を傾げた。

「名刺も渡さず、名前も言わなかったのですが、実は、支店に応援に来てくださっているOBの山口さんが、その人物を知っていたんです。といっても雑誌で見たというのですが、有名な抗癌剤の研究者で榊原聖仁という人らしい。なんでも癌を抑制する新しい物質を発見して、将来のノーベル賞候補だと言うんです」

貞務は言った。

「支店長、この人ですよ」

雪乃が勢い込んでスマホを見せた。

貞務も、勇次も、藤堂も、その画面をのぞき込んだ。そこには若くいかにも賢明そうな男性の笑顔が映っていた。

「私が会ったのも、この人で間違いないです」

雪乃が断言した。

「それにしても将来のノーベル賞候補が、なぜ神崎の死に関心があるんだ?」

勇次が自分に問いかけるように呟いた。

「俺もスマホで検索だ。その雑誌の記事もあるかもしれない」

藤堂が自分のスマホを操作した。雪乃ほどスピーディではないが、手慣れている。IT音痴の藤堂もついに、スマホに慣れてきたのかと思わせる指使いだ。

「最近は、真偽はともかくネット上に情報が溢れているからな」

勇次が呟く。

画面上に聖仁の情報が現れた。

「貞務さん、これ」

藤堂が指さした。

〈江東区で榊原印刷を経営する晴次、十三枝夫妻の養子となったとの情報もある……〉

貞務がネットの書き込みを読んだ。

「養子……しかも江東区って、神崎さんが育ったさわらぎ園がある地区でしょう?」

雪乃が言った。

「雪乃ちゃん、この榊原聖仁ってのは年齢はどれくらいだったんだ?」

藤堂が聞く。表情がやや強張っている。

「……神崎さんと同じくらい」

雪乃の表情も硬くなった。

「まさか」

藤堂が言った。

貞務も勇次も雪乃も、皆が藤堂の「まさか」と同じことを考えていた。

「榊原印刷と東都大学に行ってみる必要がありそうだな」

勇次の言葉に、貞務は頷き、赤ワインを一口飲むと、渋みが一気に口に広がった。

第五章　暗雲

1

　なぜ？　この男がここに現れたのだ。それもにやけた顔で挨拶までしている。

　うなばら銀行浜田山支店副支店長の金田聡は、ロビーに現れた前支店長の大村健一を見て、身体が震えるほどの嫌悪感を覚えた。

「金田副支店長、どうだね。貞務さんにしっかりと仕えているか？」

　大村は、ロビーからずかずかと営業室内に足を踏み入れ、金田に近づいてきた。

　行員たちは、突然現れた前支店長を当惑気味に眺めている。「お久しぶりです」とか「私も頑張っています」とか言って、にこやかに近づく者は誰もいない。

　金田も、どのような態度をしめしていいか、迷って苦笑いを浮かべるだけだ。

「おお、遠井課長、元気かね」

　遠井が二階から内階段を下りてきた。一階の営業室になにか用事があるのだろう。

突然、目の前に現れた大村にまるで幽霊に遭遇したかのように、その場に立ちすくんだ。

目を見開き、口をぽかんと開けている。この事態をどう理解したらいいのかという様子だ。

人間というのは、予測しない危機、突然の事象に対してその場で立ちすくむ性向がある。

自動車が目の前に現れた時を想像してみるといい。映画に登場するスーパーマンなら、瞬間に衝突を避ける行動をするだろうが、普通は、その場で動けなくなり、撥《は》ねられることになる。

人間は心理的に大きな不安を感じると、血流が滞り、筋肉が硬直し、その場から動けなくなることで太古から危機を乗り越えてきたのかもしれない。

寒かったり、恐ろしかったりした場合、すぐに動き出す者より、身を縮めていた者の方が生き残ったのだろう。

そんな理屈はさておき、大村前支店長の召使、金魚の糞とまで嘲られていた遠井までが大村の登場に心底、驚いて声が出ないのだ。

その大きな理由には、貞務の存在がある。貞務はこれと言ってなにか大げさな指示をだしたり、部下を萎縮させるような命令を発することはない。浜田山支店をなんとかしたいとの思いだけである。

　ところがそれが浜田山支店のぎすぎすしていた空気を大きく変えつつあるのだ。また新型感染症の感染拡大の危機もあり、行員たちは協力しあう空気になっている。対立していた金田と遠井さえ、一緒のテーブルで昼食を食べるまで関係が改善していたのだ。

「どうした？　遠井課長、その驚いた顔は？　ちゃんと足がついているぞ」

　大村は笑いながら、足を両手でポンと叩いて見せた。

「ああ、お、お久しぶりです」

　遠井は、逃げるようにしてその場から立ち去ろうとする。

「おいおい、その態度はないだろう。ちょっと挨拶くらいしたらどうなんだ」

　大村の表情にゆがみが出た。

「急ぎますので」

　遠井は、大村を振り返ることなく、踵を返して内階段を上って二階へと消えた。

「金田さん、いいかな？」

　遠井がいなくなったので、大村は金田に声をかけた。

　金田もこの場から消えてしまいたかったが、特に消えるべき言い訳が見つからない。逃げ遅れたと悔しくなった。

「は、はい」

「今日来たのはね、遊びじゃないんだ」

大村はニタリとした。

新型感染症感染拡大で浜田山支店は今までにない忙しさだ。こんな時に遊びで来る銀行員がいたらどうかしている。金田は大村の言い草に少しむかついた。

「では、なにか特別な?」

「そう、頭取からね。浜田山支店が忙しいから感染拡大が沈静化するまでちょっと手伝ってきなさいと言われたのさ」

大村は、「頭取」という言葉を強く言った。

「頭取?」

金田は、それ、本当ですかという表情をした。頭取が、そんな指示をするものだろうか。

「疑っているね? まあ、ちょっと大げさだけどね。検査部もまさかこの時期、支店に検査に入るわけにはいかないから、多忙な支店を応援しようということになってね。頭取からもそうしなさいという指示が下ったってわけさ。それで私は浜田山支店に来たってわけ」

「そうですか……」

金田は、なんという余計なことをという顔をした。

「貞務支店長は？」

大村は周囲をきょろきょろと見渡した。

「ちょっとお出かけです」

金田は答えた。

「まだ神崎のことを調べているのか」大村は表情を歪めた。「もういい加減にしたらいいのに」

「さあ、どうでしょうか」

「なにか手伝うよ」

「……そうおっしゃいましてもね」

金田は困惑した。手伝うと言っても前支店長に雑用を頼むわけにもいかない。面倒なことになったという表情で大村を見つめた。

「まあ、邪魔をするわけにもいかないから支店長室で、貞務支店長の帰りを待ちますかね」

大村が支店長室に向かって歩き出した。

「それがよろしいと思います。お茶でもお淹《い》れしますから」

金田は安堵した。大村の姿が見えるだけでも行員の士気が落ちる。支店長室に閉じ込めて、ドアにカギをかけておきたい気分だ。

早く貞務が帰ってきてくれないか……。それだけを願っていた。

それにしても大村は、本当に支店の応援のために来たのだろうか。

先ほど神崎のことに触れた際、大村がなんとも言えない表情になったのを、金田は見逃さなかった。

不安、不吉、不幸、不満、不、不、不……。不という漢字が顔に貼りついていたような気がする。なにか別の目的で支店に来たのかもしれない。金田は、疑い深い視線を支店長室に入る大村の背中に向けた。

2

貞務は、雪乃と二人で江東区の榊原印刷を探していた。

感染拡大で多忙を極めている中でやるべきことなのかと迷ったのだが、神崎進介の死の謎を解くことは行員たちの動揺を抑え、精神の安定のためであると自分に言い聞かせた。

住所が分からずどうやって榊原印刷を調べようかと案じたのだが、雪乃がすぐに検索した。貞務は、区役所に行こうかと考えたが、雪乃から「今後の不測の事態にそなえて、マイナンバーカードがあれば便利ということで区役所に人が殺到しているらしいです。

こんな時に行くと区役所の人にもご迷惑です」と言下に否定されてしまった。

政府は、感染拡大を契機に懸案のマイナンバーを普及させようと目論んだのだ。

なにが便利なのか、よく分からなかったマイナンバーだが、こうした危機には有効だということなのだろう。

ところがマイナンバーの暗証番号を忘れてしまった人が多く、その人たちが再登録に役所に殺到し、役所の事務をパンクさせた上に三密となり、感染拡大の原因をつくる羽目になったというわけだ。郵送でお願いしますと、役所は広報している。デジタル時代に一気に移行しようと図ったのだが、アナログ時代に尻尾を掴まれたという皮肉な結果になってしまった。

「これですか?」

雪乃がスマホの画面を見せた。榊原印刷のホームページらしきものが表示された。

貞務と雪乃は、早速、その場所を訪ねた。ホームページを作ってはいたが、小さな印刷所だった。

貞務は、印刷工場で忙しく働いている男性に声をかけた。

六十歳を過ぎているとみられる、腹の少し出た男性は社長だった。貞務が、訪問の趣旨を伝えた。榊原聖仁の実家かどうかということだ。

男性は、「そんな偉い息子が居たら、万々歳だけどね」と苦笑した。そして「時々、あんたのように訪ねてくる人がいるんだよ」と言い、「もうかなり以前に廃業したんだけどね。うちと同名の榊原印刷というのが清澄庭園近くにあったんだ。今は、マンションに変わっている」と教えてくれた。

清澄庭園とは、三菱《みつびし》財閥の創業者岩崎弥太郎《いわさきやたろう》が購入した土地を整備し、後に当時の東京市に寄贈された名園だ。

住所までは分からなかったが、有力な手がかりだ。

「とにかく探すしかありません。行きましょう」

雪乃は元気だ。どれほどのエリアを探さねばならないのか分からないが、貞務は、もう引き返せないと覚悟を決めた。

「へえ……」

貞務は、清澄白河《しらかわ》の駅を下り、清澄庭園に向かって歩きながらため息とも感嘆ともつかぬ言葉をいくつも発した。

「どうしたのですか？　さっきからへえ……ってばかりですよ」

雪乃が怪訝な顔をする。

「下町だからと思っていたら、雰囲気のいいカフェが多いなって感心していたんだよ」

「今は、感染拡大で開いている店が少なくて残念ですけど、ここはカフェの街として有名なんですよ。素敵でしょう」

雪乃が指さす先には、古い町工場をリノベーションしたようなカフェがあった。まるでパリの街角のようだと貞務は思った。残念ながらパリには行ったことはないが、写真や映画で、オープンなカフェで男女が親し気にカフェ・オ・レを楽しむシーンを見たことがあるが、それと似た雰囲気だ。

清澄庭園を横に見ながらマンションを探す。

かつてこの辺りには町工場があったのだろう。しかし廃業したり、郊外に移転したりしてすっかり様子を変えてしまった。

町工場の後には、マンションが建ち、若い世代が暮らすようになった。彼らのニーズに応えるようにカフェやバーの営業が増えたのだろう。

「支店長、このマンションじゃないですか」

雪乃がクリーム色の五階建ての瀟洒《しょうしゃ》なマンションの前で立ち止まった。

「どうして?」

「このマンションの名前……」

雪乃に言われて貞務は、建物につけられたプレートを見た。

「セイント・ハイツか?」

「聖人の家って意味じゃないですか。榊原聖仁さんって『セイジン』とも読みますよね」

「なるほどね」貞務は、雪乃の推理力に感心しつつ、表札を探した。「おお、ビンゴ！　かな」

貞務はマンションの入り口に並ぶポストの名前を調べた。榊原という名前を探したのだ。

「あったよ。柏木君。これ」

貞務は、最上階と思われる五階に榊原の名前を見つけた。

「支店長、間違いないですね。ここが榊原聖仁さんのご実家ですよ。行きましょう」

雪乃はマンションの階段に向かった。

「おい、おい、エレベーターがあるんじゃないか」

貞務は一階の入り口にエレベーターがあるのを見つけていた。

「支店長、健康は、まず足腰からですよ」

雪乃はエレベーターに見向きもせずに階段を駆け上がって行く。

「やれやれ」

貞務は、雪乃の後を追い、階段に足をかけた。

＊

木下勇次と藤堂三郎は、東都大学の正門の前にいた。

藤堂の足は止まっている。

「どうしたんだ」

勇次が聞く。

「東都大に入ると思っただけで緊張してるんだよ」

藤堂が真面目な顔で答える。

「入学するわけじゃなし。緊張することなんかあるもんか」

「警察じゃ、上の人は全員と言っていいほど東都大だったからな。上司の前に立ったような気分だ」

「馬鹿言っていないで、中に入るよ。俺の友人が受付の手配をしてくれているから」

勇次が正門の事務所に顔を出すと、警備員は、すぐに「どうぞ」と敬礼をした。

藤堂は驚いた。

「勇次さん、どんなコネがあるんだよ」

「まあ、いいさ。俺も人間を長くやっているとさ、いろいろと関係ができるものだよ」

勇次は、元総会屋。東都大の教授のスキャンダルでも握っているのかもしれない。長く付き合っているが、得体の知れないところがあると藤堂はあらためて勇次をじっくりと見つめた。

東都大は、日本一の大学と言われるだけあってキャンパスは広い。正門から走る道は、幅十メートルはあろうかと思われる。なにせ小型バスが縦横に走っている。その脇を自転車で飛ばす学生がいる。

「すごいなぁ。生まれ変わったらこんなところで勉強したいものだなあ」

藤堂が感心して呟く。歩道の両脇は銀杏《いちょう》並木だ。緑の葉が茂っているが、遠くまでまっすぐに続いており、先が見えないほどだ。

「何度生まれ変わったらいいか分からないぜ」

「ひどいこと言わないでくれよ。俺だって大学に行きたいと思ったことがあるんだから」

「藤堂さんよ。感慨にふけるのはいいけど、今日の目的は忘れないでくれよ。こっちだ」

勇次はまるで何度も足を運んだことがあるかのように、キャンパスを移動する。

医学部の研究棟は正門の右手にある。池を配した広い芝生の庭の中に立つ十数階建ての棟だ。その傍には一般の人も利用できる東都大病院の白亜の建物がある。臨床と研究が一体になった最先端の医学研究エリアだ。

「榊原聖仁とやらには会えるのかな」

藤堂が言った。

「一応、コネを通じて事務局に面会の予約を入れた。目的は？　と問われたので個人的なことだと答えたのだが……」

「ノーだった？」

藤堂の質問に勇次は軽く頭を下げた。

「はっきりとはノーではないんだが、今は、記者会見の準備で忙しいので会えるかどうか分からないらしい」

「新薬研究？」

「ああ、これだよ」

勇次がポケットからペーパーを取り出した。雑誌の記事だ。

「これなら俺も読んだ。なんでも癌抑制になりうる画期的な物質を発見したんだってね。多くの製薬会社が彼の下に日参しているっていうんだろう？」

「ノーベル賞級だ」

「そりゃあすごいや。なら俺たちみたいなゲス野郎とは会う時間はないわな」

藤堂が唇をゆがめた。

「おいおい、藤堂さんはいいけど、俺までゲス仲間にしないでくれよ」勇次が苦笑した。

「ここだな」

「やっと着いたか。やたらと広いキャンパスだな」

藤堂が見上げているのは医学部研究棟だ。青空に向かってすっくと立っている。ビルの周囲が耐震補強なのか、クロスした鉄骨で支えられている。無骨な印象だが、それが信頼感と権威に結び付いているような建物だ。

「まずは事務所に寄るぞ」

勇次はここでも慣れた様子で建物内部に入っていった。

「ここに来たことがあるのかい？」

藤堂は聞いた。

「まあね。野暮用でね」

勇次がにんまりとした。

受付はすぐに分かった。事務員が緊張した面持ちで「待っていてください」と言っている。何処《どこ》かへ電話で確認を取っている。

勇次と藤堂が所在なげに受付で待っていると、事務員が困惑した顔で二人の前に現れた。

「いらっしゃらないみたいですね。おかしいな。先ほどまでいらしたんですが……。一応、お二人が来られることをお伝えしたんです。忙しいご様子でしたが、会おうかなともおっしゃって……。すみません」

事務員は申し訳なさそうに渋面を作った。

「トイレにでも行かれているんじゃないでしょうか」

　藤堂が言った。

「さあ……」事務員は首を傾げると、まもなく「失礼します」とその場から消えそうになった。

「すみませんが、この名刺だけでもお渡しください」

　勇次は、ペンと名刺を取り出すと、なにやらさらさらと名刺に書いて、それを事務員に手渡した。

「分かりました」

　事務員が答えた。

「藤堂さん、行こうか」

「仕方ないな」

　勇次と藤堂は、医学部研究棟から外に出た。芝生の緑が目の前に広がっている。研究者なのか学生なのか分からないが、数人が足を伸ばして芝生の上で寛いでいる。

「ちょっと休もう」

　勇次が芝生の中に入り、腰を下ろす。

　藤堂も勇次に倣って芝生に腰を下ろし、「ああぁ」と思い切り腕を伸ばした。「さっき、名刺になにを書いたんだ」

「神崎進介のことで話をしたいって書いたんだよ」

勇次が答えた。

「効果はあるかな？」

藤堂が言った。

「あると思うよ。ほら」

勇次の携帯がうるさく鳴り出した。

3

「茶谷さんのスポンサーさんはなんて言っているんですか」

桜田は言った。琥珀《こはく》色に染まったウイスキーのグラスを手で回している。

目の前には茶谷が座っている。

桜田が茶谷と初めて会ったのは、榊原聖仁の研究への投資資金集めに苦労している時だった。ある財界人から彼を紹介された。リスクマネーを相当額提供してくれるという話だった。

実際、会ってみるとあきれるほど話がトントン拍子に進んだ。まるで以前から榊原の研究を知っていたかのようにさえ思えたほどだ。専門性の高い研究なのでまさかとは思うが、それほど順調だった。お陰で当麻研究室の研究、すなわち榊原の癌抑制物質研究への投資を進めることができた。

二人がいるのは新宿歌舞伎町《かぶきちょう》のバーだ。

都の営業自粛要請はあるものの、桜田が馴染《なじ》みのバーを無理やり開けさせたのだ。

「うなばら銀行には気をつけろってさ。私のスポンサーは、かなり痛い目に遭ったらしい」

茶谷が答えた。

茶谷のグラスには細かい泡が底から立ちあがっている。ハイボールを飲んでいる。バーには二人以外、誰もいない。マスターが、桜田に勝手に飲んでくれと言ったのだ。

桜田はカウンターに置かれたボトルから、どくどくとグラスにウイスキーを注ぎ入れた。グラス内の氷がみるみるうちに琥珀色に染まっていく。

「銀行は、冷たくて裏切りますからね。私のファンドにもうなばら銀行は、金を入れてくれているのですが、いろいろと裏で動いているようですから。油断ならないですよ、銀行員はね。実は、私の女房がうなばら銀行に勤めているんです。パートですけどね」

桜田が言った。

「投資ファンドで散々儲けているあんたの女房が、うなばら銀行のパートとはね」

茶谷がハイボールのグラスを持ち上げた。左頬の蚯蚓《みみず》腫れの傷跡がグラス越しに拡大したようで、痛々しさが倍加する。

「自立したいんだそうですよ。馬鹿げていると思いますがね」

「せいぜい浮気されないように気をつけるべきだな」

茶谷は不敵な笑みを浮かべた。

桜田は不愉快になった。神崎のことを思い出したからだ。ウイスキーを呷《あお》った。

「気をつけますよ。ところで以前から気になっていたんですが、その傷はどうしたんですか。古い傷のようですけど」

「これか？」茶谷が傷に指を這《は》わす。「話したことはなかったか？」

「ああ、聞いたことはないですね」

「まあ、いいさ。若いころにちょっとしたことがあっただけだ」

茶谷は不気味に笑った。

桜田は、ぞくっとした。若いころのちょっとしたこととは、いったいなんだろうか。まさかヤクザの抗争で負傷したのではあるまい。

茶谷の背後にいるスポンサーのことを桜田は知らない。茶谷はスポンサーの意向だということを時々、口にする。だから誰かの金を動かしているのだろうが、自分の金を隠すためにスポンサーを匂わせているのかもしれない。

「茶谷さんは相当、暴れ者だったたってわけですか」

「まあ、勝手に想像してくれ。それよりも例の投資はどうなっている？」

「榊原先生の方はばっちりですよ。しかしね、当麻先生はすこし欲が絡んできているみたいですね」

「浮気しはじめたのか？」

「その気配が濃厚です。ところで榊原先生をお訪ねになったと聞きましたが……」

桜田のウイスキーを飲むピッチが速い。ふたたびグラスに手ずから注ぎ始めた。

「情報が速いね」

「大学の事務局に顔が利くものでしてね。私にちょっと声をかけてくだされば、先生をご紹介しましたのに」

桜田が恨めし気に言う。

「まあね。今度はそうするよ。ちょっとどんな人物か見ておきたかったんだ」

茶谷は、空になったハイボールのグラスをカウンターに置いた。

「茶谷さんが、私の投資ファンドのスポンサー筋の方であるとご説明なさったのですか？」

「いや、そんなことは言わない」

「ではどんな自己紹介をされたのでしょうか。ファンとでも？」

桜田が笑う。

「そんなところだ。あまり詮索するな」

茶谷は、グラスをカウンターに軽くぶつけた。響きの良い音がした。

「ハイボールをお作りしましょうか」

「いや、いい。水をくれ」

茶谷の要求で、桜田は、カウンターの中に入り、冷蔵庫からペットボトルの水を取り出した。

「氷あり、それともなし？」

「氷なしでいい」

茶谷は言った。

桜田は新しく用意したグラスに水を注ぎながら、茶谷を一瞥した。

この男に文句は言えない。投資ファンドの最重要な金主だからだ。彼のお陰でファンドが成立していると言っていい。

しかしどことなく疑念がわいてくる。というのはあの神崎のことが気になっているからだ。あいつは、妻の洋子から俺のことを相談され、勝手にのぼせ上がって、俺に洋子との離婚を迫ってきた。

馬鹿なことを言うなと一蹴したのだが、その際、あいつは榊原から手を引くようにと言った。俺のファンドの金を使うのは良くない。欲望ばかり膨らませているような金を使わせないなどとほざきやがった。

俺は、金を儲けるために投資ファンドを運営している。榊原の研究が抗癌剤として実現すれば、莫大な利益につながる。ベンチャー系投資ファンドとしてこれまでぱっとした成績を上げられず、苦労をしてきた。

その苦労がようやく花開く時がきたのだ。神崎ごときに言われて、ハイそうですかと手を引くわけにはいかない。だからあいつをとことん苛めてやった。付き合いのあったうなばら銀行の幹部にも文句を言った。ちょっと筋の悪い連中を使って脅したこともあった。

その結果かどうかは知らないが、あいつは死んだ。妻の洋子は、俺が殺したかのように今でも恨んでいる。

しかし、今、考えると、あの神崎という男は、なぜ榊原から手を引けとあれだけ執拗《しつよう》に迫ったのだろうか。うなばら銀行の幹部から聞いたところによると、あいつは頭取にも手紙を書いたそうだ。榊原を支援できないのかと……。なぜそこまでやったのだろうか？　あいつは銀行員だ。自分の知らない情報を持っていたのだろうか。

再び、桜田は茶谷を見た。この男に関係する情報？

まさか……。投資ファンドの金は茶谷から出ていると神崎に話したことがあっただろうか？

思い出せない。

「どうした？　黙り込んでしまって。なにか考えているのか」

茶谷は、水のたっぷりと入ったグラスを引き寄せた。

「ちょっと嫌な奴のことを思い出したんです」

桜田は茶谷に視線を据えながら言った。ウイスキーをゴクリと飲む。かなり飲んだにもかかわらず、体の芯が冷え冷えとしている。

「嫌な奴？」

茶谷は首をわずかに傾け、水を飲んだ。

「ええ、神崎進介って男なんですけどね。女房とねんごろになって……。それだけならまだ許せるんですが、私に榊原先生への投資を止めろとしつこく迫りましてね。なんだか変な銀行員でした。ご存じですか？」

桜田は思い切って聞いてみた。神崎が榊原への投資を止めるように自分に強く迫ってきたのは、まさかとは思うが、目の前にいる茶谷のせいではないかという突飛な考えがフイにわいてきたのだ。ウイスキーの飲みすぎかもしれないが……。

「私がその男を知っているかって？　なぜそんなことを聞くんだ」

茶谷は、音が出るほど強くグラスをカウンターに置いた。グラスから水が飛び出し、カウンターを濡らした。

「いえ、すみません。なんとなく」

桜田は、ごまかすように作り笑いを浮かべた。

「知らない」

茶谷は強く否定した。

「その男は死んでしまったんですよ。自殺らしいですがね。まだはっきりしない。私とは、そうとう言い争いましたから、どうも寝覚めが悪くて……」

桜田は、茶谷の態度にすっきりしない印象を持った。

「死んだのか」

茶谷が険しい顔で言った。

「なんでも銀行の金庫内で首を吊った姿で発見されたようです。神崎は、どうも榊原先生を知っていたようですね。それがどうも解せない」

「銀行員だからじゃないか」

「そうかもしれません。でも必死で榊原先生を私から守ろうという態度でしたね。私がそんなに悪い奴に見えたんですかね」

桜田は眉根を寄せて、茶谷を見つめた。

「悪い奴なんだろう?」

茶谷は笑いもせず、喉を鳴らして水を飲んだ。

「よしてくださいよ。他人聞《ひとぎ》きが悪いじゃないですか」

桜田が苦笑した。

「そんな銀行員の話題より、癌抑制物質研究の投資の今後を相談しようじゃないか。うなばら銀行が光鷹製薬と組んで榊原の研究を独り占めにしようとしているとの情報がある。それは阻止しないといけない。あんたがのんきに構えているからだとスポンサーが怒っている。このままだとファンドから金を引き上げると言い出すぞ」

茶谷が厳しい口調で言った。

「それは勘弁してください」

桜田は頭を下げた。

しかしなにか自分に話していない秘密があるに違いないと、茶谷を疑わしい目で見つめていた。

4

茶谷は喉を冷たい水が潤す感触を味わっていた。

桜田に言う訳にはいかないが、神崎進介との長い因縁を思い浮かべていた。

江東区の児童養護施設さわらぎ園で出会った子どもたちの中で進介と山名明、今では榊原聖仁と名乗っているが、この二人がいつも自分に反抗的だった。

特に明、今は聖仁と呼ぶことにするが、奴は一番の問題児だった。そして聖仁をまるで守護神のように庇っていたのが、進介だった。

施設の古い連中によると、二人はほぼ同じ時期に預けられたという。兄弟同然で育った。進介が兄で聖仁が弟という関係のように見えた。

私は、園長との関係を利用して施設で徐々に支配権を確立した。後は進介と聖仁を抑えれば、完璧だった。その矢先、二人は脱走を試みた。

他の職員とともに二人を捜索し、進介は確保したが、聖仁の逃亡は許してしまった。聖仁は、隅田川に飛び込んだのだ。死体は上がらなかった。魚の餌になってしまったのか、どこか深い水の底に眠っているのか、どちらかだろうと思った。

進介は聖仁がいなくなって、すっかり変わった。守るべき相手がいなくなったことで施設内で生き残ることを最優先したのだ。

逃亡事件が隠蔽されたことも進介を変えてしまった要因になったのだろう。私に逆らっては生きていけないと進介は自覚し、完全に私の手先になった。指示を守り、逆らう子どもたちを従順にするのに力を発揮した。

さわらぎ園を卒業する時、私は進介の大学進学の資金を援助した。進介は優秀だった。

私は、進介より先にさわらぎ園を退職していた。様々な仕事に関係する間には、結構、ヤバい仕事にも手を出した。

その時、出会ったのが、鯖江伸治《さばえしんじ》だ。鯖江はインテリだった。センスのいいスーツに身を固め、話す言葉にも教養が溢れていた。

しかし実態は広域暴力団並川《なみかわ》組と関係が深い人物だった。鯖江に心酔し、彼と一緒に多くの仕事をこなした。

進介の進学資金もその稼ぎから提供したのだ。

就職の際、うなばら銀行に入行させたのも私だ。鯖江は、うなばら銀行に強いコネクションがあった。進介を入行させるくらいのことはなんの問題もなかった。

鯖江のうなばら銀行とのコネクションの強さには驚いたものだ。どのレベルの人間との関係があったのかは知らないが、相当の立場の人間と強い関係があったに違いない。

残念ながら鯖江は事件を起こし、今も服役中だ。しかし刑務所に入ろうとその力は全く衰えていない。膨大な資金力を背景にしているからだ。

鯖江からの指示はベンチャーへの投資だ。スタートアップ企業に最初から投資することで影響力を行使するのだ。

鯖江は刑務所にいようと、情報入手にはすさまじい能力を発揮する。指示があったのは抗癌剤のための新物質ＪＴ－１だ。これに注目しろとの指示があった。

同じころ、桜田からJT－1への投資について相談があった時、二つ返事で了解した。まさかそれが山名明、すなわち聖仁の研究への投資だとは思わなかった。これほどの偶然があろうかと興奮した。

その情報をもたらしたのは進介だった。ところが進介は、聖仁に関わるなと忠告したのだ。忠実な配下になったと思っていたのに、再び大きく変わってしまった。

理由は分かる。守るべき相手、すなわち聖仁が生きていたからだ。聖仁が死んだと思っていたから、私に忠実であっただけで、本来の進介に戻ってしまったというわけだろう。

聖仁の守護神となり、反抗しはじめた。私にとって邪魔な存在となったのだ。馬鹿な奴だ。全く……。

5

うなばら銀行のＶＩＰ用の応接室に、光鷹製薬の副社長、溝口勇平とうなばら銀行専務取締役の沢上良夫が向かいあって座っていた。

沢上は薄くなった頭髪から、顔全体がつるりと剝《む》いた卵のようだ。銀行員らしく表情筋はあまり動かないのだが、今は唇を変則的に歪め、これ以上ない渋い顔をしている。

溝口は反対にふだんは表情がよく動く。光鷹製薬は、アメリカの製薬会社を買収し、取締役や幹部にアメリカ人など外国人が多い。そういう中では全身で自己主張しないと存在感が示せないのかもしれない。しかし今日ばかりは、沢上が羨ましがるほどの銀髪をかきあげる動作を繰り返しながらも口をへの字に結んでいる。二人ともどちらが先に口を開くか、我慢しているかのように無言だ。

沢上が、目の前に置かれた茶に手を出した。それを取り、口に運んだ。

「頭取はやる気があるんですかね」

沢上の動きを合図にようやく溝口が口を開いた。

「あるとは思いますが、真意はよく分かりません」

沢上が茶で喉を潤し、答えた。

「わが社が保有する薬の特許がここ数年で切れるのです。新たな創薬を手に入れなければ、経営的に大きな打撃になります。ジェネリックに足元から経営基盤を崩されてしまうのです。うなばら銀行は、メインとしてわが社を支援する気があるのですか？　頭取の態度を見ていると本気度を疑いたくなります」

溝口は、口を開くと堰《せき》を切ったように不満を言い始めた。

「頭取は、独特の経営的な考えがあります。絶対に創薬の分野に貢献しなくてはいけないと言っておりますから」

沢上が眉間の皺を深くした。

「私は、あの盆栽の幹を切ってしまいたい気分ですよ」

溝口は、沢上の背後のキャビネット上に置かれた松の盆栽を指さした。

陶器に植えられた盆栽は苔《こけ》むした築山《つきやま》の上に太い幹を姿よく曲げ、枝を大きく広げている。松は、どんな季節になろうとも緑を絶やすことはない。雪中松柏《せっちゅうしょうはく》などと言われ、雪の重みにも耐え、緑を絶やさぬ松に人生の厳しさに耐える意味を託す経営者も多い。

沢上が盆栽を振り返る。溝口に言われ、初めてここに盆栽が置かれていることに気付いた。そう言えばいつからここに置かれているのだろうか。姿形から見れば、素人目《しろうと》にも相当に価値ある盆栽である。誰が世話をし、誰の好みなのか、全く知らない。

銀行には誰も知らないことが多い。この盆栽もそうだが、廊下や会議室に掲げられている多くの絵画もどれほどの価値があるのか、誰の好みなのか知らない。

盆栽や絵画などより、沢上にとって最大の謎は久木原がなぜ頭取であり、なぜ大きな力をいまだに維持しているかということだ。

専務として久木原に重用されているが、久木原がすごいと思ったことは一度もない。独特の経営の考え方と口にしたが、なにも独特なことはない。経営の方針を明確に示したことはなく、強いリーダーシップを発揮したこともない。いつも側近である企画部のスタッフたちに判断を仰ぎ、沢上たち取締役に議論させ、「ではよきところで」と言って議論を中断し、あいまいな結論を出すだけだ。

そもそも暴漢に銃弾で撃たれる大きなスキャンダルに襲われながら、頭取の地位にいたままであることがおかしい。普通はその時点で辞任するだろう。

ところが久木原が銃弾で傷ついたスキャンダルが、かえって久木原になんとなく逆らえない不気味さ、怪しさを与えてしまっているのだ。

「独特の経営の考えとおっしゃいましたが、今回のJT－1を製品にするにはいったいどれだけのコストがかかるか分からないんですよ。私どもも海外の製薬会社と競争して、開発の権利を取りに行っていますが、それは頭取から何千億円かかろうとも構わないとの心強いお言葉をいただいたからです」

溝口の憤懣《ふんまん》は収まらない。

何千億円かかっても構わないという久木原の言葉は、なにを隠そう、沢上が言わせた演出だ。

うならば銀行には、製薬会社にこれと言った取引先はない。たまたま光鷹製薬という本邦で一、二を争う製薬メーカーの創業者一族のトップである光鷹剛一《ごういち》と久木原が知り合いとなった。

光鷹が、榊原聖仁が発見した癌抑制物質JT－1に関心があると話題にした際、久木原がどのように動いたのかは知らないが、発見者の榊原聖仁の指導教授である当麻純之助教授とのコネクションを見つけてきた。そしてあとは、いつもの通り「よきところで」と沢上に託したのだが……。

「当初、沢上さんの話ではわが社に独占させるっていうことだったでしょう、この投資は……」

溝口はまだ憤懣口調だ。

「まあ、そうですが……」

投資の独占という言質《げんち》を与えたのは事実だ。それは沢上の判断だ。久木原は、そうした細目に全く関心がないからだ。

それが急にちょっと待てと言い出したのだ。どんな理由か説明もない。光鷹製薬以外の参加を認めようというのか。

当麻教授も光鷹製薬にのみ投資を認めるということで了解していた。彼は、別のファンドからも資金を導入しているのだが、それは仕方がないことだ。スタートアップにさいしては有象無象のファンドが群がってくる。それらを整理するのもメガバンクの役割だ。そんなことは日常的に行っている。彼らはいくばくかの投資利益を与えれば、文句を言わずに去っていく。役割はそこまでだ。創薬に関わる数百、数千億円の資金を調達できないのだから当然の末路なのだ。

「私、あの榊原って研究者がどうも気に食わない」

溝口が言った。

「多少、生意気でしたね」

沢上も同意した。

「生意気なんてもんじゃない。私を守銭奴のような目で見てましたね。製薬会社は世のため、人のために薬を作っているんですよ」

「よく分かっています。そんな目で見ていましたか」

なにが世のため、人のためだ。そんな牧歌的な考えは、とうに捨てているではないかと沢上は、皮肉な笑みを浮かべて溝口を見た。

グローバルコンペティション（世界的な競争）に晒されている製薬業界は、儲かる薬、利益になる薬しか作らない。人々が必要とされていても利益にならなければ手を付けないのだ。

これは製薬会社の宿命かもしれない。膨大な開発資金を回収するためには、高価な薬にならざるをえないということだ。安価で提供すれば開発資金を回収できない。

日本のように健康保険制度が完備されている国では患者が負担する医療費は一般的に三割負担である。年齢によっては一割になる場合もある。

さらに高額の薬剤を使用するなど、医療費負担が家計を圧迫する場合は、健康保険が高額医療費を負担してくれる。そのため患者は薬剤がどれほど高価か実感しない場合が多い。だからやたらと薬を欲しがり、薬害や健康保険財政の圧迫などという問題が発生する。

アメリカは日本のように国民皆保険ではないため、富裕層は金さえあれば高額な最新の医療を受けることができる。

ありていに言えば、製薬会社は新薬開発に巨額の投資をしても、それに見合った対価を支払ってくれる富裕層がいるため開発コストの回収が容易なのだ。富裕層向けの高額薬剤を開発した方が、製薬会社にとっては有利だといえる。その意味で溝口が口にした「世のため、人のため」というのは真っ赤な嘘で「金持ちのため、金儲けのため」というのが現在の製薬会社の立場を正しく表現している。

光鷹製薬もＪＴ－１の製品化はアメリカでスタートしたいと思っている。その方が早く投資資金を回収できる可能性があるからだ。

それなのに……。

「榊原は」溝口は呼び捨てにした。「薬を安くするんだと夢みたいなことを言ってましたね。いったいいくらかかると思っているんだって言いたいですね。新物質を発見したって薬にするわれわれがいるからビジネスになり、人々の役に立つんだから。そうじゃありませんか？」

「まあ、若い人ですからね」

沢上は、溝口の怒りを収めるように穏やかな笑顔で言った。

「それはそうでしょうが、義父になろうかという恩人の当麻教授の前ですよ。当麻教授は、人間が出来ておられるが……。それにしても頭取は、なぜ私どもへの支援に及び腰になったのでしょうか」

「まだはっきりしたわけではありません。最初からこの投資は頭取指示で始まったのですから。なにか特別な理由があるんでしょう」

「それをはっきりしてもらわないと光鷹社長に、私はなんて言えばいいか……。社内には、ＪＴ－１の製品化はわが社が独占だと根回し済みですからね。今更、どこか不明だけど他社を加えるとなるとね」

溝口は渋面を作った。

「私がなんとかしますから」

沢上は答えたものの、有効な方策があるわけではない。

――あの人の腹の中だけは、一向に読めたためしがない。さて、いかがしたものか。

沢上は額の皺を深くした。

6

芝生の感触が心地よい。藤堂は、靴を脱ぎたいと思った。

ベンチに座り、先ほどから榊原聖仁の話を聞いている。主に言葉を交わしているのは、勇次だ。

藤堂には、東都大という権威に満ち満ちた場所は、どうも居心地が悪い。別に育ちが悪いという訳ではないが、エリートと言われる存在に複雑な思いがあるのだろう。警察というところは完全にエリートと非エリートの世界だった。そうしたところに長くいたせいで、東都大にも卑屈さを覚えてしまうのだろう。

榊原は、いかにもエリート研究者という印象だ。言葉遣いも丁寧で顔立ちは涼やかで体型も申し分なく若々しい。将来を嘱望されているのも分かる。

榊原は、勇次と藤堂に会うのには迷いがあったようだ。意を決して会いに来た時は、表情に緊張があった。しかし今は、緊張が解けたのか、時折、笑顔を見せる。

榊原が警戒心を解いたのは、勇次と藤堂が、神崎進介の死の真相を調べているということを知ったからだ。

どうしてそんなことを調べているのかと榊原は関心を持った。支店長の貞務の依頼だと勇次が補足すると、榊原は驚いた顔をした。支店長は、神崎を苛めていたのではないかと聞いてきた。それは前任支店長のことだと勇次が答えた。今の支店長は、神崎の死の理由を知り、彼を死に追いやった者を見つけたいと願っていると藤堂が補足する。

「神崎さんのことよくご存じなのですね。お親しかったのですか。だったらなぜ亡くなったのか、一緒に調べませんか」

東都大の医学部で将来を嘱望される榊原と一介の銀行員である神崎との関係は、榊原の隠された過去にあると藤堂は当たりをつけていた。神崎は、児童養護施設で育ったのだが、おそらく榊原も同じ施設にいたのではないだろうか。隣に座って勇次に話している素振りを見ても、どちらかというと自分に近い匂いがするのだ。

藤堂も幼い頃、両親を亡くし、親戚に育てられた。親切な人たちに囲まれた幸せな幼少期ではあったが、それでもどこか肩身の狭い思いがしたものだ。そうした環境で生きていくには、感謝と努力しかなかった。聖仁からもそれを感じる。それは好ましさだ。この若い男を守ってやりたいと藤堂は真摯に思っていた。

「進介は私の守り神でした……」

榊原は、言葉を詰まらせ、両手で顔を押さえ、肩を揺らし、号泣し始めた。

藤堂は、勇次と顔を見合わせた。そしてなにも言わずに榊原の泣く姿を見つめていた。

7

榊原十三枝は、穏やかな笑みを浮かべてリビングのサイドボードに置かれた写真を眺めた。

その写真には明るく笑う少年を挟む榊原晴次と十三枝の姿があった。背後には緑の山と青く澄んだ空が広がっている。ハイキングに出かけた時の写真だろう。

十三枝は銀髪を後ろに束ね、ふっくらとした顔立ちの見るからに優しさが溢れる女性だ。

貞務は、彼女を見ながら、榊原は幸福な少年時代を送ったことだろうと想像した。

「ご家族でどちらかに行かれた際の写真ですか？」

雪乃が聞いた。

「あの写真は、清里《きよさと》に行った時ですわ。聖仁は、山を歩くのが好きでしたので、蓼科《たてしな》や富士山にも行きました」

「素敵な写真ですね」

雪乃の言葉に、彼女は「ええ」と答えてわずかに顔を曇らせた。「聖仁は、私たちにとって宝です。まさかこんなに有名になるとは思ってもおりませんでした。あまり有名になりすぎて心配しております」

「優秀な息子さんですからね」

貞務が言った。

彼女が貞務を見つめて、「あなたは銀行の支店長様ですから、人助けをするのがお仕事ですね。私も夫と二人で印刷会社を経営していたころ、うなばら銀行ではありませんでしたが、随分、銀行には助けていただきました。夫が亡くなってもこのマンションからの家賃で聖仁が困らずに大学で勉強ができ、私が安楽に暮らせるのも銀行のお陰です。ありがとうございます」と頭を下げた。

貞務も頭を下げた。銀行にこれほど感謝をしてくれる人に会うのは最近では珍しい。貞務は、あらためて自分の仕事の役割が人助けだと自覚した。新型コロナウイルスの感染が拡大する中で、銀行に助けを求める人が急増している。こういう時に人々を支えないでいつ支えるのだという思いを強くした。

「なにか助けになることがあればおっしゃってください」

「実は、聖仁のことを聞きに来られた人があなた方以外にも二人おられたのですよ。その一人が、あなたがたがお名前を挙げられた神崎進介さんです」

訪ねてきた用件が、榊原の友人の中に神崎進介という人物がいるかどうかの確認だと、貞務たちは説明していた。

十三枝は、「知らない」と貞務たちの訪問を拒絶してもいいのだが、「どうぞ」と家に上げた。その理由は、進介自身がここを訪ねていたからなのだ。進介はうなばら銀行浜田山支店の行員だ。その支店の支店長である貞務が後を追うように訪ねてきたのだから、なにごとかと不安を覚えたのだろう。

「本当ですか」

雪乃が目を大きく見開いた。

「ええ。私はなにかの勧誘かと思ったのですが、その方は、明君の幼馴染ですとおっしゃって……」

彼女の困惑が深くなった。

「明ってだれですか」

雪乃はますます身を乗り出す。

「私にも分かりませんでした。その方はとっても明るい調子で、聖仁さんの本当の名前は山名明っていうんですとおっしゃって……。私は気味が悪くなって名刺はいただいたのですが帰っていただきました。その方はここにくれば聖仁に会えると思っておられたのでしょうね。もうとっくに家を出て、一人暮らしをしていますのに」

「それが我が行の神崎進介なのですね」

貞務の問いに、十三枝は名刺を持ち出した。

「彼はさわらぎ園とか言っていませんでしたか？」

「はい、そうおっしゃっていました。間違いなくさわらぎ園です。私は聞いたことがない名前です」

十三枝の表情はますます深刻になる。

「もう一人訪ねてきたのは、どんな人ですか」

貞務が聞いた。

「人相が悪い男でした。左の頬に大きな傷跡がありました。やはり山名明はいるかと……」

「その男の名刺かなにかはありますか」

貞務が聞くと、十三枝はケースにしまった名刺を取り出して、貞務の前に置いた。

「茶谷俊朗。経営・投資コンサルタント、ティー・バレイカンパニー代表。ティー・バレイってまさに茶谷ですね。いったい何者でしょうね」

貞務は、雪乃と目を合わせた。雪乃も興味津々の様子だ。

「分かりません。その人も山名明に会いたいとおっしゃって、聖仁のことを明と呼びました。明さんといっしょにさわらぎ園にいた者ですとおっしゃったのです。私は、なにも分からないです。なぜって聖仁は、過去のことを全く覚えていないのですから。記憶喪失になっていたのですから」

「記憶喪失？」

「そうです」

「なにも覚えていないのですか」

「あの子は、桃から生まれた桃太郎みたいなものでゆっくり、ゆっくり、隅田川を流れてきたんです。私たちの手に抱き上げられた時には、過去のことはさっぱり捨て去っていました。それはきれいにね。聖仁はなにかとんでもないことに巻き込まれているんではないでしょうか？」

十三枝は不安げに貞務を見つめた。

「隅田川を流れてきたのですか？」

雪乃がすっとんきょうな声を上げた。

貞務は眉間に皺を寄せた。神崎はなんのためにここに来たのだろう。ここに来れば榊原に会えると思ったのだろうか。そしてもう一人の茶谷とはいったい何者だ。二人は共に榊原のことを山名明と呼んだ。そして児童養護施設さわらぎ園……。

孫子は「彼れを知りて己《おの》れを知れば、百戦して殆《あや》うからず」と言った。

しかし貞務は恐ろしいほど、いまだになにも知らないことに震えと焦りを覚えた。

孫子はまた、「彼れを知らず己れを知らざれば、戦う毎《ごと》に必ず殆《あや》うし」とも言ったが、すべてがなにも分かっていないことに貞務は愕然《がくぜん》とした。

第六章　懊悩

1

「なんとしてでも、この男を守ってやらないといけないって気になったぜ」

藤堂が感慨深く言った。

「榊原と神崎は、まるで兄弟のように育ったらしい。なにかと苛められがちな榊原を神崎が守っていた。神崎は守護神だったって言っていた。号泣しながらな」

勇次は、ウイスキーを舐めるように飲んだ。

今夜も貞務のマンションに集まって神崎進介の死についてそれぞれが摑んだ事実を持ち寄った。

メンバーはいつもの貞務、雪乃、勇次、藤堂の四人だ。この四人には、最近流行りのオンライン会議という言葉は似合わない。

「それで榊原に会った際のことをくわしく教えてください」

貞務は言った。まず相手を知らねばなにごとも始まらない。焦りに似た気持ちがあった。

藤堂が残っていたビールを飲み干すと、「それでは」と話し出した。

「東都大はすごいね。キャンパスが広くて迷子になりそうだったよ。勇次さんが、なにか知らないけど東都大にコネがあってさ。おどろいちゃったね。スッスーと入れたんだ。俺は門のところで『いか用じゃ』と門番にとおせんぼされるかと心配したけどね」

「藤堂さん、前置きはそれくらいにしてください」

雪乃が怖い目で睨んだ。

「おお、ごめんな。東都大は憧れだったからね」藤堂は苦笑いを浮かべた。「榊原は、最初は俺たちを警戒していたんだけどね。神崎の死の真相を追求していること、それが現支店長の貞務さんの考えだと知って驚いていたね。榊原と神崎は、頻繁に会っていたと思われる。大村前支店長から苛められていたことも知っていたから。榊原と神崎は、さわらぎ園での幼馴染だった。先ほど勇次さんが言ったように、なにかと生意気で苛められていた榊原を守る立場が、神崎だったようだ。二人は、十歳の時、共謀して園を脱出したんだね」

「相当、ひどい暮らしだったのね」

雪乃が同情気味に言った。

「そうだろうね。逃げ出した二人は、隅田川の船に身を隠していたが、追いかけてきた園の職員に発見されてしまい、神崎は捕まったが、榊原は川に飛び込んだ。死ぬと覚悟したそうだよ。しかし榊原夫妻という親切な人に救われた。ここから榊原の新しい人生が始まる。それまでは山名明という名だったそうだ。産みの親は知らない。榊原は、記憶喪失を装った。川に飛び込むまでのことは全く思い出せないと榊原夫妻に言ってしまったことが原因だ。しかし毎日、怯える暮らしだったようだ。いつ園の職員が目の前に現れるか、それだけを心配していたんだ」

「辛かったでしょうね」

雪乃が言った。

「そうだろうな。俺も時々、物忘れするけどな」

藤堂が笑った。

「それは年相応の反応で、誰でも起きることです」

雪乃が、もっと真剣に話せと目で言っている。

「月日は流れても、もう誰も探しに来ないと安心した日はなかったようだ。それに榊原夫妻に嘘をつき続けていることも負担だった。罪悪感が強かったんだろうね」

藤堂が声を落とした。

「可哀《かわい》そうね。嘘がばれるのが怖かったのね」

雪乃が、眉をひそめた。

「雪乃ちゃんの言う通りだ。いつ、自分の口から榊原夫妻に謝ろうかと思っていたそうだ。しかしそれも叶《かな》わず晴次さんが亡くなった。その原因が膵臓癌だったために、榊原は癌の撲滅に役立つ研究をしようと当麻純之助教授の門を叩いた」

「有名な学者ですね」

貞務が言った。

「抗癌剤研究の第一人者さ」

勇次が答える。

「彼曰《いわ》く、榊原聖仁として生きることに決めたってね。育ての親、晴次さんのためにもね」

藤堂が言った。

「過去って追いかけてくるんじゃないですか」

雪乃が不安げな表情で言った。

「雪乃ちゃん、粋なことを言うね。雪乃ちゃんにも隠しておきたい、追いかけてほしくない過去があるのかな?」

藤堂がからかう。

「もう!」雪乃が怒って頬を膨らます。「先を進めてください」

「はいはい。秘密は秘密にしておきたいよね。誰にも知られたくない過去がある。ましてや榊原は、さわらぎ園を脱走した身であり、実の親も知らない……。まあ、それはそれとして研究生活は順調だった。ＪＴ－１という画期的な抗癌剤となりうる物質を発見したんだ。これについては俺は詳しくない」

藤堂が自信なさそうに勇次をちらりと見た。勇次が顎を上げた。先に進めと言ったように見えた。

「ＪＴ－１は癌細胞の中の情報伝達系に作用し、増殖を抑える機能があるようですね。これを投与すれば癌細胞は増殖できなくなり、大人しくなります」

貞務が知識を披露する。

驚いた表情で藤堂が貞務を見た。

「支店長、すごい」

雪乃が嬉しそうに表情を崩した。

「たいしたことはないよ。雑誌を読んだだけの浅い知識だよ」

貞務は謙遜した。

「まあ、いずれにしても大変な発見なんだろうね」

藤堂が、さも貞務の言うことぐらい知っていたかのような態度で言った。

「プフッ」

　雪乃が我慢しきれず笑った。

「うっほん」藤堂が咳払《せきばら》いして仕切り直す。「有名になった榊原は雑誌などに写真や記事が掲載されるようになった。それが過去を呼び起こしたんだ」

　藤堂が深刻な表情をした。

「そういうことで神崎が訪ねてきた」

　勇次が藤堂の話を引き取った。藤堂の話が、長すぎるとでも思ったのだろう。突然、話の腰を折られた藤堂は、ふてくされたように缶ビールを開けた。

「最初は、神崎を拒否していたんだが、受けいれた」

　勇次の目が光った。

「また榊原の守護神が復活したんですね」

　貞務が言った。

「その通りだよ」勇次が言った。「神崎は、どんなことがあっても榊原を守ると言ったそうだ。榊原は最初、余計なお世話というか、うざったい気持ちになったらしい。しかし……」

「しかし……榊原の方に神崎に守ってほしい事情ができたのでしょう」

　貞務が神妙な顔つきで言った。

「よく分かるね。榊原は、自分が発見したＪＴ－１が、カネ儲けの材料にされるのをよろしく思っていなかった。一つは桜田ファンド、一つは当麻教授にからむ光鷹製薬やうなばら銀行のファンドだ。そんな悩みを神崎に訴えた。なにかを期待してというわけではなく、どうにも抑えられなかったんだ。誰かに悩みを聞いてほしかったんだな」

「桜田ファンド？」雪乃が反応した。

「桜田ファンドは、浜田山支店のパート職員、桜田洋子さんの夫が経営しているんじゃありませんか」

「そうだと思うね」

藤堂が言った。

「いよいようなばら銀行が登場してきましたか」

貞務が首を傾げた。

「榊原は、可能な限り誰にでも手に入りやすい価格の抗癌剤を作りたいと願っているんだが、ファンドの連中は、人助けなんてなにも考えていない。どれだけ儲かるかってことだけだ」

藤堂が吐き捨てた。顔が赤い。

「榊原さんのお父さんが、癌で亡くなったからだわ」

雪乃が呟いた。

「自分の発見がカネ儲けに利用されている。当麻教授は、榊原の義父になる予定なのだが、彼までも目の色が変わってきたんだ」

　勇次が言った。

「創薬は何千億っていうカネが動く。誰もが目の色を変えても仕方がない」

　藤堂が、腹立たしそうに缶ビールを呷った。藤堂は苦労した子ども時代を思い出しているのだろう。

「神崎は、守護神として、榊原の悩みを受け止め動き始めたのですね。偶然とはいえ桜田ファンドの経営者、桜田毅という人物ですが、彼の妻とも親しくなった……」

　貞務が雪乃を見た。

「不倫というんじゃなくて、桜田ファンドの情報を知りたくて近づいたのかもしれませんね」

　雪乃が言った。

　貞務が、雪乃の推理に頷いた。

「ところで茶谷っていう名前は出ませんでしたか」

　雪乃が勇次に聞いた。

　その名前は、貞務と雪乃が、榊原の養母である十三枝を訪ねた際、彼女から聞いたものだ。

　十三枝は、二人の男が訪ねてきたと言った。一人は、神崎。もう一人は茶谷俊朗。テイー・バレイカンパニーという投資会社の代表の名刺を置いていった。十三枝は、榊原がなにかの問題を抱えているのではないかと心配していた。桃太郎のように榊原夫妻の元に流れてきた。昔話の桃太郎は、鬼退治に行き、多くの宝物を持って凱旋《がいせん》してくるが、榊原はどうなのだろうか。

「榊原の口からは茶谷という名前は出なかった。しかし、神崎の死にはひどいショックと罪悪感をおぼえているようだ。自分が死に追いやったようなものだと言うんだ。神崎は、頻繁に研究室に来るようになって、桜田との関係を切れと迫ったようだ。これは妻の洋子の証言と一致する。理由を聞いてもはっきりと答えない。とにかく止めろという。だが、関係を断てとね。榊原にしてみれば、桜田は研究を支援してくれた恩人のファンドだ。だが、カネ儲け主義で、榊原も嫌っていた。だが契約を切るのは、簡単じゃない。すると神崎はカネは自分が集めるとまで言ったようだ。これも浜田山支店の取引先幸陽商事の柊の話と一致する。神崎はなんとかカネを集めて桜田ファンドに榊原から手を引かせようとしたらしい。榊原は、自分が余計なことを言ったために、彼が追い詰められたのかもしれないと泣いていた」

勇次が説明した。

「ところでその茶谷ってのは何者だ？」

藤堂が聞いた。

「榊原を育てた養母の十三枝さんのところへ訪ねてきた男です。元園児ではなさそうです。ティー・バレイカンパニーという投資会社の代表と名乗り、山名明という榊原のさわらぎ園での名を口にしたそうです。左頬に傷跡があり、薄気味悪い印象の男で、榊原の身になにかがあるのではないかと、十三枝さんを不安がらせるに十分だったようです」

貞務が答えた。

「ということは……」藤堂は顎に手を当て、首を傾げ、なにか思案気の様子になった。

「さわらぎ園の関係者、すなわち職員だったってことか」

「ビンゴ！」

雪乃が、藤堂を指さして笑顔になった。

「ありがとう。シャーロック・ホームズになった気分だよ」

藤堂はしてやったりと満足そうに微笑んだ。

「でもなぜその男は榊原家を訪ねてきたんだ」

「投資会社というのが興味深い。桜田と同じだな」

勇次が言った。

「茶谷は、今はさわらぎ園には勤務していない。ということは今さら脱走した榊原さんを探しにきたわけじゃないでしょう。榊原聖仁と山名明が同一人物かどうかを確認にきたんじゃないかと思うんです。神崎さんも同じ動機で十三枝さんを訪ねたんじゃないでしょうか。いきなり東都大に向かうのは、ちょっと腰が引けるから。十三枝さんに会うことで、榊原聖仁イコール山名明という確信が持てたのだと思います」

雪乃が言った。

「桜田と同じく投資会社ってことはどうなのか？」

勇次が聞いた。

「二人は繋がっているのではないですかね。実際に繋がっているかどうかはまだ不明ですが、ＪＴ－１の投資に関してという意味で……」

貞務が言った。

貞務は、このようなブレイン・ストーミング的な自由な議論を好んでいる。

孫子も戦いに及んで「察せざるべからざるなり」と言っている。十分に熟慮せよという意味だろう。

五事（道・天・地・将・法）と七計（主・将・天地・法令・兵衆・士卒・賞罰）の勝利への基本原則を考え抜けと指摘する。

2

「ここで方向を変えて検討したいんだが」勇次が言った。「誰が神崎進介を殺したのか？まだ他殺とは決まっていないので誰が死に追いやったかということだ。神崎が死ぬことでどんなメリットがあるのか？」

「いいねぇ。動機がなによりも大事だ。まずは榊原聖仁」

藤堂がしたり顔で言った。

「えっ、榊原さんは、友人でしょう」

雪乃が怒る。

「俺たち警察はね、誰でも疑ってみるところから始めるんだよ」

「元警察官でしょう。榊原さんに動機はないでしょう」

「いや、そうでもないですね」貞務が神妙な顔で言った。「自分の過去を知っている人は消えてほしいというのが本音でしょう。彼は山名明から榊原聖仁に生まれ変わって成功した。その過去の人生は、記憶喪失を装ってまで消してしまいたいのですからね。そこへ守護神を自任する神崎進介が現れた。いつ暴露されるかと思うとひやひやでしょう。当麻教授の娘との結婚も決まっている。順風満帆な人生に、しつこくつきまとう神崎進介はやっかいな、できれば現れてほしくない、消えてほしい存在でしかないのではないでしょうか。それでわざわざ浜田山支店を訪ねてきた。本当に死んだのかを確認するためだったのかもしれません」

貞務が冷静に言った。

「神崎さん、可哀そう……」

雪乃が表情を曇らせた。

「人生とは、時として予期せぬ不幸に襲われるからな」

藤堂が呟いた。

「他には?」

勇次が言う。

「桜田ファンドの桜田毅は? 疑わしいでしょう。洋子さんも嫌っていましたしね」

雪乃が言った。

「大いに疑いがあるな。神崎は桜田に対して榊原に関わるなと強く言っていたようだ。桜田は神崎と洋子さんとの不倫も疑っていた。真っ先に消えてほしい厄介者、それが神崎だな」

藤堂が言った。

「桜田が殺したのかな?」雪乃が不安を顕《あら》わにした。「でもなぜそれほどまで強硬に桜田に迫ったんでしょう。洋子さんを好きだったから？」

「洋子さんはどうなんだ」

勇次が鋭い目で雪乃を見た。

「まさかぁ」雪乃が驚きの声を上げる。「動機、ないでしょう。洋子さんには……」

「そんなことはないぜ。洋子さんに結婚を強く迫って、しつこいとかさ。桜田は洋子さんと別れる気はないようだから、これ以上、桜田との関係を悪化させたくないと思ったとしたら……消えてほしいわな」

藤堂が、どうだと言わんばかりの表情になる。

「それじゃあ、神崎さんがあまりにも可哀そうじゃない」

雪乃は怒りを込めて言う。

「人生は非情なりってことだよ」

藤堂は、缶ビールの空き缶を握り潰した。

「茶谷はどうです？　怪しいじゃないですか」

雪乃は藤堂に反論するかのように強い口調だ。

「だがこの人物が何者か、よく分からない。さわらぎ園の関係者で、今は投資会社の代表。そして榊原をよく知っている……。榊原をよく知っているということは神崎のことも知っているのでしょう……」

貞務は、考え込む様子で呟いた。

「ねぇ」雪乃が皆の顔を覗き込むように見る。「神崎さんも榊原さんもさわらぎ園ではかなりひどく苛められていたんでしょう？　その苛めの犯人が、この茶谷じゃないんですか？　この男が脱走した二人を追いかけてきて、神崎さんは捕まり、榊原さんは隅田川に飛び込んだ……。きっとそうよ」

「茶谷が苛めの犯人だとしても、なぜ今ごろになって榊原を探しているんだろう」藤堂は首を傾げた。「それに……」藤堂が突然、首のあたりを手で掻《か》き始めた。

「どうしたのですか？　藤堂さん」

雪乃が心配そうに聞いた。

「なにかいい考えがここまで出そうになっているのに、出てこないんだよ」

藤堂が苦しそうに言う。

「茶谷もＪＴ－１でカネ儲けを企んでいるんだわ。そうじゃないですか。支店長！」

雪乃が弾んだ声で貞務に呼びかけた。

「投資会社を経営していますからね。ＪＴ－１の投資に絡んでいるのかもしれません。茶谷は、榊原さんの養母を訪ねていますから、榊原の研究室も訪ねたと思います」

貞務が言った。

「榊原は暗い顔だったけど、茶谷の名前は出さなかったがな」

藤堂が言った。

「しかしきりに、進介は殺されたんじゃないかと思います、自分のせいですと言っていたが、あれは単なる罪悪感以上のものを感じたな。俺たちに助けを求めている様子だった」

勇次が言った。

「そうかもな。どこか必死さがあった」

藤堂も同意した。

「榊原は、自分の過去に触れられたくない。養母の十三枝さんにも秘密にしているわけだからな。それをいいことに茶谷が榊原に接触して、なにかメリットを得ようとしている可能性がある……ってことか」

勇次は貞務を見た。

「メリットはなんなのでしょうね。ところで他にも神崎さんの消滅を願っていた者がいますね」

貞務が皆を見渡した。

「誰ですか？　それって」

雪乃が不安そうに聞いた。

「うなばら銀行ですよ」

貞務は冷静に言った。

「えっ」

雪乃が絶句した。

3

聖仁は、トラウマに心が支配されているのかもしれない。自分の心が病んでいるなどとはこれまで考えたことはなかった。

しかし茶谷が突然目の前に現れ、彼からじっくりと話をしたいと言われただけで、ここまで足を運んでしまった。

なぜ拒否できないんだ。自分をそのように叱咤《しった》するのだが、どうしても拒否できない。これがトラウマというのだろうか。かつての少年時代に、彼から受けた苛めがフラッシュバックして身を縮めてしまう。

彼の言いなりにならねば食事さえ満足に与えられない生活が続き、思い切って進介と二人で逃げ出した。あんな地獄の檻《おり》の中で生きるより、たとえ満足な暮らしができなくても自由に生きていきたいと思った。しかし籠から抜け出そうとした鳥は、一羽は捕まり、元の籠に戻されてしまった。もう一羽はなんとか外に出ることができたが、どこかで捕まるのではないかという怯えで、本当には安らいだ時はなかったような気がする。

聖仁は、マスクをつけ忘れていた。感染症予防のためにマスクをしての外出が奨励されていたが、うっかりしていた。罪悪感から可能な限りうつむいて歩く。だがそのために人とぶつかってしまった。

渋谷駅のスクランブル交差点を抜け、センター街近くの雑居ビルに茶谷の事務所があると言う。

夕方六時、スクランブル交差点は信じられないほど人がいない。ついこの間までは多くの人が、青信号と共に一斉に歩き出し、全くぶつかることなくすれ違う様子が驚愕《きょうがく》だと、外国人の間で人気が高まり、観光スポットになっていたのだが、その面影はない。広い交差点にまばらな人しかいないのはいかにも寂しい。

人が少ないからといって警戒を怠ってはいけない。誰が見ているかもしれない。

目指すビルがあった。見栄えのいいビルではない。一階には牛丼チェーン、二階はカラオケルーム、三階以上が事務所になっている。大きなビルに囲まれた間口の狭いビルだ。

「このビルの四階と言っていたな」

聖仁はビルを見上げて呟いた。

茶谷は、ティー・バレイカンパニーという投資会社の代表という肩書だ。ティー・バレイは茶谷を英語にしただけの安易な社名だ。ひねりもビジョンも名前からは感じられない。

彼に投資の才能や企業の目利き能力があったとは思えないのだが、どうしてこのようなビジネスに関係したのだろうか。

研究室に突然、姿を現し、いろいろ話したいことがある、特に進介のことをね、と左頰の傷を撫でながら言われた時は、背筋が凍り付くほどの寒気が走った。

進介が死んだことを知っていた。なぜ？　進介は、茶谷についてなにも話さなかったと記憶している。それなのになぜ茶谷は進介の死を知っているのか。そして進介のなにを話すと言うのか。

今日、見知らぬ二人の男が進介のことで話を聞きにきた。一見、胡散臭そうな雰囲気を漂わせていたが、会ってみると、誠実さを感じた。

二人は、進介が働いていたうなばら銀行浜田山支店の支店長の依頼で、進介の死の真相を究明しようとしていると話していた。

「進介とのことはすべて話したのだが、茶谷のことは口にしなかった。すればよかったのだろうか……」

聖仁は、ビルの狭い入り口にあるエレベーターの前に立って、ひとりごちた。

彼らに会った時、妙に温かみを覚えた。思えば聖仁を救い、育ててくれた晴次、十三枝夫妻に出会った時に感じた温かみに似ていた。

——彼らは進介があの世から遣わしてくれた人たちなのだろうか。守護神として……。

聖仁はふいに奇妙な考えに囚《とら》われた。

進介は、幼いころから聖仁の周りにいつもいた。その後榊原夫妻に育てられてからというもの、進介の影を感じることはなくなった。そのことは不安であったが、自由になったと思った。自由とは不安と裏腹なのだ。

再び聖仁の前に進介が現れた際、聖仁は進介を上手く利用してやろうという不遜な考えを抱きはしなかっただろうか。

桜田には困っていると進介に頼んでしまった。駄目元と思って頼んだ。銀行員だから、なにか知恵を出してくれるだろう。それくらいの軽い気持ちだった。

ＪＴ－１のための研究に没頭すればするほど、桜田のあの下卑た顔が目の前に浮かんでくる。頭の中はカネ、カネ、カネ。どうしてあんな男のカネを頼んだのか。当麻を恨みたい気持ちになる。

頼んだ当人である当麻は、今では桜田からうならばら銀行、光鷹製薬のグループに乗り換えようとしている。桜田の面倒は、君に任せるという態度だ。できればうまく言いくるめてＪＴ－１から手を引かせてほしいとまで言う。そのために必要なカネは用意できると言うのだ。

聖仁は、当麻の頼みをきく前から桜田には手を引いてもらいたいと思っていた。さらに言えばうならば銀行と光鷹製薬にも、だ。

研究をしながら、なぜ自分は抗癌剤の研究をしているのだと動機を考えた。それは取りも直さず、亡くなった養父晴次との約束を果たすためだ。世のため、人のために生きよということだ。

創薬の世界は、欲望が渦巻いている。欲望とは、カネ儲けだ。苦しんでいる人を助けようという気持ちなど微塵《みじん》もない。研究者は人助けのために研究している人がほとんどだ。聖仁もその一人だ。しかし製薬会社は別の論理で動いている。株主のためにどれだけ収益が上がるかが重要なのだ。JT－1を使って画期的な抗癌剤が創られたとしても、早期に投資を回収するために一般の人にはとても手が届かない薬価になるだろう。聖仁にはそれが許せない。亡き晴次との約束が果たせない。

そんな悩みを進介に伝えた。進介は、なんとかすると言った。期待はしていなかったが、桜田を調べると言っていた。なぜそんなことができるのか、聖仁は突き詰めて聞こうともしなかった。

悩みを訴えたことで進介を死に追いやってしまったのか。

「今、ここに進介がいてくれたらな」

聖仁は、心ここにあらずという状態で呟いた。

エレベーターが四階に着いた。四という数字が「死」を意味するように不吉に思えた。ドアが開くと、目の前に「ティー・バレイカンパニー」のパネルを貼り付けたドアがあった。

聖仁は、絶望的な気持ちでインターフォンを押した。

4

大村健一は、ぶつぶつと不満を口にしながら渋谷のスクランブル交差点を歩いていた。俺はなにも悪くない、なにも悪くないとエンドレスに言葉が出てくる。

神崎を苛めたのは自分の考えではない。元と言えば、うなばら不動産に勤務する父親からの電話だ。

大村は、周囲にはうなばら銀行の有力関係会社であるうなばら不動産の会長で元副頭取の息子であるようなことを吹聴《ふいちょう》していた。

父親が会長の秘書兼運転手であることを利用しての、見栄《みえ》から出た嘘だったのだが、周囲には信じる者も多くいた。わざわざそんなことを確認する人間もいないからだ。またそれを信じたからと言って、大村の人事になにかプラスになることはない。無害と言えば無害なことだった。

問題は、吹聴したことを否定しなかったというだけである。父親は七十歳にもなるので、現在の会長の六十五歳より年上である。定年が何度も延長され、会長秘書兼運転手が余人を以《もっ》って代えがたい存在なのだと言う。

ある日、父親から電話で連絡があった。

〈お前の支店に神崎進介という行員がいるか〉

突然のことでびっくりした。「いる」と答えると、〈そいつはとんでもない奴だ。すぐにクビにしろ。頭取の指示だ〉と怒鳴ってきた。

大村は父親に絶対服従のタイプだ。そのように子どものころからしつけられている。まるでパブロフの犬だ。父親から命じられたら、文句を言わず、疑問をさしはさむこともなく、「はい」と返事せざるをえない。

しかし頭取の指示とは、いかにも大袈裟《おおげさ》ではないか。

「頭取っていうのは久木原頭取なの？　お父さん」

恐る恐る尋ねると〈他に誰がいる〉と強い口調で言い、〈頭取から会長に連絡があったのだ。頭取は、お前が私の息子であることをご存じだからな。会長を通じてご挨拶させていただいたことがあるから。詳しいことは知らないが、お前の支店にいる神崎進介が頭取のご方針のネックになっていると言うのだ。だからなんとかならないかということだ。頭取のご宸襟《しんきん》を悩ますような、不届きな行員を部下に持っているのか。なんとかしろ！〉と言って電話は一方的に切れた。

神崎進介？　地味な行員だ。彼がいったいなにをしたのだろうか。頭取の不興を買うとは！　いったいどんな大それたことを。

しかし大村は、父親がなぜそんなことを言い出したのかとの理由を考えることもなく神崎を苛めることにした。苛めて、退職に追い込めばいい。あんな地味な行員は、苛めれば、一発で辞めると言い出すだろう。簡単なことだ。これで父親の意向に沿うことができる。父親が言うように、本当にそれが頭取の意向であれば、出世への道となる可能性があるのではないか。

「ところが思ったようにいかなかった……」

大村はぶつぶつと言った。

地味で、いつもびくびくしている様子だと思っていた神崎が別人に豹変《ひょうへん》していたのだ。

大村は、神崎にストレートに言った。お前は頭取になにをしたのだ、銀行を辞めざるをえなくなる、と。普通は、これで心が折れてしまうはずだ。ところが神崎は、不敵な笑みを浮かべた。今までにないことだった。不気味にさえ思った。

神崎は、大村に本気で反抗してきたのだ。

いったいどうしたというのだ。大村は、たじろいだが、ここで引きさがるわけにはいかない。徹底して神崎を苛め、退職に追い込むことを強く決意した。

大村は、神崎を苛めた。どんなに成果を上げても褒めず、欠点を指摘した。朝の会議でもみんなの前でつるし上げた。

ある日、支店長室に神崎を呼び、「君は銀行員に向かない。君を見ているとイライラする。辞めたらどうかね」と言った。最後通牒《つうちょう》のつもりだった。

神崎は、さすがに相当、弱っていたからここでひと押しすれば退職に追い込めるだろう。そうなれば頭取の意向に沿うことができる。なぜ頭取が神崎を追い込んでほしいのかは分からないが、そんなことは構わない。うなばら不動産の会長を通じて、自分のことが久木原頭取に報告されることを思って、ほくそ笑んだ。

ところが、神崎は、「支店長は、うなばら不動産会長で、元副頭取の息子だと言われていますが、真っ赤な嘘ですね。それをみんなに暴露しますよ」と脅してきたのだ。逆襲だ。大村は激しく動揺した。

「そんなことは言ったことはない。誰かがそんな噂話を広めただけだ」

「ばらされたくなかったら私の邪魔をしないでください」

「なにをやろうとしているのだ」

「世界を変えるのです」

神崎は、暗く沈んだ目で言った。

テロでも起こそうと考えているのかと心配したが、そうではなかった。神崎は、雑誌を見せた。写真と記事が掲載されていた。それは榊原聖仁という抗癌剤研究の若手研究者についてのものだった。記事によると、癌治療に革命を起こすとあった。「これは誰だ」と神崎に聞くと、「私の親友、否、兄弟同然の人間です。彼が人類永遠の病である癌に終止符を打つのです。革命です。私は、世界を救うという彼の革命を、一緒に戦うことにしたのです。もはやうならば銀行などは目ではありません。ましてや支店長が、どのように私を評価されようと、全く気にしません」と言い切った。その後にはくっくっと不気味な笑い声さえ洩らしたのだ。

大村は、思わず拳を握りしめた。その場に立っていられないほど恐ろしく感じ、自分の立場が危うくなるのではないかと恐れた。というのは、神崎の表情を見ていると、大村の嘘があちこちに吹聴されるのではないかと思ったからだ。進介の目つきは、めらめらと異常に思えるほど熱気に満ちていた。

「ねえ、支店長」

「なんだ神崎……」

「ノーベル賞でも取ろうかという人物に、僕は頼りにされているんですよ。支店長にはそんな経験はないでしょう」

神崎は、大村を馬鹿にしたような薄笑いを浮かべた。大村は、思わず神崎に飛び掛かり、思い切り殴り飛ばしたい衝動にかられた。お前、支店長をなんと心得てるんだと怒鳴りたいのもぐっと堪《こら》えた。

神崎は、支店長室を出ていった。打ちのめされたような気分になった。もはや誰の頼みでもなく神崎には銀行を退職してほしいと思った。その夜、神崎の首を絞め、殺す夢を見た。うなされて飛び起きた時は、汗でパジャマがぐっしょりと濡れていた。数日後、神崎が死んだ。驚くと同時になにやらほっとした気になった。

金田副支店長は、自分が苛め殺したと疑っているようだが、実は、脅されていたのは自分の方だったのだ。こんなことは誰にも話せない。無論、後任の貞務にも……。

しかしなぜ自分は検査部に転勤させられたのだろうか。これはおかしい。納得がいかない。神崎が頭取を悩ましているから退職させろとの指示を受けた。これは間接的にしろ頭取からの指示だ、と思っている。実際は、うなばら不動産会長の秘書兼運転手をしている父親からなのだが……。自分は、それを忠実に守っただけだ。全く悪くない。

そしてなぜ貞務が後任に指名されてきたのだろうか。貞務と言えば、なにかと頭取と関係があるとの評判だ。頭取の抱える問題を解決する隠密のような役割を果たしているらしい。

貞務の裏使命は、神崎の死の真相を調べることだという話だ。いったい頭取はなにを考えているのか。なぜそこまで神崎を気にかけるのか。そしてまた父親から妙な連絡がきた。うなばら不動産会長からということだが、実際は頭取からだと言う。その内容は、貞務を監視しろ、だった。

　父親に、貞務のなにを監視すればいいのだと聞くと、そんなことは知らん、お前が考えろ、とにかく監視するんだ、報告はまめにするんだぞ、と怒鳴るだけだ。

　いったいどういうことだろうか。監視内容は、貞務が神崎の死に関していったいどんなことを調べているかということに違いない。そうでないとつじつまが合わない。まさか貞務がどんな女と付き合っているのかなどという素行監視ではあるまい。貞務は独身。どんな女と遊ぼうと問題はないはずだ。

　しかし不思議なことに父親からの連絡があった直後、頭取指示ということで検査部長が、部員に対して営業店が感染症対策で多忙を極めているので応援に行くように命じた。応援に行く支店は、前任店だという。浜田山支店だ。このお陰で、貞務の監視が可能になった。そうでなければどうやって監視したらいいのか、方法に悩むところだった。しかし父親の連絡と浜田山支店応援にはなにか関係があるのか。それとも偶然なのか。

　むしゃくしゃして、どうしようもない。浜田山支店に戻ったものの、可愛がっていた遠井課長を含めて全員がよそよそしい。誰も自分を歓迎していないのがありありと分かる。いったいどういうことだ。支店を離れて、まださほど時間も経っていないにもかかわらず、親し気に声をかけてくる行員は皆無だ。クソ面白くもない。誰もかも貞務に寝返ったのか。

なんとくだらないことに巻き込まれてしまったのか。こうなったら早く検査部からどこかの支店に転出させてもらえるように、うなばら不動産の会長に父親から頼んでもらおう。それしかない……。

「いてっ」

スクランブル交差点を抜けようと歩いていると、前方から歩いてきた若い男と肩がぶつかった。

「すみません」

男は、恐縮した様子で謝った。

「どこ見て歩いてるんだ」

大村は腹立たし気に文句を言った。感染症拡大のせいで人通りが少なくなった交差点でぶつかるなんて、よそ見していたに違いない。

「すみません」

男は再び謝罪の言葉を口にした。男は、マスクをつけていなかった。こんな時期に常識のない奴だと余計に腹が立った。注意してやろうと思ったが、大人げないと思い、止めた。

「気をつけろよ」

大村は通り過ぎようとした。その時だ。「あれ?」と思い、立ち止まった。

「今の男は？」

大村の脳裏に神崎が自慢げに見せた雑誌の写真が浮かんだ。

「間違いない。あの男……榊原聖仁だ」

大村は、こんなところで肩がぶつかったのもなにかの縁だと思った。迷うことなく踵を返して、その男の後を追った。

5

茶谷の事務所は、机と簡単なソファとテーブルのみだ。壁には絵もなにもかかっていない。ソファのところにあるテーブルに花もない。事務員もいない。ないない尽くしの殺風景な部屋だ。

「よく来てくれたな」

机に向かっていた茶谷が立ち上がった。「まあ、そこに座ってくれ。見ての通りだ。なにもない。だから茶も出せない」

「結構です」聖仁は、ソファに腰を下ろした。「用件はなんでしょうか。忙しいのでさっさと済ませてください」

「まあ、そう言うな。古い仲じゃねえか」

茶谷は下卑た笑みを浮かべる。左頬の傷跡が引きつり、笑顔がぎこちない。

茶谷は椅子を転がして、聖仁の座っているソファの前にまで運び、それに座った。

「私は、もうあなたと関係はありません」

聖仁は強く言った。自分は榊原聖仁であり、山名明は過去の存在であるとの思いを込めた。

「明、お前と親しかった進介は残念なことをしたな」

茶谷は、少しも残念でない様子で言った。

聖仁は、表情を強張らせた。進介の名前が出たからだ。予想はしていたが、実際に茶谷の口から聞くと、不安が募る。

「なにが残念なのですか」

聖仁の態度に、茶谷が不敵な笑みを浮かべた。しかし聖仁には顔を引きつらせたようにしか見えない。

「知らないはずはないだろう」

茶谷はねっとりと絡みつくような視線を聖仁に向けた。

「あの時、隅田川で別れたきりで会っていませんから」

聖仁は、喉がからからに渇いていくのを感じていた。

「ははは」

茶谷が大きく笑った。涙が出るのか、目を手で拭っている。

聖仁は、無言で茶谷を見つめていた。

「馬鹿な話は止めろ。こっちは進介からなにもかも聞いているんだ」

茶谷は笑うのを止めると、険しい表情で言った。

聖仁は耳を疑った。茶谷の口から出た言葉は、聞き間違いではないかと思った。進介からなにもかも聞いている？　いったいどういうことだ。

聖仁は、驚きで言葉を失い、瞬きもできない。

「驚いたようだな」

「今のはどういう意味ですか？」

「どういう意味もなにもない。進介は俺が面倒をみていた、まあ、弟のようなものだった」

「弟？」

「また驚かせたようだな。お前は、進介とさわらぎ園から脱出したが、進介は連れ戻すことができた。その後、進介がどうなったか知りたいか？」

「ああ」

聖仁は、まじまじと茶谷を見つめ、生唾を飲み込んだ。

「進介は、お前がいなくなって、しばらくは抜け殻のようになった。しかしその後、思い直したのか、俺の弟分となって、すべて俺の言いなりになったんだ。さわらぎ園で生きていく術《すべ》を身につけたんだな」

茶谷は、時々、目を閉じ、昔を思い出す様子だった。

「苦労したんだな……」

聖仁は呟いた。

進介は、聖仁が隅田川で溺れ死んだと思っていたのだ。悲しいが、一人で生きていくためには茶谷の庇護《ひご》下に入らざるをえなかったのだろう。

「さわらぎ園を卒園した後も俺が面倒をみて大学に行かせてやった。うなばら銀行に入行させてやったのも俺の力だ」

「そうだったのか……」

聖仁が、茶谷の話題を出した時、進介が何やら口ごもったのは、このためだったのだ。

「ようやく納得がいったようだな。明、お前が生きていて、今や飛ぶ鳥を落とす勢いの研究者になっているとの情報は、進介が俺に伝えてきたんだ。興奮してな」

茶谷は、薄く笑った。明と呼ぶのは聖仁に過去の上下関係を意識させるためだ。

「進介は、確かに私の研究室を訪ねてきた。それだけだ。懐かしかったが、今では二人は別々の道を歩んでいる」

聖仁は、突き放したように言い、部屋から出ようとした。

茶谷が、聖仁の前に立ち、歩みを止めた。

「おいおい、冷たいことを言うんじゃない。進介が死んだことを知っているだろう。お前が殺したんだからな」

茶谷は聖仁を睨みつけた。

「なにを言う。私は全く関係ない。私が進介を殺すはずがない」

聖仁は怒りを込めて言った。

「進介は、お前が生きていると知って、震えるほど喜んでいた。そしてただ生きているだけじゃない。抗癌剤の分野でノーベル賞も夢じゃない研究を成し遂げた研究者っていうじゃないか。興奮ぶりはすごかった。見せてやりたいくらいだった。想像はつくだろう。さわらぎ園にいる時は、進介はお前を守ることに命を懸けていたくらいだからな。俺は、それが面白くってお前と進介を苛めたんだ。まあ、そのことはいい。そこからが問題だ。今まで俺に逆らったことがなかった進介が、俺に逆らい始めた。お前に絶対に近づくなというんだ」

「当然だ。進介なら、お前を私には近づけない」

聖仁は強く言った。

「あいつは俺の恩義を忘れて、お前が生きていたことが分かった途端に俺を裏切ったというわけだ。許せない……」

茶谷は暗い表情になった。

「まさか……」

聖仁の目には恐怖が現れていた。茶谷は進介の死に関係しているのだろうか。

茶谷は、ぐっと顔を近づけるようにして聖仁に向かってきた。聖仁は、茶谷の生臭い息を避けるように顔を背けた。

「進介は、必死で俺に近づくなと言った。近づけば俺を殺すともな。あいつは、こうも言った。聖仁と一緒に『世界を変えるんだ』とね。笑わせるし、泣かせるぜ。本気で世界を変えると言っていたんだ。本気だぞ」

茶谷の視線が揺らいでいる。目の前にいる聖仁を見ていない。遠くの進介の姿を見ているのだろうか。少し潤んでいるのは、まさか涙？

聖仁は、進介の言動を思い出した。確かに、聖仁の研究が世の中を変えるならそれを助けたいと言っていた。聖仁が、カネの亡者ばかり集まってくると愚痴ると、進介は自分がなんとかすると言っていた。なにかできるとは思わなかったのだが、進介の好意を嬉しいと思う半面、うるさく感じていたことは事実だ。

「俺は、お前に近づく理由があるんだ」

茶谷はさらに顔を近づけてきた。聖仁は蛇に睨まれた蛙《かえる》のように動けない。もう一歩で飲み込まれてしまう。

聖仁は、茶谷を見つめていた。近づく理由？　そんなものあるはずがないではないか。

「俺はお前の研究室を訪ねた。進介は、銀行員の立場で受付を易々《やすやす》と通り抜けた。では俺はどんな立場でお前に近づけたのか。分かるか？」

やっと茶谷は身体を起こし、聖仁から離れた。

言われてみれば不思議だ。東都大の医学部研究棟に出入りするためには受付でなんらかの合理的理由がなければならない。怪しい者は排除される。

「俺は、お前の研究に関係しているのさ。だからだよ」

茶谷は、どうだと言わんばかりの顔で、勝ち誇ったような笑みを浮かべた。

「えっ」

聖仁は、気を失いそうになった。驚きという表現が陳腐になるほどだった。

「ははは、驚いたようだな」

「どういうことなんだ」

「世の中には偶然というものがあるんだ。しかし本当は偶然などはないのかもしれない。人知が予想しがたい事態を偶然と言っただけで、運命というのはすべて必然なのだろう」

茶谷は、なにやら哲学的なことを口にし始めた。聖仁は、黙って聞いていた。いったいどのように自分の研究に、この蛇蝎《だかつ》のような男が関係しているというのか。

「さわらぎ園でお前と進介の逃亡を許し、お前を行方不明にしてしまったのは、俺の責任になった。お前の行方不明の事実は隠蔽したが、しばらくして俺は園を辞めざるをえなくなった。それから苦労したが、世話になった人の助けで、投資会社を経営し、まあ、なんとかなった。そのお陰で、卒園した進介の大学進学などの面倒をみることができたわけだ」

「まさか……」

聖仁は、再び「まさか」と口にした。

茶谷はその言葉を聞き逃さなかった。にやりと満足そうな笑みを浮かべた。

「今、お前が想像した通りだよ。俺は、以前からお前の研究に投資をし、支援していたってわけだ」

「ありえない！」

聖仁は声を張り上げた。自分の崇高な研究に、自分の人生を捻《ね》じ曲げ、苦しめた人間のカネが投資されているなんてことが信じられるだろうか。こんな偶然が必然だと言えるものか！

「そう、ありえないことがありうるのが世の中なんだ。お前は、俺の苛めから逃げ出すことで今日の成功を築いた。もしあのままさわらぎ園にいたら、今日のお前はない。それは取りも直さず今日の俺もいないということだ。お互いなんの変哲もない人生を送っていただろうな。桜田という男を知っているだろう？」

茶谷が聖仁を見つめた。

「ああ、知っている。でもなぜ桜田なんだ？」

聖仁は、突然、桜田の名前が出てきたことに戸惑いを覚えた。

「あいつの投資の原資は、俺から出ているんだ」

茶谷はこともなげに言った。

聖仁は、足下がぐらつき、その場に崩れそうになった。

「おいおい、顔色が悪いぞ。大丈夫か？　桜田にカネを提供したのは、お前の存在を山名明と結びつけるずっと前のことだ。まさか榊原聖仁が山名明だとは全く気づかなかった。桜田の資料や雑誌でお前の写真を見たかもしれないが、そんなことは疑いもしなかった。進介の話を聞くまではね。俺は、この偶然に心底驚いた。これは必然だとね。俺、い、お前、進介は切っても切れない運命の糸に絡めとられているんだ」

「嘘だ！」

「嘘じゃない。ところがだ……」

茶谷の目が据わった。険しい表情で聖仁を見つめた。

「進介が、その運命の糸を断ち切ろうとしやがったのだ」

「どういうことだ」

「俺に対して投資から手を引けと言ってきた」

進介が、桜田からの投資を受けるなと強く言っていたのは、このためだったのだ。茶谷のカネが桜田を通じて聖仁の研究に投じられていることを知っていたからだ。

「俺は、こんな偶然というか、必然を見逃しはしない。なあ、明」

再び茶谷は顔を近づけてきた。

「私は明ではない。聖仁だ」

聖仁は茶谷を睨んだ。

「それなら聖仁でいい。俺と組んでひと儲けしようぜ」

茶谷はようやく聖仁と言い、赤い舌を出し、唇を舐めた。

「嫌だ。絶対に嫌だ。進介が望んだように私の研究から手を引け。当麻教授に言う」

「ふふふ……。お前、なにを教授に言うつもりだ。教授は、お前の過去をなにも知らないのだろう。娘の婿にするつもりなのにのんきなことだ」

「さわらぎ園で育ったことは、なんら恥ずべきことではない」

「ああ、そうだな。児童養護施設で大きくなり、実の親は、どこの誰とも知らない。そうだとしても今は、研究で成果を挙げているからいいじゃないかということだな。ではなぜ過去を隠した？　榊原の、お前の養母は優しいいな。お前の過去を一切知らない」

「会ったのか」

「ああ、会わせてもらったよ。いい養母だ。いい人に拾われたものだ」

「私は記憶をなくしていたんだ」

「嘘をつくな」茶谷は、強く言った。「なあ、聖仁さんよ……。お前、できれば過去をばらされたくないだろう？　当麻教授はどう思うかな。娘との結婚はどうなるかな。今や有名人のお前の過去をマスコミが暴き立て、あらぬスキャンダルに仕立てるかもしれないぞ。それに……」

茶谷は口角を引き上げ、下卑た笑いを浮かべた。「お前も進介のようになりたいのか。お前が一番愛している養母が進介のようになってもいいのか」

茶谷の言葉が、恐怖となって聖仁の体に絡みついていく。聖仁は、体の芯から冷え冷えとし、その場に凍りついたようにたたずんでいた。表情は青ざめ、身体中の血液が失われてしまったかのようだ。聖仁は、茶谷を空疎な目で見つめた。この偶然という必然を心底から呪いたいと思った。

6

大村は、榊原が渋谷の雑居ビルに入って行くのを確認した。エレベーターは四階で止まった。ビルの入居表示を確認した。

「ティー・バレイカンパニー……紅茶の会社かな」

ノーベル賞級の抗癌剤研究の第一人者である榊原聖仁が訪ねるには、ビルも会社もあまり相応《ふさわ》しいと思えない。

その時、ふいに貞務の顔が思い浮かんだ。

――あいつにこのことを話してみたら、どんな顔をするだろうか。

貞務は、榊原聖仁と神崎進介の関係を知っているのだろうか。知らないのなら教えてやってもいい。驚くあいつの顔が見たいものだ。それによってどの程度、神崎の死について貞務の調査が進んでいるのか分かるというものだ。

「いい考えだ」

大村は自らに納得させながら、同時にこの「ティー・バレイカンパニー」について調べようと思っていた。

雑居ビルから通りに出た。渋谷の街は、夕暮れが近くなっていたが、感染症拡大のため以前の賑わいは戻っていない。

第七章　進展

1

貞務は、支店長室に閉じこもり、書類を見るともなく見ていた。ぼんやりと、脱力して机に向かっていた。目は、書類の文字を追っているのだが、頭には入ってこない。集中していないわけではない。一種の座禅のようなものだ。目をほとんど閉じたように細め、意識を曖昧にすることで、脳内で整理されなかった情報が整理され、思いがけないアイデアが浮かぶことがある。

昨日は、休日とはいえ、感染症拡大が収まらない中にもかかわらず、勇次たちを自宅に招き、神崎進介の死に関する情報を整理した。

それまで集まった情報を整理する中で、神崎を殺害、もしくは死に追いやる動機があるのは誰かという話題となった。その際、貞務は「うなばら銀行に動機あり」と発言した。

これは勇次たちを驚かせたのだが、実は、確たる根拠があったわけではなかった。

人は、一つの物事を深く考え続けていると、ふいに全く別の視点での考えが浮上することがある。それに似ている。

最も驚いた雪乃が、「なぜですか?」と聞いてきたが、貞務は「いずれ」とだけ答えて、この話題を沙汰止《さたや》みにした。

雪乃は、不満そうに「ケチ」と貞務を非難したが、実は考えが形をなしていなかったのが正直なところだ。

しかし、ふいに湧いてきたこの考えは決して意味のないことではない。神崎の死の核心を衝《つ》いているという気がするのだ。

「激水の疾《はや》くして石を漂すに至る者は勢《せい》なり」

貞務は、孫子の兵法の一節を呟いた。

水に勢いがあれば、流れを遮る石を押し流してしまう。戦争では勢いに乗じて戦うことが必要であるという意味だ。

神崎進介は勢いに乗じて突き進んだのではないだろうか。

その勢いとは、榊原聖仁の守護神に返り咲いたことだ。

神崎は、山名明が生きていることを知り、それを確かめるために榊原の養母十三枝に会った。そこで榊原が山名明であることを確信した。そして東都大の研究室に榊原を訪ねた。懐かしさに涙したことだろう。榊原は、最初は、神崎を拒否しようと思ったものの、やはり懐かしさに負け、山名明であることを明かした。

記憶喪失を装い、榊原聖仁として生きてきたものの、周囲に自分の存在を偽っているという居心地の悪さを感じ続けていたのではないだろうか。

人は、成長してどんな仮面をかぶろうと、幼少期の自分を否定はできない。心の深いところに、そのころの記憶、体験を封じ込めて生きていく。その封印が突如として解き放たれた。榊原はどれほどの解放感を味わったことだろう。

そして神崎は……。

山名明が行方不明になって以来、守護神としての役割を担う機会がなかった神崎は、どこかに虚無を抱えて生きてきたに違いない。

もう一度、榊原となった明の守護神になる。神崎は、決意を新たにした。

それと同時に榊原から悩みが訴えられた。

自分が発見した画期的な抗癌剤になりうる物質ＪＴ－１がカネの亡者の手で弄ばれようとしている。自分がこの研究に手を染めたのは、養父晴次が癌で亡くなったからだ。世のため人のための抗癌剤を作りたい……。

神崎は舞い上がったことだろう。

榊原はどうだったのだろうか。なにげなく自分の悩みを伝えたのか。それともなんらかの意図を持っていたのか。

神崎は、一介の銀行員だ。榊原の悩みにどれほど応えられるかは分からない。しかし榊原は、ＪＴ－１の研究を進め、その癌抑制物質が世間の注目を浴びるにつれて悩みが深くなってきた。おそらくその悩みを共有してくれるのは、神崎だけだったのだろう。恩師である当麻純之助教授も頼みにならない。

期待はさほどしてはいなかったものの、それでも榊原は神崎がなにかをしてくれるのではないかと思っただろう。それは神崎を利用しようという下心があったかもしれない。榊原は、その卑しい気持ちを自覚していた。

神崎は、「勢なり」とばかりに活発に動き始めた。

取引先の幸陽商事の柊社長のことを神崎は「カネに汚い」と言った。投資を勧めてきたという。担当の平沼実は、神崎が「世界中をアッと言わせてやる」と言った前後から大村前支店長に苛められ始めたと言った。桜田洋子は、神崎が自分の夫、桜田毅に殺されたのではないかと疑っていた。その理由は？

洋子との不倫を疑われただけではないだろう。桜田がベンチャー投資ファンドを経営しており、神崎が榊原への投資を止めるよう言っていたようだ。桜田は、カネの亡者の一人だったのだろう。

茶谷という人物も投資会社の代表だ。この男は、榊原のさわらぎ園時代の職員だった可能性がある。この男がどのように関係するかは、勇次や藤堂の人物調査を待って判断したい。

「さて肝心のうなばら銀行の関与だ」

貞務はひとりごちた。

うなばら銀行は、光鷹製薬と組んで榊原のＪＴ－１への投資を独占しようと動いていた。

「我が銀行ながら、胡散臭く、カネ儲けに熱心だからな……」

貞務はため息交じりに呟く。

自分が神崎ならどのように行動するだろうか。

神崎は、榊原の守護神として一気呵成《いっきかせい》に攻め込むはずだ。そうなるとうなばら銀行にさえ、榊原への投資を止めるようにと言うだろう。

熱病に冒されているようなもので、とても考えられない行動ではある。しかし神崎なら考えられる。だからこそ自分で投資資金を集めようとしたのだ。いったいどれだけかかるのかも分からずに、榊原と二人で世界を変えるのだとばかりに……。

「哀れなものだ」貞務が表情を曇らせた。同時に「そうか」と目を輝かせた。

「神崎は、久木原に榊原への投資を止めよと伝えたに違いない」

貞務は、久木原になにか隠していることはないのかと尋ねた際の、やや動揺したかのように見えた表情を思い出していた。

だから久木原は、神崎にこれほどまでにこだわるのだ。

貞務は、もっと深く考えを及ぼそうとした。敵を知ること、これが戦いを勝利に導く基本であると、孫子は教えている。本当の敵はいったい誰なのか？

神崎が久木原になんらかの手段で榊原への投資を止めろと伝えたとしたら、その大胆極まる行動からなにが推測されるのだろうか。

神崎の大胆さだけだろうか。貞務は考え込んだ。例えば手紙だとして、頭取に手紙を書いただけで榊原への投資が中止されるとは思えない。もしそうであればあまりにも幼稚だ。激情に煽られた行動と言えるだろう。

神崎の手紙が、うなばら銀行の榊原への投資を中止させる威力を持ち得ているとすれば……。

貞務は頭を抱えた。まだ真相は霧の中だ。肝心なところが見えない。ゆっくりと霧をかき分けながら進むしかない。

支店長室を誰かがノックしている。貞務の思考が中断させられた。

「どうぞ」

貞務が声をかける。

ドアが開き、副支店長の金田が姿を現した。

「どうされましたか？」

「大村支店長……いや、前支店長がぜひとも話したいことがあるとかで……」

やや困惑した表情で言った。

大村は、感染症対策の応援という名目で浜田山支店に来ているのだが、特になにをしているわけでもない。ぶらぶらと店内をうろついて、行員たちの顰蹙《ひんしゅく》を買っているだけだ。

金田からは、大村がいるだけで行員の士気が落ちるため検査部に戻ってもらうように申し渡してほしいと言われているのだが、そのままになっている。

その大村がぜひ話したいこととはなんなのか。検査部に戻りたいということであれば、もっけの幸いだ。

「どうぞ、入ってもらってください」

貞務が答えると、同時に、金田を押しのけるようにして大村が入ってきた。

なにやら勢い込んでいる気配がする。彼も「勢」を頼んでいるのだろうか。

2

大村は、ソファにどんと腰を下ろすと、脚を組み、両手は背もたれに伸ばした。さも大物然とした座り方だ。

「貞務さんもようやくお慣れになったようですね」

顎を反らし気味に上げ、話し始める。

「ありがとうございます。でもまだまだです。大村さんも毎日、お疲れ様です」貞務は、型通りの返事をすると「今日はなにか特別な話でもございますか？」と聞いた。

「ふふふふ」

大村が奇妙な笑いを漏らす。

「なにかおかしいことでも？」

「いやね、あなたがこの支店にきたのは神崎進介の死の真相を摑むためだとかと言う奴がいましてね。私がすっかり悪者になってしまいましたが、貞務さんもくだらないことに巻き込まれて大変だなと、ちょっと笑いたくなったのです」

「それは恐縮です。私は、探偵でもありませんので、神崎さんの死の真相を摑みに来たなどと言うのは、まるっきりの嘘ですから」

「まあ、そんなに否定しなくてもいいじゃないですか」大村は、背もたれから腕を放し、膝に置くと、貞務の方に身を乗り出した。「今、どれだけ分かったのですか」

「なにがですか」

貞務が聞き返す。

大村は、表情を歪めた。「とぼけないでくださいよ。神崎の件ですよ」

「もしそういう話であるなら、業務と関係がないのでお引き取り願えますか」

貞務が厳しい表情で言った。

大村が、驚いた顔をしている。思わぬ反撃にあったという感じだ。貞務は、どちらかというと感情を表に出さず、いつも淡々としている。その貞務の口調が、一変したのが意外だったのだ。

「貞務さん、まあ、そう言わずに。私と共闘しませんか？」

「なんのことでしょうか？」

「神崎の調査ですよ」

「大村さん、申し訳ありませんが、その話をお伺いする時間はありません」

怒りを込めた。

「貞務さんは、榊原聖仁という人物をご存じですか」

大村が言った。

貞務の表情が固まった。

「ははん、その顔は知ってるって顔ですね」

「ええ、まあ有名な人ですからね」

貞務は、表情を読まれないようにわずかに顔を背けた。

「神崎がその榊原とやらと親しかったってことも、知っているようですね」

「それがなにか？　今回の事件と関係があるんですか」

「とぼけないでください。貞務さん。私が神崎を苛めたとまだ思っているんですか？　逆ですよ、逆」

大村が強い口調で言った。

「前言を訂正します。詳しく話してくださいますか？」

貞務が頼んだ。

「やっぱり貞務さんは神崎の死のことを調べているんじゃないですか？　話してくれとおっしゃるなら、今、どの程度お調べになっているか教えてもらいたいですね」

大村が、どうだと言わんばかりのドヤ顔になった。

貞務は、眉根を寄せ、唇を歪め、渋柿を齧《かじ》ったような顔になった。大村が「逆」と言った。大村が神崎を苛めていたことの逆とは、神崎が大村を苛めていたことになる。いったいどういうことか。

「まだたいしたことは分かっていません。榊原聖仁とはきわめて近い友人であったことは分かっています。二人で組んで世界を変えると神崎さんは夢を見ていたようです」

貞務は、自分たちの調査のごく一部を教えた。

「おっしゃる通り、あのバカ野郎は、榊原と組んで世界を変えると言っていたんですよ」大村が憤慨している。「それで私に向かって榊原聖仁を知っているかって聞くんです。こんな人物と親しいって自慢するんです」

「それがどうして、大村さんが苛められたという話になるんですか？」

神崎が榊原と親しいことと、大村が神崎に苛められたというのが、どのように結びつくのだろうか。

「それは……、まあ、そうですね」

大村は先ほどの強気から一転し、動揺した。

「神崎さんは大村さんに苛められて亡くなったと考えている者が多いんです。私も真実を知りたい。それが『逆』というなら、大村さんにはなんの責任もないことになります。そうですね」

貞務は、ここぞと攻める。

「三軍の衆を聚《あつ》めてこれを険に投ずる」と孫子も言ったではないか。全軍を窮地に追い込んで逃げ場をなくしてしまうことがリーダーの役目だ。

ここで一気に大村を窮地に追い込んで「逆」と言った真相を聞き出したい。

大村は、神崎の死について非常に気にしている。自分に責任が及ぶのかどうかということなのだろう。

それでどの程度まで真相に近づいたのか知りたがっているのだ。大村が、浜田山支店に応援に来たというのも、それが目的なのかもしれない。

貞務は、ここで思考がストップした。

大村が、勝手に浜田山支店に応援に来ることができるのか。いくら自分たちの調査の進展を知りたいと思っても、検査部に所属している以上、勝手な行動はできないはずだ。しかし現実に大村は、毎日、浜田山支店に出勤している。

なぜだ？

貞務の頭の中が靄っている。

「あいつはひどい奴なんですよ」

大村がふてぶてしさをかなぐり捨てて、顔をくしゃくしゃにし、悔しさを満面に溢れさせた。「私を脅したんです。貞務さん、私にお尋ねになったことがありましたね。うなばら不動産会長、元副頭取の息子かって……」

「ええ、お尋ねしました」

「恥ずかしいことですが、あれは全くの嘘です」大村は言った矢先、慌てたように右手を振り、否定した。「私がついた嘘じゃありませんよ。いつか分かりませんが、誰かがそんな噂を流したんです。私は、それを否定しなかっただけです。それで独り歩きするようになった。その噂は、私にとって都合のいいことも多かった。それで出世ができるとは思わなかったですが、なんとなく私に威厳が漂いますからね」

「ええ、分かります」

　貞務は、大村に同意した。心からではないが、このまま話を続けさせるためだ。

「それをあの男はバラすと言った。にやにやとした顔で、私の化けの皮を剥いでやると言わんばかりの勢いだった。自分は、ノーベル賞級の人物と兄弟同然なんだとドヤ顔でね。まさか反撃をしてくるとは思わなかったので焦りましたよ。益々《ますます》苛めに拍車がかかったというわけです。ここで引きさがったらどうなるか分からない。この男に支配されてしまうとでも言うんですか、言いなりにならないといけないという恐怖でね」

　よほど神崎からの脅しがおぞましかったのだろう、大村は、身体を震わせた。

「でもなぜそんな噂が流れたのですか？　火のないところに煙は立たないと言いますが」

　貞務はじろりと大村を見つめた。この際、なにがなんでも大村が神崎を苛めた理由を突き止めたい。

　神崎は、大村に反撃した。しかしそれは大村が神崎を苛めたからだ。それも突然、苛め始めたということも耳にする。それなら、それにはなんらかの理由があるはずだ。神崎を急に嫌いになったということでも構わない。その理由を知りたい。そこになにか潜んでいる気がしてならないのだ。

「ええっと……それは、ですね」

大村は言い淀んだ。

貞務は、大村に身体を寄せた。

「大村さん」

貞務は、しっかと大村を見つめた。

「な、なんでしょうか」

大村は、貞務から発せられる勢いに身体をわずかにのけぞらせた。

「お互い支店長同士です。可愛い部下が変死したんですよ。それを謎のまま放置できないでしょう。神崎さんは、児童養護施設で育った。両親の顔は勿論、愛もぬくもりも知らないで育ったんです。それでちゃんと有名大学を卒業し、うなばら銀行に入行し、真面目に働いていた。これは並大抵の努力では成し遂げられないことだと、私は思います。彼は、今までの寂しく辛い人生を取り戻すべく希望に燃えて、銀行員として働いていた。ねえ、そうじゃありませんか」

貞務は、さらに大村に身体を近づける。

大村は、背後に倒れんばかりにのけぞる。

「ええ、まあ」

「ええ、まあじゃないですよ。そんなに苦労して入行した銀行で自らなのか、または別の方法なのか分かりませんが、変死せざるをえなかった。私は、彼の運命に涙しますね。

本気で悲しむ人がいるんでしょうか。両親はどこにいるのか分からないですからね。恋人はいるんでしょうか？　無念だったのではないでしょうか……」

貞務は、神崎の悔しさに思いを馳せると、目頭が熱くなってきた。

「……」

大村の視線が落ちた。

「私は、あなたの苛めが原因で、彼が死んだとは思っていません。しかし行員には、そう思っている者もいます。それでいいんですか？　一緒に真相を究明しましょう。それが大村さん、あなたにとっても最善の策です」

貞務は強く言った。

大村の首ががくっと落ちた。両手で頭を抱えている。

「私の苛めが原因で、神崎は死んだんじゃないです。それは分かってほしい」大村は顔を上げた。貞務に向けた顔が赤く染まっている。興奮しているのだ。「誤解を解いてください」

「分かっています」

貞務は、大村の手を握った。

「ありがとうございます。貞務さん……」大村の目が涙で潤んでいる。「私が、うなばら不動産の会長の息子という噂が流れた理由は……」大村は絞り出すような声で話し始めた。

大村が、神崎を苛め殺したと思っている浜田山支店の行員は多い。それが噂になって大村は、自分の評判が劇的に落ちているのをひしひしと感じているのだろう。大村を見る行員たちの視線が冷たいのは、パワハラ支店長の悪評が付いて回っているからだ。貞務が、その誤解を解いてくれるとの思いかもしれない。

「どんな理由ですか？」

「それは……私の父が、うなばら不動産会長の秘書兼運転手として長くお世話になっているからだと思います。父は、なぜか会長に頼られていましてね。そのせいではないかと思います」

「大村さんが、うなばら不動産会長の秘書兼運転手さんの息子さんだと神崎さんは知っていたのですね。なぜでしょうか？」

貞務は疑問を口にした。

大村は、意外だという表情をした。

「分かりません。なぜでしょうか」

「大村さんのお父様がどういう人かなどを知る方法はあるんでしょうか？」

「さあ……。人事部の行員なら知っていることもあるかもしれませんが、今は個人情報の扱いは厳重ですし、そもそもそんなことに関心を持ち、わざわざ調べようとするような行員はいないでしょうね」

大村の答えに貞務は首を傾げた。

「……ということは神崎さんは、確信を持って大村さんがうなばら不動産会長の息子ではないと言い切ることができるルートを持っていたことになりますね」

貞務は言った。

「ええ、そう言われればそうですね」

「心当たりはありますか？」

貞務の問いに、大村は首を振った。なぜ神崎は、大村の嘘を見破ることができたのか。全くのあてずっぽうとも思えない。なにか確たる情報を得るソースを持っていたことになる。それはなにか？　貞務は、また疑問が一つ増えたと思った。

「ところで大村さん、まだ私になにか言い足りないことがあるんじゃありませんか」

大村は、まだ神崎を苛めた理由を話していない。それを促したい。

「ああ」大村は、なにかに気付いたように活気づいた。「昨日、見たんですよ」

「誰をですか？」

「神崎が世界を変えると言っていた、あの榊原聖仁です。彼を渋谷の交差点で見ましてね。いったいどこに行くのかと興味があったものですから、後をつけたのです」

物好きなことをするものだと思ったが、貞務は関心があるような表情で「どこへ行ったのですか」と聞いた。

「渋谷の雑居ビルに入っていきましてね。世界を変える人物が入るようなビルじゃないんです。そこの四階のティー・バレイカンパニーを訪ねたみたいなんですよ」

「ティー・バレイカンパニーですか」

貞務が驚きで目を瞠った。

「ご存じなのですか？」

大村が怪訝な顔をした。

「ええ、まあ」

今度は貞務が言葉を濁らせた。知っていると言っても、実際は、名前を聞いたことがある程度なのだ。

大村が眉根を寄せた。気分を害したようだ。

「一緒に協力して、真相を解明しようって言ったのは貞務さんですよ」

「申し訳ありません。別に隠すつもりはないのです。その会社に関して、私が知っていることは、その会社の代表は茶谷俊朗と言いますが、彼は神崎さんとも榊原聖仁とも関係があるということです」

「どんな関係ですか」

大村が目を輝かせて興味を示す。

貞務は、眉根を寄せた。これ以上、話していいものかと懸念したのだ。大村の情報を引き出すために、大村に協力し合うことが重要だと言ったものの、完全に信用しきれないところがあるからだ。しかし大村の目つきは、貞務に、情報の開示を徹底的に迫っているように見える。「兵は詐《さ》を以《もっ》て立ち」と孫子は言った。貞務は、大村を騙《だま》すつもりはなかったが、近づいてきた大村を味方に引き入れるふりをするという詐術的策を用いたことは事実だ。ところが逆にその策に足を抄《すく》われてしまったようだ。

貞務は、大村を見つめた。大村は本気で神崎の死の真相を突き止めたいと思っているのだろうか。自分に向けられた誤解を解くために。先ほどの涙に嘘はないのだろうか。

「話してくれないのですか」

大村が迫る。

「死地には則《すなわ》ち戦う」

貞務が呟いた。

「なにをおっしゃったのですか」

大村が不思議そうな顔をする。

「いえ、独り言です」

貞務は言った。ここはとにかく戦わねばならない。戦って切り抜けないと窮地を脱することができない。大村が、どの程度、真相解明に熱心なのか分からないが、自分たちの持っている情報をすべてさらけ出してこそ、大村の協力も取りつけられるというものだ。まだ彼からは、神崎を苛めるきっかけの話を聞くことができていない。

「お互い協力し合いましょう」

大村は、貞務の言葉を逆手に取った。

「ティー・バレイカンパニーの代表である茶谷は……」貞務は話し始めた。

神崎と榊原は江東区の児童養護施設さわらぎ園で一緒に育ち、神崎は榊原の守護神を自任していたこと、そこで苛めに遭い、脱走したのだが、苛めたのが茶谷であるらしいこと、茶谷は榊原の発見したＪＴ－１による抗癌剤開発投資に絡んでいる可能性があることなど、貞務の推測を交えて詳しく話した。

大村は、何度も頷きながら聞いていた。

「となると、榊原がティー・バレイカンパニーを訪ねたのは、投資の相談でしょうか？」

大村が聞いた。

「榊原からは茶谷の名前は出ていません。隠していたのかどうかは不明ですが、自分を窮地に追い込んだ人間からの投資を受け入れるでしょうか？　榊原は、自分の発見した画期的な物質がカネ儲けに使われるのを嫌っていたようですからね」

貞務は言った。

大村は、首を傾げ考え込んだ。

「私が、そのティー・バレイカンパニーを調べますよ。茶谷って奴が、神崎を殺したのかもしれませんからね。だってそうでしょう。奴は投資会社の代表だ。そのＪＴなんとかに投資をしているのか、しようとしているのか分かりませんが、なにか関係があるに違いない。神崎は、榊原がそいつに再び苛められることがないように近づいた。なにせ守護神なんですからね。それで返り討ちにあったってことじゃないですか。私は、調べますよ。どうせ暇ですから。検査部では、浜田山支店の応援をしろってことですから、これは業務の一環でしょう」

大村は勢い込んで話す。

「どんな男か分かりませんから、危ないですよ」

貞務は、茶谷に関しては勇次と藤堂の調査結果を待っていた。

「いえ、善は急げですよ」

「それで一つ、聞き逃したのは、あなたが神崎さんを苛めるきっかけです。最初の最初に何があったのですか。それを教えてください」

貞務は言った。

大村は、一瞬、戸惑った顔をした。そしてにやりと笑うと「嫌いだった。それだけですよ」といった。そして「また成果を持ち寄りましょう」と言い残し、支店長室を出ていった。

貞務は、してやられたとわずかに腹立たしさを覚えた。貞務の持つ情報は、大村にあらかた提供してしまったが、反対に大村からは肝心の情報は得られなかった。

神崎を嫌いだったから苛めたというのは、あのしたり顔からして嘘だ。

今日、貞務に近づいてきたのもどの程度、調査が進んでいるのか聞き出そうとしたに違いない。貞務の調査結果次第で、自分の処分が決まるのではないかと懸念してのことかもしれない。

「なにごともなければいいのだが……」

貞務は呟いた。大村の勢い込んだ様子に一抹の不安を抱いたのだ。

3

聖仁は、不安で身を縮めるような思いにとらわれていた。

なぜ茶谷に会いに行ってしまったのかと激しく後悔していた。幼いころのトラウマなのだろうか。ひきつけられるように渋谷の茶谷の事務所に足を運んでしまった。

「進介は奴に殺されたのだ」

聖仁は、両手で頭を抱え、机に突っ伏した。

進介は、聖仁を茶谷から守るために戦った。桜田ファンドの資金は茶谷から出ていたのだ。それを知った進介は、茶谷に投資を止めるように迫った。それで返り討ちにあったのだ。

どういう手段で殺されたのかは分からない。追い詰められ、進介が自分で首を吊ったのか。それともなんらかの方法で金庫の中に追い込まれ、無理やり首を吊らされたのか。

聖仁は、研究に集中することができなかった。というのも、茶谷が榊原の母に危害を加える可能性を示唆したからだ。

あの優しい養母。どこの誰とも知れない自分をここまで育ててくれた。感謝してもしすぎることはない。

茶谷は、養母に会ったようだ。家も本人も知っているということは、いつでも危害を加えることができるのだ。養母に危険を知らせるべきか。そうなれば自分の過去も、記憶喪失を装っていたことも、告白しなければならない。

「ああ」

聖仁は、また頭を抱えた。

ふいに「殺す」という言葉が頭に浮かび、脳の表面を黒く覆い始めた。

振り払っても、振り払っても、その黒い靄は晴れない。

茶谷を殺さないと、養母が殺される。もしかすると、進介は茶谷を殺そうとして返り討ちにあったのだろうか。それも自分を守るために……。殺意というのは、いとも簡単に芽生えるものだ。

「榊原君、どうしたんだね。顔色が優れないようだが」

背後から声がかかった。慌てて振り向くと、そこに当麻が立っていた。いつの間に研究室に入ってきたのだろう。

聖仁は、椅子を蹴って立ち上がった。

「いいよ、いいよ。そのままで」

当麻は穏やかに言った。

「大丈夫です。ちょっと疲れているだけです」

聖仁は、頭を下げた。

「あまり根を詰めるんじゃないよ。近頃、美里とは会っているのかね」

美里は、当麻の娘で、聖仁の婚約者である。

聖仁は表情を曇らせた。

「たまには会ってやってくれ。寂しがっているからね。今度、美里と一緒に食事をしようか。美味いイタリアンの店をみつけたんだよ。三密回避するから大丈夫だよ」

当麻が笑顔で言った。滋味あふれる義父になる男の顔である。

「はっ、お願いします」

聖仁は緊張して答えた。

「君は研究に励んでくれよ。日本ばかりか、世界の宝だからね」

「そんなことはありません。今日あるのは、当麻先生のお陰ですから」

「そう言ってくれるのは嬉しいんだけどね」

　当麻の表情が、急に曇った。

「失礼ですが、先生もお疲れのようです……」

　聖仁は気がかりな様子で聞いた。

「うん、まあね」

　当麻の目が泳ぐ。

「ファンドのことですか」

　聖仁が聞いた。当麻が真剣な顔を聖仁に向けた。

「ああ、そうなんだよ。うなばら銀行と光鷹製薬のグループと話を進めていたんだが、なんだか尻込みしているというか、話が進まなくなったんだ。うなばら銀行の沢上専務が愚痴っぽく言うには、久木原頭取が方針を変えてきたらしい。最初は、彼が積極的だったらしいがね」

　当麻の表情に困惑が見える。

「彼らのファンドはカネ儲け主義と聞いていましたから、それは結構なことじゃないですか」

聖仁は厳しい口調で言った。

当麻の目が険しくなった。

「それは君の勝手な誤解だ。先日も、彼らに対してやや尊大で失礼な態度だったが、あんなことをしてはいけない。若いから許されるというものじゃない。確かにビジネスだから収益は上げる必要がある。しかし彼らもそれだけではない。今は社会的責任が重んじられる社会だからね。できるだけ安価で、多くの人が利用できる抗癌剤にしたいと考えている。それは私の希望でもあるし、君の希望であるからね。だから彼らに協力してもらえなければ創薬が大変に遅れることになる。そうなれば人類の損失だ。かといって君になんとかしてくれと任せてしまったが、あの桜田ファンドには頼りたくない。あれこそ金の亡者だからね」

当麻が苦しそうな顔をした。

聖仁は、茶谷のことを思い浮かべた。彼は、「俺と組んで金儲けをしよう」と言った。聖仁は勿論拒否したが、彼が桜田ファンドの金主なのだ。

――桜田ファンドには任せません。

聖仁はきっぱりと言いきりたかった。しかし躊躇した。

「桜田に頼ったのは私の大いなる失敗だ。申し訳ないと思っている。しかし海の物とも山の物ともつかない研究に金を出してくれるのは、彼しかいなかったんだ。だが評判を聞くに及んで、まずいことをしたと思った。あまりいい噂を聞かないんだ。カネの出所が不透明だ、悪い筋のカネではないのかなどと聞こえてくるに及んで、なんとかしたいと思った。君に申し訳ないからね」

「なにをおっしゃいますか、先生」

「いやいや私が浅はかだったんだよ。そんな問題もうなばら銀行と光鷹製薬の合同ファンドが、すべてきれいにしてくれると言っていたんだがね。もし彼らに手を引かれるとなると本当に君に申し訳ない」

当麻は肩を落とした。

茶谷に何億円、何十億円もの金が動かせるとは思えない。彼は、世話になった人のお陰で投資ファンドを経営するようになった、と口にしていた。茶谷の背後にいるのは、いったい何者なのだろうか。

茶谷が、聖仁を事務所に呼び出したのは、ＪＴ－１を活用した創薬投資から当麻が桜田ファンドを排除しようとしていたからだ。

せっかくの金の生《な》る木の投資から排除されてはたまらないと聖仁を呼び出し、くぎを刺したのだ。否、それ以上に脅迫したと言えるだろう。恐ろしい想像だが、同じように排除の行動を取った進介は殺された可能性がある。

聖仁は、当麻を見つめた。

「どうしたかね。私の顔になにかついているかね」

当麻が不思議そうな表情をした。

「あっ、いえ、なにも」

聖仁は、重く苦しい気持ちになった。

茶谷は恐ろしい男だ。もしかして養母だけではなく、投資から排除しようとしている当麻にさえ危害を加えるかもしれない。事故を装って亡き者にするくらいは、やりかねない男だ。

「とにかく君の誤解を解いておきたいが、うなばら銀行も光鷹製薬もＪＴ－１が人類共通の財産であるとの認識を持っているんだ。しかし頭取が及び腰ではね。交渉は続けるが、どうなることやら」

「桜田は、先生になにか言ってきていますか」

「ああ、時々ね。まるで脅迫だよ。利用するだけ利用して、浮気なんかしたら承知しませんよってね」

当麻は眉根を寄せた。

「申し訳ありません」

聖仁は頭を下げた。

「なんで君が謝るんだね。謝るのは私の方だよ。君は研究を続けてくれたまえ。桜田の排除など、余計な気遣いをさせて申し訳なかった」

当麻が苦渋の表情で聖仁を見つめた。

「まさか先生は最後は桜田を頼ろうと思われているのですか」

「うーん、それはないがね。しかし選択肢は多いほどね……」

当麻は眉根を寄せた。

――コ・ロ・ス
再び、聖仁の心の中に茶谷に対する殺意が芽生えた。養母ばかりではなく当麻にまで危害が及んでは、生きていられない。

「ちょっと散歩をしてまいります」

聖仁は、当麻に言った。

「それがいい。気分転換になるからね。美里との食事の日程は、また連絡するから」

「ありがとうございます」

聖仁は、散歩に出るというのんびりとした様子ではなく、白衣を脱ぎ捨てると、まるで逃げるように足早に研究室を出た。手には研究室で使う、刃先が鋭くとがったハサミを当麻に見つからぬように隠し持っていた。

4

「奴は何者なんだろうね」

藤堂が愚痴っぽく言った。

「さわらぎ園の職員だったということははっきりした。神崎や榊原を苛めていたのは、奴で間違いないだろう。その後がはっきりしない。犯歴はない。しかし仕事を転々としたようだな。水商売も多い」

勇次が言った。その視線は、ティー・バレイカンパニーが入居するビルに注がれている。

勇次と藤堂は、ティー・バレイカンパニーに出入りしていると思われる人間を監視していた。

「この年での張り込みは身体にきついね」

「まあ、そうぼやくなよ」勇次が表情を歪める。「それにしても誰も出入りしていないな。投資会社ならもう少し人の出入りがあってもいいんじゃないか」

「それに投資会社ってのは、最先端の仕事じゃないのか。それならなんていうかな……。もう少しインテリジェンスがありそうな街、例えば丸《まる》の内《うち》とか大手町《おおてまち》とかにあるんじゃない？　渋谷のセンター街近くの雑居ビルはふさわしくないな」

藤堂が言った。そしてふとなにかに気付いたような表情になった。

「勇次さん、あのビルの所有者を探ってみようか」

「それはいい考えだ。茶谷が入居するにはそれなりの理由があるはずだ……。藤堂さん、あれ」

勇次が驚いた顔でビルの方向を指さした。

勇次の指の先に若い男がいた。ビルの前に立っている。

「榊原じゃないか」

藤堂が言った。

「ああ、間違いない。あいつ、あんなところでなにをしているんだ」

勇次の視線が鋭い。

「なんだか表情が険しいぜ。思いつめているようだな」

「ティー・バレイカンパニーに用がある様子だ」

「この間東都大で会った時、榊原からは茶谷の名前は出なかったぜ」

「それがおかしい。茶谷とはさわらぎ園で一緒だったはずだ。神崎と榊原が脱走して、しばらくして茶谷はさわらぎ園を退職している。それは二人の脱走、すなわち苛めが原因だろうと思われる。そんな茶谷の名前が、榊原の口から出なかったことが奇妙だ」

「意図的に隠していたんだな。おい、勇次さん、あいつ、手になにか持ってるぜ」

藤堂は、榊原の手の中でなにかが光るのを見逃さなかった。

「やばいな。ナイフじゃないか。ちょっと行こう」

勇次には鋭く尖った器具、すなわちナイフに見えたのだ。

「あの表情は尋常じゃない。思いつめている様子だ。声をかけてやろう」

藤堂も動く。

勇次と藤堂は通りを渡って榊原に近づく。榊原は、二人に気付く様子は全くなく、じっとビルの入り口に立っている。茶谷を待っているのだろう。なにかを両手で隠しているが、時折、鋭く光を放つ。ナイフではなくハサミのようだ。しかし先端の鋭さから見て、十分に殺傷能力はあるようだ。

「榊原さん、こんなところでなにをしているんですか」

勇次は穏やかに声をかけた。

榊原は、驚き、「あっ」と声を上げた。榊原の手から光る金属製の物が落ちた。それは道路に落ち、硬質の音を立てた。

藤堂が、腰を曲げ、それを拾い上げる。

「随分、鋭いハサミじゃないですか。こんな物を持ち歩いたら、危ないですよ。警察官の職質にかかると、一発でアウトだ」

藤堂が、笑みを浮かべた。

榊原の顔が緊張で引きつり、その後、急に緩むと、両目から涙を溢れさせた。身体が震え出し、膝から崩れそうになった。

「おっと」

勇次が慌てて両手で榊原を支えた。

「どこかで休んで、じっくりと話を伺いましょうか」

藤堂も榊原の身体を支えた。

5

大村は戦果の大きさに小躍りしていた。

貞務なんて野郎はちょろいもんだ。俺の作戦に引っかかって、まんまとなにもかも喋りやがった。

あいつの手に落ちた振りをして、あいつの手の内を知る。これぞ忍法虎穴に入らずんば虎児を得ずってやつだ。

「ははは」

思わず笑いがこみ上げる。

この成果を早く父に直接会って報告したい。いつもは褒めない父だが、今度ばかりは褒めてくれるだろう。

それにしても父は、うなばら不動産の会長の依頼だとか、頭取の依頼だとか言って、どうして貞務の動静をこれほどまでに気にするのか。それが不思議だ。報告がてらに聞いてみないといけない。ただの使い走りでは面白くない。

その前に茶谷って人物の正体を暴きたいものだ。なぜ榊原があの男に近づいていったのか。ノーベル賞級だという若手研究者が、もと児童養護施設の職員で、今、投資会社の代表とどういう関係があるのだ。

貞務の話では、榊原は茶谷にかなりひどく苛められ、施設を脱走したらしい。そんな男になぜ会いに行くのか。

大村の頭に「投資＝カネ儲け」という図式が浮かんできた。

「榊原の奴も隅に置けないな」大村はにんまりとした。「研究馬鹿だと想像していたが、自分が発見した癌抑制物質で、儲けようって算段か……。創薬には莫大なカネが動く。その一方で創薬の成功が疑いなしとなれば、その製薬会社の株は天に上る龍《りゅう》のごとく一直線に上昇する。榊原はすべての情報を持っている。茶谷と組んでひと儲けどころか大儲けしようって腹だな」

大村は独りごちた。

大村を乗せた京王井の頭線が渋谷駅に着いた。

大村は決意した。このまま父が勤務するうなばら不動産のある丸の内に向かうのではなく、その前に茶谷に会って、儲け話に一口嚙ましてもらうのだ。

茶谷の人相も人物も知らない。しかしあのビルで待っていれば、それらしき人物に会えるだろう。

「神崎進介を殺したのはお前だ」と名指しで脅かせば、さぞや驚くに違いない。

大村は、貞務から聞き出した情報で神崎を死に追いやったのは茶谷ではないかと見当をつけたのだが、それは徐々に確信になりつつあった。

よしんばそれが間違いであったとしても茶谷という人物と関係を結ぶのは悪いことではない。儲け話の一つや二つは聞けるのではないか。

「こっちは銀行員だ。儲け話があるとなれば、火の中、水の中、どこへでも行く覚悟だ。もしいい話なら親父にも教えてやろう。きっと褒めてくれるだろう」

幼いころから、父から虐待ともとれる厳しい躾を受けてきた大村にとって父に褒められることは最高の喜びだった。

大村は、父幸治《こうじ》と母由紀恵《ゆきえ》の間に生まれた。母は既にこの世にない。大学入学時に亡くなった。以後は、父と二人で暮らしてきた。父がカネに苦労をしたことはない。大村は、ぼんやりとながら、給与と投資で生活費を稼いでいたのではないかと思っていた。

もし茶谷からカネ儲けに繋がる投資話を聞くことができれば、父は絶対に喜ぶはずだ。そう思うと、大村の足は、自然と渋谷のセンター街にある雑居ビルに向かっていた。

「ここだな」

大村はビルを見上げた。

心臓が高鳴る。ようやくチャンスが巡ってきたことに興奮する。大村は、自分の力を誇っていた。あの慎重居士《こじ》の貞務を見事に手玉に取って情報を引き出したのだ。

――昔から俺は客の懐に入ってニーズを探り出すのが得意だった。本来ならもっと出世していてもいいはずだ。結構な実績を上げてきたんだからな。その屈折した思いが、元副頭取でうならば不動産会長の息子だという虚偽情報を流すことに繋がってしまった。誰もそんなことの真偽は調べない。しばらくすると俺を見る目が徐々に変わってきた。人というのは、ちょろい。ちょっとした振り付けに騙されてしまうのだ。茶谷がどんな男か知らないが、一発、かましてやれば後は俺の言いなりになるだろう。

大村は、狭いエレベーターに乗り込んだ。酔客がゲロを吐いた跡が、床の染みになっているような薄ぎたない年代物だ。

――投資会社が入居するビルにしては貧乏くさいなぁ。茶谷というのは、あまり儲かっていないのか、それともケチなのか。儲かっていないなら榊原の研究に大いに期待しているはずだ。銀行員の俺にとっては売り込むチャンスがあるというものだ。

大村は独りでほくそ笑んだ。

エレベーターのドアが開いた。ティー・バレイカンパニーの表札が目に入った。

「在室していればいいが……」

入り口のインターフォンを押す。反応はない。やや力を落とす。こんな狭い廊下で、見知らぬ男を待つのもどうかと思う。出直しか、とドアノブを回してみた。

「あら？」

開いた。鍵がかかっていない。コンビニにでもちょっと出かけているのだろうか。誰もいないところに入るのは気が引けるが、鍵をかけないでいる方が物騒だろう。

――銀行員の俺が留守番すれば安心するだろう。

大村は、勝手な理屈をつけてそっとドアを開けた。

部屋の中には明かりがついていた。

「えらく殺風景だな」

入り口正面に机と椅子。机の上には、経済雑誌などが乱雑に積み上げられている。ついさきほどまでここで仕事をしていたのだろう。灰皿があり、そこには何本かの煙草《たばこ》の吸殻が入っている。

机の手前にソファと低いテーブル。ここに客は座って机に向かっている茶谷と話すのだろう。

壁には丸い壁かけ時計。うなばら銀行が配った一枚物のカレンダーが貼られている。

「うなばら銀行と取引があるのか。それなら話が早い」

大村はうきうきとした気持ちになった。

机に近づく。

「ん？」

机の上に名刺が置いてある。来客のものなのだろう。それを手に取った。

「えっ？　なに？」

その名刺に書かれた名前を見て、大村は驚き、そして首を傾げた。

その時、背後に人の気配がした。名刺を手にしたまま、振り返った。その途端に頭に激痛が走った。目から火が飛び出す感覚がした。再び、激痛が走る。なにか物で殴られたのだ。悲鳴を上げる間もなく頭を両手で覆い、防御の姿勢を取りながら、膝から崩れ落ちる。薄目を開けると、顎が細く冷たい目の男がクリスタルの灰皿を摑んでいた。その男の左頬にはミミズが這ったような傷跡があった。

——茶谷……。

床下に視線が落ちた。そこには先ほどの名刺が落ちていた。

「なぜ？」

大村は消えゆく意識の中で、辛うじて名刺の、もっとも自分がよく知る名前を読んだ。

しかしなぜここにその名刺があるのかは理解できなかった。

「コソ泥めが……」

茶谷の声が大村の耳に低く響いた。

第八章　殺人

1

貞務は支店一階の執務机で稟議書《りんぎしょ》を読んでいたが、マスクを外した。感染症対策でマスクをしていないといけないのだが、息苦しくなってくる。

それに加えて徐々に表情が乏しくなってくる気がする。聞くところによると、マスクをすることで表情の五分の四は消えてしまうらしい。すなわちたった五分の一しか分からないのだ。ということは笑っているのか、怒っているのか、定かでなくなるということだ。

保育園で保育士さんがマスクをしていると、子供が泣き出すらしい。表情が読めなくて、恐怖心を懐《いだ》くそうだ。

欧米では、もともとマスクをする習慣がなかった。そのため感染症拡大当初は、マスクなんかしていても意味がないと嘯《うそぶ》いていた。ところが、想像を絶する勢いで感染症が拡大すると、慌ててマスクをつけるようになり、それを義務化した。

先日、取引先の社長がやってきた。感染症拡大に伴う売り上げ不振のために支援融資を申し込んできたのだ。浜田山を中心に京王線沿線にラーメン屋を五軒も展開していて、今までは飛ぶ鳥を落とす勢いだったのだが、業績が急降下してしまった。売り上げが半分、否、それ以上も減少したのだ。なんとか客足が回復するまで支援してほしいという。貞務は、二つ返事で了承した。

社長は、目に涙をたたえて感謝した。うなばら銀行以外では、支援を渋られているらしい。信用保証協会の保証枠を使い切ってしまっているからだ。

政府は、感染症で経営困難に陥った中小企業を支援するために売上げが大幅に減少した企業には、融資額の百パーセントを信用保証協会が保証することにしたのだ。

銀行は、これによって全くリスクなく融資ができるため、行員にノルマをかけて勧誘を強化したり、あろうことか銀行の直接融資を信用保証協会保証付き融資に乗り換えさせたりしているようだ。

貞務は、こんな話を聞くたびに銀行とはなんぞやと考えさせられて悲しくなる。人々が苦しんでいる時は、一緒に苦しみ、寄り添わねばならないのに餓鬼道に落ちたかのように、自分の儲けだけに狂奔しているようでは、早晩、銀行は見捨てられるだろうと思えて仕方がない。

だからというわけではないが、貞務は社長が真面目で仕事熱心であれば、直接融資で支援することにしている。中小企業の成長は、なんといっても社長の人間性にかかっている。貞務が見て、この人ならと思う社長は、どんな苦難があろうと乗り越えるだろう。長い銀行員生活で、裏切られたことはない。人物を見極める目だけは確かだと自信を持っている。

しかし、頭取の久木原だけは、見込み違いをすることがある。同期ということで目が曇ってしまうのだろうか。今回の神崎進介の死に関しても、久木原の影が見え隠れしている気がするのだ。単なる杞憂《きゆう》であればいいのだが……。

「支店長、決裁をお願いします」

副支店長の金田が大量の稟議書を抱えてやってきた。

「また多いですね」

貞務は、驚きの声を上げた。

「支店長の積極的支援の噂が周辺に聞こえておりまして、他行や他店の取引先も来ております」

「まあ、悪い噂じゃないからいいとしますかね」

「ところで支店長、欧米人の正義のヒーローは目を隠すけど、口を隠さないって知っていますか？」

「なんですか、それ?」

「いえね、欧米人がマスクを嫌がる理由を考えていたら、欧米人のヒーローは目を隠しているけど、口は隠していないって……。逆に、日本のヒーローは目は隠さないで口を隠しているって気づいたんです。欧米人は、口を隠すと悪人に見えるからじゃないですかね」

金田はちょっと自慢気に言った。

「そうですか?　月光仮面やスパイダーマンは目も口も隠していますよ」

貞務は言った。

「あっ」金田は動揺して目を宙に泳がせ、「そうですね、そうですね。あまり関係ないかも」と気まずそうな顔をした。

「でも口を隠すのは嫌がる傾向にあるのは確かですね」

貞務は、金田の意見に同調してみせた。

「でもなぜでしょうね」

金田の表情からは得意満面さが消え、馬鹿なことを言ってしまったという情けなさが残っていた。

「大村さんは、どうしましたか?　今日は見ていませんけどね」

貞務は、金田の問いには答えず、店内に視線を向けた。

「来ておられませんね」

金田も同様に店内を眺めて言った。

「欠勤の連絡はあったのですか」

「いいえ」金田は首を振った。「検査部所属ですから、そちらに出勤されているんでしょうかね。まあ、ご心配されることはないでしょう。それに……失礼ですが、支店の役にたっておられるというわけでもありませんからね」

「冷たいですね」

貞務は、金田を睨んだ。

「そういうわけじゃありません。本当のことを申し上げただけです。もう支店長でもないのに支店長風を吹かせて、行員からは迷惑がられているんです」

金田が渋い表情をした。

「支店長、お客様です」

雪乃が来た。

「そう、誰でしょうか」

貞務が聞くと、雪乃が背後を振りむいた。その視線の先には、勇次と藤堂がいた。

「なんだ、勇次さんと藤堂さんじゃないですか」

「ええ、そうなんですが。もう一人いらっしゃいます。あそこに」

雪乃が指さす方向に若い男がいる。

「ん？　あれは？」

「榊原聖仁さんです」

雪乃が言った。

榊原が、藤堂の背後で、まるでいたずらをして叱られるのを待っているかのような情けない顔をしている。とてもノーベル賞を噂される有能な研究者とは思えない。

「柏木君、彼らを支店長室に案内してください」

貞務は言った。

「支店長、稟議書は？」

金田は、まだ稟議書の束を抱えたままだった。

「大丈夫です。すぐに処理をしますから。金田さん、しっかり中身はチェックしてくれましたね」

「はい」

「では順番に私の目の前に置いてください。承認印を押させていただきます」

「分かりました」

金田は、いつにない貞務の真剣な表情に緊張した顔つきになった。

貞務の前に稟議書を順番に置いていく。貞務は、それに支店長印を押し、決裁済み箱に収める。瞬く間に金田の抱えていた稟議書は、すべて処理された。

「これで終わりです」

金田が言った。

「ご苦労様です」

貞務は言い、立ち上がった。すでに勇次たちは、雪乃が案内して支店長室に入っている。

「支店長」

金田が神妙な顔で言った。

「なんでしょうか」

貞務が聞いた。

「私を信用していただいてありがとうございます。大村前支店長は、私が点検した書類は信用できないと、目を皿のようにしてチェックし、欠点を探しておいででしたので……」

金田は、感動で今にも涙を流しそうだった。

「支店長が副支店長を信用するのは当たり前じゃないですか」

貞務は言った。

本来は大村のように、副支店長が点検済みの稟議書であっても細部まで支店長が点検しなければならない。ダブルチェックだ。そうしないと、思わぬミスや不正を誘発する。しかし、今は、早く榊原に会いたいと思い、やむをえない措置だった。

「いえ、支店長は特殊な能力をお持ちです。大変なスピードで稟議書をご覧になっても、ミスのあるものはちゃんと除かれます。そのことを分かっておりますので、私は大変な注意を払って点検させていただいております」

金田が言った。

「買いかぶりすぎだと思いますが、よろしくお願いします」

「余計なことを言い、お時間を使わせてしまいました。なにとぞ、早く神崎君の死の真相を解明してください。喉に魚の骨が引っ掛かって取れないような、なんとも嫌な気分でおりますので」

金田が頭を下げた。

勇次たちが、貞務と一緒に神崎の死の真相解明に取り組んでいることを金田も知っているのだ。

「分かりました。では支店長室に居りますので、なにかあったら呼んでください」

貞務は支店長室に向かった。

「お待たせしました」

支店長室のドアを開けた。同時に榊原が立ち上がった。

「いいよ、先生。座ったままで。気を使わなくて」

藤堂が言う。

ソファには榊原に相対する形で勇次と藤堂が座っていた。それぞれの目の前に茶が置かれている。雪乃が気を利かしたものだろうが、彼女は、支店長室にはいない。この場にいたかったことだろう。悔しそうな顔が浮かんでくる。

貞務は、榊原に会うのは初めてだ。以前浜田山支店に彼が来た時は、顔を合わせることができず、雑誌の写真で見ていただけだった。

「初めまして、私は支店長の貞務と申します」

貞務は、会釈し、榊原の前に座った。勇次が、席を空けてくれたのだ。

榊原は、非常に疲れている印象だが、しっかりした目で貞務を見つめた。

「榊原聖仁と申します。いろいろご迷惑をおかけしています」

榊原は頭を下げた。

「今日は、どうしてお二人と一緒に……」

貞務は勇次からなにも連絡をもらっていない。今日、こんな形で二人が榊原を連れてくるなどということは想像すらしていなかった。

「驚かしてすまなかった」勇次が言った。「昨日、話せばよかったんだが、三人でホテルに泊まったものだから連絡を逸したんだ」

「ホテルに泊まった？　三人で？」

　貞務は聞き返す。事情が分からず混乱する。

「実は、昨日の午後四時ごろだったかな……」

　勇次が話し始めた。

　勇次と藤堂は、茶谷の動向を探ろうと渋谷に行き、ティー・バレイカンパニーが入居するビルを見張っていた。するとそこに榊原が現れた。心ここにあらずというような様子だった。不審に思って見ていると、何か刃物のような物を隠し持っていることに気づいた。これはヤバいと思って、榊原に近づいた……。

「それでさ、事情を聴こうと、近くのカフェに入ったんだけど、話が深刻で、このまま帰すのは危ないと思ってね。自殺でもされたら大変だから。それで監視するために三人でビジネスホテルに泊まったっていうわけだ」

　ホテルに怪しまれないように三人はそれぞれシングルに泊まったのだが、榊原を一人にはしなかったという。

「本当に申し訳ありませんでした」

　榊原は再び頭を下げた。「あのままお二人に助けてもらわなければ、茶谷を殺していたでしょう。たとえ茶谷を殺すことができなくても、自殺していたかもしれません」

　榊原が勇次と藤堂に視線を向けた。

「いったいどうういうことですか？」

貞務は驚きで、瞠目《どうもく》した。

「驚くのも無理はないよ。全くの偶然なんだけど、こういうのを神のお導きっていうのかね」

藤堂が感慨深く言った。

「私に説明させてください。貞務さんは、お二人がとても信頼されている方だそうですから」

榊原が言った。

「お願いします。じっくりとお聞きします」

貞務は、姿勢を正した。

2

隅田川沿いは隅田川テラスと呼ばれ、ジョギングや散歩コースとして人々に親しまれている。壁面には、江戸の景色を描いた錦絵のパネルが飾られ、情緒を醸し出している。隅田川大橋あたりからは、浅草《あさくさ》のビル街やスカイツリーが眺められる。

感染症拡大で、ジョガーも散歩する人も、皆、マスクを着用している。

突然、犬が吠《ほ》え出した。

「これこれ、どうしたの？」

飼い主が、犬をなだめている。しかし犬は吠えながら飼い主をぐいぐいと川の方へ引っ張っていく。

「あれは……」

飼い主が川面《かわも》を凝視する。目を細くして、じっくりと確認しようとしている。犬は、首輪が抜けてしまうほど、飼い主を引っ張り、相変わらず吠え続けている。

飼い主は、犬に引きずられながら、徐々に自分の目で確認した物に近づいていく。

「まさか……」飼い主の顔に恐怖が張り付いた。握りしめていたリードを放してしまった。犬は、吠えながら、川の方へと向かい、フェンスのところで川に向かって、一段と吠え声を張り上げた。飼い主の足が早まる。ようやく犬に追いつき、放していたリードを拾い、そしてフェンスから恐る恐る川を覗く。

「きゃっ」

飼い主は、両手で口を押さえながら、悲鳴をもらした。再び、リードを落としてしまった。

飼い主の視線の先には、人間が波に揺られていた。

3

「茶谷に脅迫されていたのですね」

貞務が同情を込めて言った。

榊原は、淡々と今までの人生を話し続けている。

児童養護施設さわらぎ園での生活。そこでの虐待。その首謀者が茶谷であること。虐待に耐え切れず、神崎と二人で逃亡し、隅田川に死ぬ気で身を投げた。榊原夫妻に助けられ、養子となった。記憶喪失を演じていたが、偽りであることの罪悪感に苦しめられていた。一方で、茶谷に見つかるのではないかとの恐怖心も拭うことができなかった。

神崎進介は、茶谷につかまったのだが、その後も連絡を取ることはなかった。だから彼がどのような人生を送っていたのかは全く知らなかった。

東都大学に入り、当麻純之助教授のもとで、抗癌剤の研究をし、新しい癌抑制物質JT－1を発見し、マスコミなどに採り上げられるようになり、人生が変わり始めた。

「私は、静かに研究生活を続けたかっただけなのです」

榊原は、苦痛に顔を歪めた。

当麻教授が、JT－1の製品化を急ぎ、ファンドから資金を調達した。親しい人からの紹介ではあったのだが、カネの亡者のような人物が経営するファンドだった。

「桜田毅さんが経営するファンドですね。当支店で勤務する桜田洋子さんの夫です」

貞務が言うと、榊原は驚きで大きく目を見開き、「桜田さんの奥さんが、この店で働いておられるのですか」と聞いた。

「はい、正行員ではありません。パート勤務ですが、神崎さんと親しかったようです」

貞務のこの返事に、榊原はさらに驚いた。

「桜田は、とにかく新しい抗癌剤を作り、大儲けすることだけを考えていました。当麻教授は、桜田ファンドを利用したことを後悔されていました。しかし海のものとも山のものともつかない研究に、資金を出してくれる奇特な人物はいませんでした……。それに桜田ファンドは、とかく噂もあったのです」

そして新たな事実として、桜田ファンドの資金が茶谷の出資によるものだったということが分かった。これは榊原が茶谷本人から聞いたという。

「どうしても解せないのは、茶谷がどうしてそんな巨額の資金を動かすことができるのかということです。それに関して茶谷は、支援してくれる人がいると言っていましたが、それはいったい誰なのか？」

榊原は戸惑いの表情を浮かべた。

この疑問は当然のことだ。茶谷も投資会社を経営しているが、いったい誰の資金を動かしているのだろうか。これを調べる必要があるだろう。

「進介は突然、研究室に現れました」

榊原は、懐かしそうに眼を細めた。

神崎進介は、雑誌で、榊原がさわらぎ園で一緒だった山名明であると確信し、わざわざ会いに来た。

この行動は、純粋に懐かしさから出たものだろう。しかし、これが神崎の運命を変えた。

貞務たちが予想した通り、養母である榊原十三枝を訪ねたことで神崎は山名明＝榊原聖仁と確信した。これに関しては茶谷も同じだ。

「進介は、桜田ファンドを排除しろと強く言っていました。無理だと言うと、それなら自分がなんとかするとまで……」

榊原は眉根を寄せた。激しく後悔している顔つきだ。このことが神崎の死に直結している可能性が高いからだ。

「神崎は、桜田ファンドの背後に茶谷がいることを知った。それは親しくしている桜田洋子から聞いた可能性が高い。洋子と神崎は不倫を疑われるような仲だったからね。桜田が、茶谷という人物と関係があると洋子から聞いた時、神崎は非常に驚いただろう」

勇次が言った。

榊原が、勇次に視線を向けた。

「進介に桜田ファンドのことを話しまして、しばらくしてから進介は桜田ファンドの排除を強調するようになったのです。理由は詳しく言いません。ただよくない資金だと言うだけです。茶谷のことは一言も言いませんでした。茶谷から進介の大学進学や就職などの支援をしていたと聞かされた時は、衝撃以上の驚きでした。私と別れた後、進介は、私たちを虐待していた茶谷の忠実な配下になっていたのです。それは生きるために仕方がなかったことだと思います。そのままであればなにごとも起きなかった。ところが私に会ったばかりに茶谷との関係にヒビが入り……。その結果……」

榊原は、両手で顔を覆った。

神崎進介が榊原聖仁の守護神を任じていたのは確かなのだ。貞務は、表現のしようのない悲しみに襲われ、表情を曇らせた。

「茶谷という男はゆるせねえな」

藤堂が怒りを込めて言った。

「榊原さん」

貞務は言った。

「はい」

榊原は、顔から両手を離し、貞務を見つめた。

「神崎さんは、茶谷に殺されたのだとお考えですか？」

貞務は聞いた。

「はい」榊原は、明言した。「具体的にどのようにして殺したのかは分かりません。自殺に見せかけたのか、それとも自殺に追い込んだのか……。茶谷は、進介が自分に逆らうようになったから殺したというような意味のことを口にしていました。茶谷は、ＪＴ－１への投資を邪魔するような人間は、誰であろうと排除する考えなのです。当麻教授や母も例外ではない。あいつは恐ろしい男です」

榊原は、声を押し殺しつつ、言った。怒り、悔しさ、悲しさ、多くの負の感情を込めている。

研究者として華々しい人生のスタートを切り、目の前には栄光の日々が待っているはずだった。

それなのに過去が容赦なく襲い掛かり、栄光から引きずり降ろそうとする。榊原は、自分の運命を呪いたい気持ちだろう。

神崎も同じだっただろうか。

神崎は、さわらぎ園で生きるため茶谷に運命を委ねた。その結果、うなばら銀行に入行することができた。大手銀行の行員として、それなりに恵まれた人生を送ることができるはずだった。ところがやはり過去が追いかけてきたために、奈落に落ちることになった……。

孫子、九変篇《へん》にて、曰く、

――智者の慮は必ず利害に雑《まじ》う、と。

智者は物事を考えるとき、一方から見るのではなく、必ず多面的に考えるという教えだ。

物事を一面からだけ見て、全体的にとらえねば、本質を理解できず、戦いにも敗れるだろう。

今、あらゆる事実が、茶谷へと向かっている。このまま茶谷を犯人とすれば真相が解明できるのだろうか。

榊原も疑問に思っているが、茶谷がなぜ巨額な資金を動かすことができるのか。そんな力をどこで身に着けたのか。有力な支援者を見つけたというが、それは誰なのか。茶谷の背後に黒幕がいるのか。すべてはその黒幕の指示なのか。

今、判明した事実をもっと多面的に見なければ、真相は解明できない。貞務は、まだ隔靴掻痒《かっかそうよう》の感を拭えないでいた。

「支店長……」

金田が緊張した顔で支店長室に入ってきた。

なにか、緊急事態が起きたのだろうか。

4

貞務に連絡があったのは浅草東署からだった。

男性の死体が、隅田川で見つかった。身元を明らかにするような物がなにもない。しかしズボンのポケットに貞務の名刺が入っていたのだ。

浅草東署から身元確認に来てほしいという依頼だった。

浅草東署なら、後輩が副署長をしているということで藤堂が同行した。

榊原は、もう落ち着いたから大丈夫だと言ったが、心配なので勇次が一緒にいることになった。勇次は、東都大のある本郷《ほんごう》の馴染《なじ》みの料理屋に榊原を誘うという。後で貞務と藤堂や雪乃も合流することになった。

「迷惑な話だな」

藤堂はタクシーの中で言った。

「私も多くの人に会っていますからね。名刺を誰に渡したかなんて覚えていません。身元確認ができるでしょうか？」

貞務は初めての経験で、緊張していた。

「まあ、大丈夫だろう。無駄足でもしょうがないさ。市民の義務だな」

藤堂は言った。久々に警察署に行く用ができたことを内心では喜んでいるようだ。

タクシーが浅草東署に着いた。藤堂は、駆け足で警察署に入っていく。

「なんだか楽しんでいるようですね」

貞務は、藤堂の後姿を眺めて、微笑を漏らした。

「藤堂先輩、ようこそ」

恰幅《かっぷく》のいい制服姿の警察官が笑顔で待っていた。

「おお、興梠《こおろぎ》。久しぶりだな」

藤堂は、軽く右手を挙げた。

興梠と呼ばれた警察官が、貞務を見た。

「こちらはうなばら銀行浜田山支店の支店長、貞務定男さんだ。身元確認に呼ばれたんだ」

藤堂が、貞務を興梠に紹介した。

「ご足労をおかけします。私は副署長の興梠勉《つとむ》と言います。藤堂先輩には、若いころ、いろいろ仕込んでいただきました」

興梠は、腰を低くして、名刺を貞務に差し出した。

貞務は、それを受け取り、自分の名刺を出した。

「昔話をするのは後にして、さっそく仏さんを拝もうか」

藤堂が言った。

「申し訳ありません。お願いできますか。地下の霊安室にご案内します」

興梠は先を歩き始めた。

「副署長じきじきとは、もったいないね」

藤堂は、満足そうに言った。貞務は、無言でその後に続く。

嫌な予感が頭をよぎった。自分が非常によく知っている人間ではないかと思い始めたのだ。

「興梠さん、隅田川に浮かんでいたと伺いましたが、自殺ですか?」

貞務は、エレベーターを待つ間に、興梠に聞いた。

「いえ、殺人です」

興梠が答えた。エレベーターが到着した。貞務が乗り込む。興梠は、地下二階のボタンを押した。

「殺人ですか」

貞務は、無残な遺体を思い浮かべて、顔を歪めた。

「鈍器のようなもので後頭部を殴打されています。どこか別のところで殺害され、死後、隅田川に遺体を遺棄されたようです。殺されたのは昨日の午後と推定されています。着きました。ここです」

エレベーターが地下二階に着いた。グレーの壁の廊下が続いている。なんとなくひんやりと感じるのは、このフロアーに死の空気が漂っているからだろうか。

「年齢は？」

藤堂が聞いた。

「四十歳を過ぎているようですね」

興梠が、霊安室と表示された部屋のドアノブを握る。「どうぞ、お入りください。ご遺体は、目の前です」

「大丈夫かい？」

藤堂が、貞務に聞く。

「たぶん……」

貞務は頼りなげに答える。

蛍光灯に白っぽく照らされた霊安室に入室した途端、足が竦んだ。ぞくぞくとした寒けが足元から上ってくる。目の前のキャスター付きの台に白い布をかけられた遺体が横たわっているのが見える。覚悟を決めて、近づく。

「では、よろしくお願いします」

興梠が、白い布を両手で持ち上げる。

貞務と藤堂が、遺体の顔を覗き込む。

「大村さん！」

貞務が声を上げた。

どす黒く濁ったような肌の色、硬く閉じられた目、水に長時間浸《つ》かっていたためか、いくらか膨らんだように見える顔……。

「お知合いですか」

興梠が聞く。

「はい。当行行員で、現在本店の検査部に所属している大村健一さんに間違いありません。いったいなぜこんなことに……」

貞務は、大村の変わりはてた姿に言葉を失った。嘘であってほしい。大村に似てはいるが、別人かもしれない。突然の事態を否定する気持ちがふつふつと沸き上がる。

「間違っていれば大変なことになる。貞務は、もう一度、遺体の顔を見つめた。

「間違いありませんか」

興梠は再度聞いた。

「……間違いありません」

貞務は答えた。

興梠は、遺体の顔に白い布をかけ直した。

「こいつが大村か……。まさかこんな形で会うとはね」

藤堂が言った。

藤堂は、大村とは面識はない。しかし神崎進介の死の真相を追求する過程で、大村の名前は何度も出てきた。神崎を苛めた張本人として。

「先輩もご存じなのですか？」

「直接には知らない。今、関係している調査の重要人物だ」

藤堂は言った。

「調査って？　この人物が不正でも働いていたんですか？」

興梠が興味ありげに聞いてきた。

「いや、そうじゃない」

藤堂は否定した。余計なことを口にしてしまったと後悔した顔つきだ。

「いずれにしましても、急ぎ銀行に連絡させてください。ご遺族もおられますので」

貞務は言った。

「承知しました。しかしお時間は取らせませんので、少しこの人物についてお話をお聞かせくださいますか？」

興梠は、丁寧だが、断固として言った。

「分かりました。私どもにも、どういう状況で死に至ったのか、可能な範囲でお教えいただければと思います」

貞務は言った。

「では、先輩、副署長室でお話を聞きましょうか。刑事課の連中も聞き込みから帰ってきますので、なにか、新しい情報があるかもしれません」

興梠は先に霊安室から退室した。

「貞務さん、大変なことになったぞ」

藤堂の表情が険しくなった。かつての敏腕刑事の顔を彷彿《ほうふつ》とさせる表情だった。

貞務は、大村との最後の会話を思い出していた。

大村は、「そのティー・バレイカンパニーを調べますよ」と言っていた。茶谷が、神崎を死に追いやったかもしれないと推理していたからだ。貞務は、気を付けた方がいいと忠告したのだが……。

大村は、神崎を苛め殺したという疑惑を払拭したいというだけの意図で動いていたのだろうか。あの時の妙に興奮した素振りはいったいどういう理由だったのだろうか。

「貞務さん、なにか気になることがあるのかい」

藤堂が聞いた。

「ええ、まあ」貞務は、暗い表情で答えた。「気になることはすべて、興梠さんにお話ししたらいいんでしょうか」

貞務の疑問に藤堂は、少し考える素振りを見せ、「今は、いろいろ話すのを控えた方がいいな。あまり推測でものを喋ると、捜査があらぬ方向に動きかねないからな」

藤堂は、慎重な顔つきになった。

「分かりました。少し様子を見ます」

貞務は答え、スマホを取り出した。金田に連絡するためだ。

貞務は、大きく息を吐いた。大村の殺害という思いがけない事態に、外見上は冷静さを保っているように見えても、実際は、動揺を隠せない。こういう時は思わぬ、かつ取り返しのつかない失敗をする可能性がある。

孫子は、行軍篇において「軍は高きを好みて下《ひく》きを悪《にく》み」と言った。兵を布陣するにあたっては高く、見晴らしがいいところを選ぶのが必勝の条件だというのだ。

現在の状況は、まさにこの言葉の意味を嚙み締めねばならないだろう。目の前に起きる事態にばかり目を奪われていたら本筋を見失う。勝利も覚束《おぼつか》ない。冷静になり、高いところから事態の全体像を見渡し、作戦を考える必要があるだろう。

理屈は分かっているのだが、スマホを操作する手がしびれているように震えて仕方がない。大村の青黒くむくんだ死に顔が、振り払っても振り払っても浮かんでくる。神崎進介に大村健一……。彼らの無念をいったいどうやって晴らせばいいのか。

「ああ、支店長」

スマホから金田の声が聞こえる。浅草東署に呼ばれた理由が遺体の身元確認であったため、心配している様子が声からもありありと分かる。

「金田さん、落ち着いて聞いてくださいね」

貞務は言った。

〈はい。大丈夫です〉

金田が緊張している。

「大村さんが亡くなりました。殺されたんです」

貞務は言った。金田はなにも答えない。沈黙が続いた。

「聞いていますか?」

〈ええ……はい〉

金田の声が震えている。貞務は、金田に人事部などの本部組織への連絡を任せることができるか、躊躇していた。

5

大村の死という事態を前にして誰もが料理屋で食事をする気分になれず、キャンセルとなった。榊原も事態を察して一人で帰った。

「気をつけるんだぞ」と勇次は榊原を見送った。

貞務、勇次、藤堂、雪乃、そして金田が閉店後の店長室に集った。皆、沈痛な面持ちで無言だった。他の行員たちは全員既に帰宅させたのだが、大村の死を伝えるかどうか貞務は迷った。しかし明日の新聞に掲載されることは確実なので、隠さないことにした。

貞務は終業後に行員たちを一階のロビーに集めて、大村がなにものかに殺害された事実を伝えた。全員が衝撃に言葉を失い、女子行員の中には倒れそうになり、隣に立っていた行員に支えられる者もいた。

大村の召使とまで揶揄《やゆ》されていた遠井洋一課長が、なぜかすみません、すみませんと連呼した。

周囲の行員たちは驚き、遠井が殺害したのではないかと疑っているかの様な視線を向けた。

遠井は、周囲の空気を察して、ちがう、ちがうと大げさに否定した。

貞務が、どうかしたのかと聞くと、遠井は、申し訳なさそうに、こんなことになるならもっと親切にしておくべきでしたと言った。

最近、遠井は、大村を無視していた。一緒に食事に行こうと誘われても拒否していた。貞務が支店長になって以来、かつて大村の言いなりであった自分を恥じるようになっていたからだ。

お前、冷たいなと言われることもあった。それでも無視していた。こんな結末が待っていたのなら、一度くらい飲みに行けばよかった……。そんな後悔が、すみませんという言葉になったのである。

いわゆる後悔先に立たずという思いである。

その意味では、他の行員たちも同様だった。大村は、独善的、強権的な支店運営を行っていた。神崎を苛めたのも事実だった。貞務には、苛められたのは自分だと言っていたが、先に苛め始めたために逆襲を受けたというのが、本当だろう。苛めた理由は言わないままに死んでしまったが、気に入った行員以外は程度の差こそあれ、苛めていたに違いない。

こうした支店の空気は、貞務が着任してから一変した。大村が検査部からの応援と称して、支店に常駐するようになったのだが、もはや大村の居場所はなかった。

遠井だけではなく、他のほとんどの行員が大村を無視していた。だからこそ大村は貞務に近づき、神崎を苛め殺したという悪評を翻したかったのだろう。

遠井ばかりではなく、他の行員も、こんな事態になるなら、もう少し大村に親切にしておくんだったと後悔していた。

貞務は、行員たちに、事件の真相は警察が捜査中ですから、憶測でいろいろと言わないようにしてくださいと注意した。

行員たちは、素直に頷いたが、予想もしないような噂やデマが流れることを覚悟しなければならない。

「……ということは、殺された場所は分からないんだな。鈍器で後頭部を殴られ、そのまま亡くなった。それで隅田川に投げ込まれたというわけだ」

勇次が言った。

「感染症拡大で隅田川テラスを歩いている人がいなかった。犯人は、誰にも見られることなく、死体を遺棄できたってわけだ。聞き込みも成果はない」

藤堂が言った。

「神崎君の亡霊の仕業でしょうか」

金田がぼそっと言った。

「亡霊は人を殺さないさ」

勇次が、口元を歪めた。妙なことを言うなという不快感が表情に顕わになっている。

「でもその噂が流れているんです。金庫室から、何やら声が聞こえるとか……。神崎さんの泣き声だとか」雪乃が言い「呪われた浜田山支店という声も聞くんです」と表情を曇らせた。

「呪われた浜田山支店か……」

貞務は肩を落とした。貞務が、これほど力を落とすのは珍しいことだ。大村から支店長を引きつぎ、感染症拡大の中で、行員たちの力を結集しつつあった矢先だったのに、再び深い陥穽《かんせい》に落ちてしまった。今度は這い上がるのに相当な困難が伴うかもしれない。

「支店長、大丈夫ですよ。元気出しましょう」

雪乃がガッツポーズで貞務を励ます。

「そうだね」

貞務は力のない目で雪乃を見つめた。

「神崎さんや大村さんの死の真相を究明すること、それしか浜田山支店の復活の道はありません。頑張りましょう」

雪乃はさらに強い口調で言った。

「雪乃ちゃんの言う通りだ。大村は神崎の件とは全く無関係に殺されたとは思えない。今まで分かっていることを整理してみれば、おのずと犯人は見えてくるんじゃないか。貞務さん、もう一度大村との最後の会話を詳しく思い出してくれ」

勇次が言った。

「分かりました」

貞務は自分を鼓舞した。孫子の言う通り、高みから眺めることが大事だ。気力を振り絞って高みに上ってみよう。

「支店長の話では、茶谷が神崎さんを殺したのではないかと考え、大村さんはティー・バレイカンパニーを調査すると言っていたんですね」

雪乃が言った。

「気を付けた方がいいと忠告したのだが……」

貞務は眉根を寄せた。

「それじゃあやっぱり一番可能性が高いのは、茶谷に殺されたということですね」

雪乃が言った。

「早急に結論づけるのは危ないが、その可能性は高い。大村は、無防備に茶谷に近づいた。貞務さんに言ったように神崎の死の真相を調べるためなのか、ほかに考えがあったのか……」

藤堂が思案気に言った。

「どちらにしても茶谷という男は、人を殺すのもなんとも思っていないということですね」

金田が震え声で言った。

「大村さんの遺体が隅田川に流されたというのも、榊原さんのことを思えば茶谷の犯行だと示唆している気がするわ」

雪乃が言った。

「そうかもしれない」勇次は言い、藤堂を見た。「茶谷に関しては謎が多い。神崎が疑っていたように、奴の背後には誰か黒幕がいるようだ。その黒幕が殺人まで指示しているかどうかは分からないが、投資会社の資金は出しているのだろう。藤堂さん、調べてくれるよな」

「ああ、調べる。浅草東署の興梠にも茶谷のことは話しておいたから、なにか分かれば連絡があるだろう」

藤堂は言った。

「皆さん」貞務は姿勢を正した。決意を固めているため表情が硬い。「私たちは想像以上に危険な状況と対峙《たいじ》しているのではないかと思われます。神崎さん、大村さんと二人の謎の死が目の前に横たわっています。状況を、より俯瞰的《ふかんてき》に整理してみたいと思います。私が分からないのは、次の点です」

貞務は、自分の疑問点を提示した。

一つは、なぜ大村は神崎を苛めるようになったのかということだ。その当初のきっかけが不明だ。これについては大村は答えを濁した。単に気に食わなかったという理由だけではなさそうだ。

もう一つは、茶谷という存在だ。神崎と大村という二人の人間を殺害したかもしれない危険な人物だ。かつてさわらぎ園の職員であり、榊原や神崎を虐待していた。そのような人物が、退職後、投資会社の社長になった。また神崎のスポンサーとして大学進学、うなばら銀行への就職などを支援したという。なぜそれほどの力を持ち得ているのかということ。

貞務は、疑問点の提示を終えると、静かに全員を見渡した。なにか、意見はないかということだ。貞務が好む、ブレイン・ストーミングの始まりだ。

「心配なのは榊原さんです。茶谷に脅迫されています。彼のお母さんも含めて、危害が加えられないでしょうか」

雪乃が言った。

「その心配はある。茶谷の目的は、ＪＴ－１への投資を成功させることだ。そのための障害はすべて取り除こうとしている。神崎も大村もそうなのだろう。茶谷は、桜田を通じて投資している。きっと今後も投資額を増やすつもりなのだ。それに対して邪魔になるのは、榊原だろうか？」

勇次が言った。

「榊原さん抜きではＪＴ－１の抗癌剤への応用は不可能です。障害は、当麻教授でしょう」

貞務が冷静に言った。

皆が貞務を一斉に見つめた。勇次だけが、「うん」としたり顔で頷いた。「貞務さんの言う通りだよ。当麻教授は、最初は桜田ファンドを頼りにした。ところがその資金に疑問を抱き、光鷹製薬とうなばら銀行のファンドに乗り換えようとしているらしい。本当に脅迫されるのは当麻教授の可能性が高い」

「そうじゃないと思います」雪乃が言った。「当麻教授をもう一度桜田ファンドに引き戻すには、榊原さんの力が必要です。榊原さん、そしてお母さんを脅迫することで、当麻教授の変心を防ごうとするんじゃないですか。ぜったい警察で、二人を守ってあげてください。心配です」

「雪乃ちゃんは、すっかり榊原のファンになったみたいだな。あいつ、婚約してるんだぞ」

藤堂がからかう。

「そんなんじゃありません。純粋に心配しているんです。これ以上、犠牲者を出したくないから」

雪乃が強い口調で言った。

「あのう……」

金田がおずおずと手を挙げた。

「金田さん、どうぞ、ご意見をお願いします」

貞務が促す。

「我が行は、いったい事件にどのように関係しているんでしょうか」

金田が、貞務に問いかけた。

貞務は、小さく頷き、「よい視点です」と答えた。「以前、私は、神崎さん殺害の動機はうなばら銀行にもあると言ったことがあります。いったいどんな動機でしょうか。うなばら銀行にとって神崎さんは邪魔者だったのでしょうか」

　貞務が言った。

「邪魔者は消せが、悪の鉄則だぜ」

　藤堂が言った。

「その通りです。神崎さんはうなばら銀行、もしくはうなばら銀行の誰かにとって邪魔者だった。だから彼を退職に追い込もうと、大村さんが必死に苛めたのです。それは誰の意思だったのでしょうか。私は、うなばら銀行の関係者の誰かが、大村さんにその指示を出したのだと思います。そうでなければ一介の行員である神崎さんが標的になるはずがありません。大村さんは神崎さんを苛めようとした動機には口をつぐんでいました。言えなかったのでしょう。それほど強い指示だった……」

「死人に口なしか……」

　藤堂がつぶやいた。

「亡くなった二人とも我が行の行員であること、ＪＴ－１の製品化に我が行のファンドが関係していること、そのファンドは桜田ファンドを排除しようとしていること。これらを考えると、茶谷が攻撃しているのは、まさにうなばら銀行であるように思えてきます」

　貞務は、金田を見つめた。

　金田は目を見開き、「ターゲットは、我が行ですか」と言った。

「その可能性があります。我が行がＪＴ－１の利益を独占しようとしたことから、事件が始まったのです」

　貞務が言った。

「あいつか。久木原か……」

　勇次が歯ぎしりをするように奥歯を嚙み締めた。

「やはりあいつか……」

　藤堂が眉根を寄せた。

「またあの欲張り頭取なの？」

　雪乃が言った。

　金田が驚愕している。自分の銀行の頭取を、呼び捨てにしたり、あいつ呼ばわりしているからだ。

「私をこの支店に送り込んだのも久木原です。その真意を探ろうと思います。久木原は、なにかを知っていて、おそらくこのような混沌とした事態になることをある程度、予想していた可能性があります」

貞務は言った。

「黒幕は、久木原だというのだな」

勇次が言った。

「黒幕というほど悪人ではないと思うのですが」

貞務は、顔をしかめた。

「しかしすべての問題が久木原が元になっているとしても、二人も死んでいる以上は、事態は、久木原の想像以上に暴走しているに違いない」

勇次が貞務を見つめて言った。

「その通りでしょうね。事態の暴走を止めなければ、久木原も火の粉を被《かぶ》るでしょう」

貞務が悲しそうな顔で言った。

「誰かが通用口に来たようですね」

金田が言った。支店長室の中に設置された通用口インターフォンのランプが点滅している。

支店はすでに営業時間を過ぎ、シャッターが下ろされている。それでも訪ねてくる取引先は、通用口、すなわち裏口から入ってくる。そこにはインターフォンと監視カメラが設置されていて、支店長室からでも見ることができる。

金田は立ち上がって、支店長の席に行き、点滅しているランプを押した。監視カメラの映像も画面を通じて見ることができる。そこには見知らぬ男が立っていて、監視カメラを睨みつけている。恰幅が良く、年齢的には七十歳を過ぎている印象だが、顔つきは厳しい。怒っているようにも見える。

「どちら様ですか」

金田が聞く。

貞務たちは、緊張して金田に注目していた。

〈大村だ。大村幸治《こうじ》、死んだ大村健一の父親だ。貞務はいるのか！　いるなら出てこい！〉

インターフォンから怒声が聞こえてくる。

「えっ、なんで大村さんのお父さんが来るのよ？」

雪乃が怯える。

「かなり怒っているようだな、貞務さん」

藤堂が言った。

「そのようですね」

貞務が答えた。

「会うのか？」

勇次が言った。

「怒っている理由を確かめないといけません」

貞務は冷静だ。

「どうしましょうか？　支店長、営業時間外という理由でお断りしましょうか？」

金田が言った。

「いえ、会いましょう。大村さんのお父上は、うなばら不動産会長の秘書兼運転手を長く務めておられるようです。銀行の関係者と言ってもいいでしょう。お会いします。金田さん、申し訳ありませんが、通用口を開けてきてくださいますか」

貞務は、覚悟を決めたように言った。

「分かりました。行ってまいります」

金田が支店長室のドアに向かった。

〈人殺し支店長！　逃げるのか！　私に会うのが怖いのか！　息子はお前に殺されたのだ！　出てこい！　貞務！〉

インターフォンから聞こえる怒声が支店長室にひびく。雪乃が、両手で耳をふさいだ。貞務も本音では耳をふさぎたい気持ちだった。

――私が人殺しなどするものか。

貞務は、声なき声で呟いた。

第九章　深い闇

1

浜田山支店営業エリアの経済環境は厳しさを増していた。

東京都の新型感染症の検査陽性者は増加する一方だ。

まるで東京を狙い撃ちするかのような状況で、地方では東京から来る人間を関所でも作って止めるくらいの勢いだ。

昔、入《い》り鉄砲に出女《でおんな》という言葉があった。

箱根《はこね》などの関所では騒乱を起こす鉄砲が江戸に入るのを防ぎ、大名屋敷に人質になっている大名の妻らの江戸からの出奔を防いだ。

ともに徳川《とくがわ》幕府への反乱を防ぐためだ。

しかし現在は、地方から東京を封鎖してくれと言われている始末だ。医療体制などが十分ではない地方で感染症が拡大すれば、とんでもないことになるからだ。

貞務は、つくづく日本人はまじめだと思う。まじめというか、とにかく空気を読む。法律で罰せられることもないのに国民のほとんどがマスクをし、外出を自粛する国なんてあるのだろうか。

先日、地元で長く愛されてきた洋食屋が廃業すると言ってきた。

挨拶に来店した店主の、寂しさここに極まれりと言った表情が忘れられない。

店主は、七十五歳になりましたし、後継者もいませんから、いつか廃業しようと考えていたのですが、と言った。

しかし本人は、まだまだ健康の様子だ。きっと今回の感染症拡大が廃業決断の背中をひと押ししたに違いない。

日本には中小企業が約三百五十九万あると言われ、雇用の約七割を中小企業が担っている。端的に言って日本は中小企業国家なのだ。

しかしその多くが後継者不足に悩んでいる。感染症拡大の危機がなくても、近く大廃業時代が到来する可能性が高い。

さらに経済学者の中には、日本企業の生産性が上がらず労働者の賃金も低いままなのは、中小企業が多すぎるからだと主張する人もいて、中小企業の統合が政治課題になると言われている。

その点は否定できない。不景気になると、選挙対策もあり、中小企業対策の助成金などが手厚くなる。そのため本来は、廃業などで退出するべき中小企業が生き残る。これをゾンビ企業と揶揄する向きもある。このことが中小企業の生産性向上を阻んでいるというのだが……。

しかし日本の中小企業は、一社一社特徴があり、歴史があり、製造業であれば製品は他社では製造不可能なものが多い。

系列と言われた時代は、大手企業が多くの中小企業を支えた。しかし見方を変えれば、系列の中小企業が、親企業の大企業を支えたとも言える。

このようなお互いのウイン・ウインの関係が日本の中小企業が圧倒的に多くなった理由だ。

だが、一方で、大企業は中小企業に、開発を要する特殊な部品製造を任せるなど、自身は効率化するものの非効率な部分を中小企業に押し付けていたとも言えるだろう。これが中小企業が非効率のままで生産性が向上しなかった大きな理由かもしれない。

しかし大企業がグローバル競争にさらされるようになり、この系列が問題となり破壊されてしまった。

中小企業は、突然、大企業から見放されてしまったのだ。この結果、創意工夫する中小企業は、系列から離れることで飛躍した企業もあるが、そうでない企業は非効率、低生産性、低収益化してしまったのだ。

それが今回の感染症拡大でさらに増幅し、廃業に至るのである。

しかし……と思う。

グローバル化によって大企業は世界中から好きな時に金さえ出せば物が調達できると安易に考えていた。最適地から調達し、最適地で製造し、最適地で販売する。これが企業の最高益を謳歌《おうか》できる方法であり、グローバル化の神髄だった。

感染症拡大は、これの根本からの見直しを迫っている。なにせ海外に出ていけないのだ。海外との交流が途絶えてしまった。そして各国は自国産業や自国民を守るため、重要な部品や食材に輸出制限する始末だ。

貞務は、ふたたび大企業は中小企業を系列化し、その過程で中小企業の統合が起きるのではないかと考えている。

その時代に備えて、中小企業は技術を磨き、また消費者のためになる仕事をしなければならない。

再び中小企業が輝くまで、貞務は、どんなことをしても支援を続けようと考えている。一社でも二社でも、廃業、倒産を防ぐと固く誓っていた。

つらつら支店長としての姿勢を考え、気を散らしていないと、先日、来店した大村健一の父親幸治の怒声が頭の中で響き、ガンガンとうるさく鳴りやまないのである。

＊

営業時間後に、行員たちを帰宅させ、大村の殺害について勇次たちと協議していた。そこに大村の父、幸治が闖入《ちんにゅう》してきた。

副支店長の金田が迎えに行ったが、通用口のドアが開くなり、彼を撥《は》ね飛ばして支店長室に向かって駆け上がってきた。

金田の悲鳴に驚き、支店長室を出ると、顔を赤らめ、頭から湯気を出す勢いの幸治が目に飛び込んできた。

「こりゃ、やばいぜ」

藤堂が、表情を引き締め、貞務の前に立った。

勇次も、雪乃も出てきた。

床に倒されていた金田がむっくと起き上がるや否や、幸治を追いかける。床に倒れた時、腰を打ったのか、身体をやや斜めに傾けている。

「あの人、お酒、飲んでいるんじゃない？」

雪乃が眉をひそめた。

「あの赤ら顔は、そうだな。ますますやばいな」

勇次の表情が険しくなった。

「貞務さん、この場から消えた方がよさそうだぜ」

藤堂が振り向く。藤堂は、貞務の楯《たて》になっているつもりだ。

「逃げようがないですから、会います」

貞務は、藤堂の前に出た。

丁度、その時、目の前に息を切らせて、幸治がたどり着いた。一旦、膝に手を当て、身体をかがめ、息を整えた。

そしておもむろに体を起こすと、やや曲がっていたネクタイを自ら整えた。濃いグレーの背広上下を着用し、黒い革靴はちゃんと磨かれている。興奮した赤ら顔さえなければ一流の紳士の姿だ。

「支店長の貞務と申します」

貞務は、ゆっくりと頭を下げた。

「お前が、貞務か。息子を殺しやがって」

幸治は、白髪混じりの豊富な頭髪を逆立て、まなじりを決して、いきなり両手を伸ばすと、貞務のスーツの襟を掴んだ。

貞務が身体をよじって手を放そうとするが、思った以上に力がある。

幸治の両腕の間に自分の両腕を差し込んで、外そうとしたが、なかなかうまくいかない。

その間、四角くて大きな、それも酒の影響もあって赤く染まっている顔が、目の前にある。

大きく開いた口からは、酒臭と歯槽膿漏臭《しそうのうろう》が混ざった毒ガスが容赦なく噴射される。

貞務は、息を止めざるをえない。まともに吸えば、くらくらと意識を失うであろう。

「お前が、息子を殺したのか！　許さん！　許さん！」

幸治は、絶え間なく同じ言葉を繰り返す。

「大村さん、落ち着いてください」

貞務は言う。

スーツの襟を引きちぎられてはたまらない。

また「大村」という名前を呼ぶ度に、無残に殺された大村前支店長の顔が、父親幸治と重なってしまう。

しかしなぜ幸治は、貞務が大村を殺したと考え違いしているのか。

少し冷静になれば、間違いだと分かるはずである。

貞務は、浅草東署で殺害された男を大村健一であると確認した。そこで副署長の興梠は、遺族である幸治に連絡をしたのだろう。

幸治は、息子健一の遺体に激しく衝撃を受けたことだろう。そこで興梠副署長から、どのようにして殺害されたかの説明を受けたはずである。

硬い鈍器で後頭部を激しく殴打され、死後、隅田川に遺棄されたという、貞務が受けたのと同じ説明だ。

警察は、当然のことながら貞務が殺害犯だとは、微塵も疑っていない。たまたま身元を示す物がなく、貞務の名刺だけがあったから、身元確認に協力を要請しただけのことである。

目の前で、激しく自分を罵倒する幸治は、いったい何をもって貞務を犯人呼ばわりするのか。

貞務は、顔を背け、毒ガスの噴射をなんとか避けながら考えていた。

「大村さん、落ち着いてください」

事態の異常さに勇次が言い、幸治の右腕を、左腕を藤堂が摑んだ。二人一緒に力をこめ、貞務の身体から引き離そうとする。

大村がスーツの襟を握った手を放さないため、上着があやうく左右に引き裂かれるかと思われた。

慌てて今度は金田と雪乃が、幸治の左右それぞれの手の指を一本一本、スーツの襟から外す。

今の様子を誰かが見れば、滑稽さに笑い出すかもしれない。

反り返るようにしながら顔を背ける貞務。貞務のスーツを襟を摑み、のしかかるようにして「許さん！」とわめき散らす幸治。幸治を貞務から引き離そうとする四人の大人たち。

「これは埒《らち》があかないな。やるしかないな」

藤堂が幸治の腕から手を放した。なにをするかと見ていると、拳を握りしめて、幸治の左わき腹をめがけて、突き入れた。

「うっ」

幸治が短く呻き、瞼を固く閉じ、顔を苦痛で歪めた。そして手を放し、床に崩れ落ちた。

「ふうっ」

貞務が大きく息を吐いた。そして「大丈夫ですか」とわき腹を押さえて床にしゃがみ込んだ幸治に手を差し延べた。

幸治が顔を上げた。痛さのために表情がいびつだ。

「ちょっとやり過ぎたか」

藤堂が頭をぼりぼりと搔きながら、苦笑した。

「そのようだな」

勇次が呟いた。

「これを飲んでください」

雪乃が、グラスに水を満たして幸治に手渡した。睨みつけるような目でグラスを受け取ると、ごくっごくっと幸治は喉を鳴らして飲み干した。

ゆっくりと幸治が立ち上がる。

貞務たちは少し遠巻きにしてその様子を見つめていた。

「落ち着かれましたか？」

貞務が聞いた。

「ああ」

幸治は憎々しげな視線で貞務を睨んだ。

「では、いろいろとお聞きしたいことがありますので、どうぞ支店長室へお入りください」

貞務は言った。

幸治は、おとなしく支店長室に入り、ソファに座った。

貞務は、亡くなった大村の話を思い出していた。

幸治は、うなばら不動産会長の秘書兼運転手を長く務めているらしい。詳しくは聞かなかったが、大村の話しぶりからは、かなり厳しい父親であるようだ。

うなばら不動産は、うなばら銀行の系列不動産会社である。

銀行と同じ名前を冠しているものの、その実態は関連会社と言えど銀行の支配下にあるとは、とても言えない。

うなばら不動産会長は、影浦道三《かげうらみちぞう》であり、絶対権力者だ。

年齢は、記憶によると目の前にいる幸治と同じく七十歳にはなっているだろう。

うなばら銀行は、旧丸日《まるにち》銀行と貞務の出身銀行である旧大海洋《だいかいよう》銀行とが合併して誕生した。

その時から内部で熾烈《しれつ》な派閥争いを展開し、貞務もその解決にひと役買わされる大きな事件に発展したこともある。

その結果、貞務の同期である旧大海洋銀行出身の久木原善彦が頭取になり、旧丸日銀行の鈴野彰《すずのあきら》が会長になった。

派閥争いの最中に久木原は、権力を握るために暴力団組長であった並川弥太郎《やたろう》の配下にいた鯖江伸治を使った。その挙句に久木原は鯖江から銃撃を受け、重傷を負うことになった。

今、思い出しても馬鹿な事件だった。

それでうなばら銀行の内部が落ち着くのかと思っていたが、今度は久木原と鈴野の間で陰湿な権力争いが起きた。

どちらが仕掛けたのかは知らない。しかし久木原と鈴野は、所詮、同床異夢だったのだろう。

この争いに貞務が巻き込まれることはなく、どういう経緯かは分からないが、鈴野が会長を退任し、会長ポストは廃止された。

久木原はうなばら銀行の絶対権力者になったというわけである。

その久木原に、ため口をきけるのが貞務である。貞務が好むと好まざるとにかかわらず、周囲が一目置くのは仕方がないことだ。

さて会長を退任した鈴野がどこに落ち着いたかと言えば、それがうなばら不動産だ。今は相談役になっている。

会長の影浦よりも若い相談役だ。

なぜこんないびつな人事になったかと言えば、鈴野が、久木原が用意したポストをことごとく蹴ったからだと言われる。

うなばら銀行の系列ではないが、親密な生保や損保、財団のトップや会長など、多くのポストを用意したのだが、鈴野は拒絶した。

その際、「アイ・シャル・リターン」と、第二次世界大戦時のアメリカ極東軍司令官マッカーサー並みの捨て台詞《ぜりふ》を言ったとか、言わなかったとか……。

一旦、浪人を覚悟した鈴野を拾ったのが、影浦だった。

うなばら銀行の幹部、行員たちは皆、一様に驚いたという。

久木原に至っては「なぜだ！」と驚愕のひと言を発したと、貞務の耳にまで届いた。というのは、影浦は、旧大海洋銀行OBだからだ。その彼が旧丸日銀行の鈴野の面倒をみるのだ。鈴野に入社を促した影浦も影浦だが、それを受け入れた鈴野も鈴野だ、いったいなにを考えているのだ、と人事に関心のある行内雀《すずめ》たちはいつまでもピーチクパーチクと煩《うるさ》かった。

影浦は、旧大海洋副頭取だったが、近藤博巳《こんどうひろみ》との頭取レースに敗れ、旧大海洋不動産社長に転出した。

影浦は、非常に攻撃的でアグレッシブであったために、旧丸日銀行との合併を控えた旧大海洋銀行は、旧丸日銀行との対立を避けるため穏やかな性格の近藤を残して頭取とし、影浦を外に出したというのが真相ではないだろうか。

頭取レースに敗れた影浦は、怒りをエネルギーに変え、旧大海洋不動産の業績を飛躍的に伸ばしたのである。

名称がうなばら不動産に変わっても、うなばら銀行に過半の株を握らせることをしなかった。

いつしかうなばら不動産は、別名影浦不動産と言われるようになり、上場を目指している噂がある。

うなばら不動産で絶対的権力者となった影浦が、鈴野を呼び込んだことで久木原率いるうなばら銀行にとっては、ますます不気味で不穏な存在になったと言えるだろう。

貞務は、目の前にうなだれている幸治を見つめながら銀行というのは、つくづく人事抗争に飽きないものだと思った。

内部に消費するエネルギーを外部、客に向けて使えばどれだけ素晴らしいか。

孫子の九地篇に「呉越同舟《ごえつどうしゅう》」の逸話がある。

「夫《そ》れ呉人と越人との相い悪《にく》むや、其《そ》の舟を同じくして済《わた》りて風に遇《あ》うに当たりては、其の相い救うや左右の手の如《ごと》し」

互いに憎みあっている呉と越の人も同じ船に乗り合わせて、大風に遭遇すれば、力を合わせて船を漕《こ》ぎ、危難を避けようとするだろうと言うのである。

銀行も船と考えれば、互いに憎みあう派閥同士も同じ目的に向かって力を合わせられないものか。

孫子は言う。

「手を攜《たずさ》うるが若《ごと》くにして一なるは、人をして已《や》むを得ざらしむるなり」と。

すなわち一緒に戦わざるをえない状況に陥らないと協力しないというのだ。戦い巧者は、そういう状況を作り上げるのだろう。

金融界は、新型感染症拡大で大いに危機的な状況である。そんな時こそ「呉越同舟」だと思うのだが、うなばら銀行はどうなのだろうか……。

「影浦会長は、お元気ですか？」

貞務は聞いた。

貞務は、影浦と面識はない。しかし幸治が、影浦の秘書を長く続けているということが、なんとなく気にかかり、ふいにそんな問いかけをしてしまった。

幸治は顔を上げ、一瞬、動揺したように視線を泳がせた。

「会長を知っているのか？」

幸治は言った。

「いいえ、存じ上げません」

貞務は言った。

「じゃあなぜ会長のことを気に掛けるんだ？」

「お亡くなりになったご子息の大村前支店長が、あなた様が影浦会長に非常に評価されておられると自慢げに話されていたことを思い出したからです」

「あいつがそんなことを……」

幸治は、涙をこらえるかのように顔を歪め、くぐもった声で言った。

「あなた様のことが自慢だったようですね」

貞務は言った。

幸治は、目を思いきり瞠り、貞務を睨みつけ、「あんたは息子を随分、苛めて、追い詰めてくれたそうだな」と強い口調で言った。

「いったいどういうことでしょうか」

「しらばっくれるんじゃない。息子が検査部に左遷されたのもみんなお前のせいだと聞いた」

「いったい誰からそんなことをお聞きになったのですか？」

貞務は冷静だ。

「それは……息子からだ」

幸治が戸惑った。嘘があるのかもしれない。

「人事は私が決めませんから。私は大村前支店長の異動には全く無関係です」

貞務はきっぱりと否定した。

「なあ、大村さんよ、あんたどうしてこの貞務さんが息子さんを殺したなんてとんでもないことを言っているんだね。誤解も甚だしいぜ」

藤堂が憤慨している。

幸治が藤堂に振り向く。

「そんなことは分かっている。警察で聞いた。犯人は……」幸治の表情が急変した。なにか、突拍子もないことを思い出したのか、思いついたのか、上目遣いになり、口をポカンと開いたまま、言葉を失っている。

「どうかしたのかい？」

藤堂が幸治の急変を怪しんで聞いた。

「いや、なんでもない。犯人は分からないと警察では言っていた。しかし、貞務さん！」

「はい、なんでしょうか？」

「あんたに追い詰められて息子は、ろくでもない目にあったんだ。あんたが殺したも同然だ」

幸治が怒鳴り声をあげた。

貞務は渋面になった。

「それは逆恨みってもんじゃねえのかい。それともなにかい？　追い詰められて死地に向かう理由が大村前支店長にあったのかい？」

勇次が言った。

勇次は孫子の「死地」と言った。戦うしかない場所のことだが、大村は戦って死んだのだろうか。後頭部を殴《なぐ》られたところを見ると、背後からなにものかに襲われたのだろう。戦う前に殺《や》られたと見るのが正しい。しかし一体なにをしていたのか？　茶谷《ちゃたに》を探るとは言っていたが……。

貞務は幸治を見つめた。

先ほど幸治が、「犯人は……」と口に出して、そのまま言葉を詰まらせたのにはなにか理由があるのか。

「なにが逆恨みだ。よってたかって息子を追い詰めやがって！　お前ら、いったいなにものだ！」

幸治は興奮した表情で勇次と藤堂を突き刺すように指さした。二人を見る目にどこか人物を探っている不審な様子がある。

「なにものだと言われてもねぇ」藤堂が苦笑いした。「あえて名乗る者でもないがね。この銀行で起きている事件を解決しようとしている、おせっかいな親父ってとこかな」

「馬鹿にするのか！」

幸治は怒鳴り、藤堂に襲い掛からんばかりにソファから腰を浮かせた。

「茶谷を知っているんですね」

貞務は唐突に言った。

幸治が中腰のまま固まり、貞務に顔を向けた。その顔は、先ほどの興奮した赤ら顔とは違い、血の気が失せてしまったように青ざめて見えた。

「帰る！」

幸治はそのまま立ち上がり、貞務たちが無言で見守る中、支店長室を出ていってしまった。

「いったいどうしたんだ？　奴は？」

藤堂が呟いた。

「まるで逃げ出したみたいですね。支店長」

雪乃が言った。

「怒鳴り散らした挙句、突如、去っていく。嵐のようでしたね。まだ怒鳴り声が頭の中で響いていています」

貞務は拳で頭を軽く叩いた。

「あいつ、茶谷を知っている……」

勇次が、いわくありげに呟いた。

*

貞務は、幸治が逃げるように帰っていった際の顔を、再度、思い浮かべ、「あいつ、茶谷を知っている……」と呟いた勇次の言葉を反芻《はんすう》していた。

2

影浦は、うなばら不動産の基幹ビルである日本橋《にほんばし》フィナンシャルタワーの最上階にある会長室にいた。

このビルは、日本橋三越《みつこし》の隣、まさに日本橋の中心にある三十五階建ての高層ビルである。

一階から五階まではレストランやショッピングなどの商業施設、六階から二十五階までがビジネス用オフィス、そしてそれ以上、三十五階までがラグジュアリーなホテルとなっていた。

うなばら不動産は、オフィス階の一部を使用して本社としているが、影浦が執務する会長室だけは最上階にあった。

当然、ホテルとは隔絶されているが、この部屋からの眺望がすばらしい。まるで東京全体を支配下に置いた感があると言っても過言ではない。

このビルは、旧大海洋不動産が経営不振先から購入したものである。それを会長兼社長に就任した影浦が思いきって超現代的なビルに建て直した。

冒険すぎると、うなばら銀行は反対したが、影浦は押し切って着工した。

これが、ずばり当たった。景気が回復し、優良企業が多く入居し、ホテルもインバウンド需要で連日満室という盛況ぶりだった。

このビルが成功したことで、影浦に文句を言ったり、諫言《かんげん》したりする人間は皆無になった。

影浦は、次々に都内を中心にビル開発を進め、今や、銀行系の中では断トツのビル大家企業に成長したのである。

ただし好事魔多しの譬《たと》えの如し、好調はいつまでも続かない。

新型コロナ感染症拡大でホテルやショッピング部門は客が激減した。その結果、入居中のホテルは経営が苦しくなり、また売り上げが急減したショップの閉店が少なからず続く事態となった。

オフィス部門も同様に苦しい。

リモートワークが増加し、出勤する社員が減少したため今まで二フロア、三フロアを借りていた大口取引先から一フロアまるまる返却したいとの申し出が増加しているのである。

数々の危機を強気で乗り切ってきた影浦だが、今回の感染症拡大の危機だけは、どのように対処していいか、悩んでいた。

いずれ需要が戻るとは思っているのだが、それまでは持ちこたえねばならない。そこで影浦は、今までため込んだ豊富な資金で新しいビジネスを模索していた。

ベンチャー企業への投資もその一つだった。しかし不動産事業のような確実性には乏しく、資金を必要とする割には、実入りが少ない。

この分野は、不動産事業と同じく千三つと言われるが、それ以上だと影浦は、腹立たしい思いを抱いていた。

会長室のドアが開いた。東京の景色を眺めていた影浦が振り向くと、そこには大村幸治が立っていた。

「大村、今回は大変だったな」

影浦は言った。

「はっ、ありがとうございます」

幸治は、悄然《しょうぜん》とし、肩を落として答えた。

「まあ、そこに座れ。息子さんは気の毒なことをした」

影浦は、フロアの中心に置かれた豪華な革張りのソファに腰を掛けた。幸治も影浦の前に座った。

「それで犯人は分かったのか」

長年、秘書兼運転手として自分に仕えてくれている幸治の身に起こった不幸に、影浦は悲しみを禁じえない。

「いいえ……」

幸治は、暗い表情で影浦を見つめている。

「あいつは、どうなんだ?」

影浦が勢い込む。

「貞務定男のことでしょうか？」

幸治が聞いた。

「そうだ。あいつはどうも得体が知れない。久木原の親友ということらしいが、まるで久木原の守護神みたいだ」

「どうも関係がないようです。私も興奮して、問い詰めましたが、人を殺したり、それを命じたりするような人間には見えませんでした」

幸治は淡々と答えた。

「人は見かけによらんぞ」影浦は言い、「腹は減っていないか。蕎麦《そば》でも取るか」と聞いた。

「いえ、ありがたいですが、今はなにも欲しくはありません」

幸治は答え、虚《うつ》ろな目を影浦に向けた。

「そうか……。私は腹が減った。蕎麦を取るが、いいか？」

影浦は、テーブルに置かれた電話の受話器を取り上げ、女性秘書に蕎麦を取り寄せるように告げた。

「会長……」

幸治が言った。

「なんだ？」

「私は、会長にずっとお仕えしてまいりました」

「そうだな……。長くなるな。銀行時代に君が私の専属運転手になってくれてからの縁だ」

「そうでございます。いろいろございました」

　幸治は、静かな口調で言った。

「いろいろあったな」

　影浦は感慨深い様子で小さく頷いた。

「そろそろ身を引かせていただきたいと思います。少々、疲れました」

　幸治は、言葉とは裏腹に、きっぱりとした口調で言った。

「なにを言うんだ、急に……」

　影浦の表情を、いつにない困惑がゆがめている。

「本当に疲れました。それだけでございます」

「一人息子を亡くした悲しみに混乱しているだけだ。早まるな」

「いえ、そういうわけではありません。私の過ちが息子をあんな目に遭わせてしまったからです」

　幸治は、目を潤ませていた。

「過ちとは、なんだ？」

説得に応じない幸治に影浦がいら立った様子で言った。

「私が、会長にあの男を紹介したことです」

幸治が、影浦を見つめた。

影浦が眉根を寄せ、口角を引き上げ、奇妙に崩れたような顔になった。

笑っているようにも、憤りを内包させているようにも見える複雑な表情だ。

「いまさらなにを言うんだ」

「後悔をしているわけではありません。ただ過ちだと……。私の過ちです」

幸治の表情がどんよりと曇った。

影浦が、覗き込むように身体を前のめりにし、幸治に迫った。

「まさか……。あの男がお前の息子を殺したのか」

「……それはなんとも言えませんが」

幸治は、完全に否定したわけではない。

「まさか、それほどバカではないだろう」

「いずれにしても私の過ちであることは間違いありません」

幸治は肩を落とした。

会長室のドアが開いた。

「誰だ！　ノックくらいしろ」

影浦がいら立った様子で言った。

「申し訳ありません。お蕎麦が参りました」

女性秘書が、出前よろしく透明なケースでカバーされたざる蕎麦を捧げるように運んできた。

「机に置いておけ」

影浦が言った。

彼女は蕎麦を執務机に置き、そそくさと退出した。

「会長、お取込み中ですか」

彼女と入れ替わりに入ってきたのは、相談役の鈴野彰だ。

のっぺりとした顔で、薄く笑みを浮かべながらも目は笑っていない。どことなく取り付く島のない不気味さを漂わせている。

「おお、鈴野さん、困ったことになった」

影浦が情けない声を上げた。

「どうされました？　おや、そこにいるのは大村さんではありませんか」

鈴野は笑みを浮かべて大村に近づいてくる。幸治は「相談役、実は」と暗い顔を鈴野に見せた。

「聞きましたよ。大変でしたね」

鈴野は、腰を曲げ、すり足で幸治に近づき、隣に座った。

「なんとも……」

「ひどいですな。殺されたと伺いました。それで犯人は？」

「まだ、なんとも」

幸治が首を振る。

「そうですか。すぐに捕まりますよ。こんなことを言っちゃなんですが、気を落とさずに」

鈴野が幸治の肩に手を触れる。

「ありがとうございます」

幸治が深くうなだれた。

「それで、会長、困ったこととは？」

鈴野が、影浦に視線を移した。

「彼ですよ」影浦が幸治を指さした。「辞めるというんです」

「まさか」

影浦の言葉に鈴野が目を瞠った。

「本気です。疲れました」

幸治が、乞うような目で鈴野を見つめた。

「私たちで力を合わせてきたじゃないですか。もう少しですよ。最後までやり遂げましょう。久木原なんかにいい思いをさせるものですか。あいつこそ殺されるべきだ」

鈴野の目から笑みが消えた。

「物騒なことを言いなさんな」

影浦がたしなめた。

「申し訳ありません」鈴野が謝罪した。「でも、どうして辞めるなんて言い出したのですか」

「大村は、あの男が息子を殺した……と考えているんだ。だからだ」

影浦が言った。

「まさか……。でもどうして？　あの男が、殺すなら久木原の方でしょう」

鈴野が言った。

「また、物騒なことを……」

影浦が渋面を作った。

「とにかく疲れました……」

幸治は繰り返した。

3

貞務は、渋谷駅前のスクランブル交差点を歩いていた。茶谷が経営するティー・バレイカンパニーが入居するビルに向かっていた。

大村前支店長は、茶谷のことを調べるつもりだと言っていた。そこで同じようにすれば、彼が殺害された真相に近づけるかもしれないと思ったのだ。

交差点を抜け、センター街の入り口まで来た。

「貞務さん」

背後から声をかけられた。振り向くと、榊原聖仁が勇次と藤堂に挟まれるようにして立っていた。

「ああ、榊原さん、皆さん、どうしてここに」

貞務が聞いた。

「なんとなくここに来れば、事件の真相が分かる気がしたものですから」

榊原が、ややはにかんだような笑みを浮かべた。

「榊原先生が、うろうろ独り歩きするのはヤバいと思ってね。連絡を取り合っていたんだが、渋谷に行くというものだからついてきたんだよ」

藤堂が言った。

「今日は、茶谷を刺す考えはないようだ」

勇次がにやりとした。

「あの時はすみませんでした」榊原が頭を下げた。「もし、あのまま茶谷の事務所に乗り込んでいたら返り討ちにあっていたと思われます」

「そうでしょうね……」貞務は言った。その時、なにか、頭に形にならないものが浮かんできた。「ちょっと近くの喫茶店にでもよってコーヒーでもいただきませんか」

「いいね。こんなところで立ち話もなんだからな。喫茶店ならサンドイッチかナポリタンくらいあるだろう」

藤堂が言った。いかにも嬉しそうだ。空腹なのだろうか。

貞務は、榊原たちと喫茶店に入った。今風のカフェではなく昔ながらのやや薄暗い、コーヒーの美味いのが評判の店だ。

感染症拡大の影響を受け、渋谷は人通りがまだ戻っていない。店内もガランとし、空気が冷えている気がする。

席に着くと、まもなくして注文したコーヒーが運ばれてきた。藤堂は、やはり空腹だと言い、ナポリタンスパゲッティを注文していた。

「ちと、初老の男には量が多いんじゃないの？」

勇次が、藤堂の前に置かれたたっぷりのケチャップで炒《いた》められたどぎつく赤い山盛りのナポリタンスパゲッティを見て言った。

「いいんだ。これくらいは大丈夫だ」

藤堂は答えるやいなや、フォークをスパゲッティの山に突き刺した。

「榊原さん、先ほど、返り討ちっておっしゃいましたね」

貞務は、コーヒーを口に運びながら言った。コーヒーの香ばしい香りが、テーブルの上に漂っている。それを深く吸うだけで脳が活性化する気がする。

「ええ、そんな悪い想像をしたものですから」

榊原は言った。

「それがどうかしたのかい？」

勇次が聞く。

「大村さんは私に茶谷を調べると言っていました。それで殺されてしまいました。このことから犯人は茶谷であろうと推測せざるを得ません」

貞務は皆を一人ずつ見つめた。

「私も同じ考えです」

榊原が言った。

「ではなぜ大村さんは、単独で茶谷を訪ねたのでしょうか。調べるなら他の方法もあると思うのですが、なにか目的があったのでしょうか。これをずっと自問しています。返り討ちという言葉がひっかかりました。大村さんは返り討ちにあったのではないでしょうか」

貞務は言った。

「どういう意味だ？」

勇次が聞いた。

「大村さんは、突然、私に近づいてきました。その目的は、神崎さんの死の真相に私たちがどこまで迫ったのか知ろうとしたと思われます。私は不覚にもいろいろ喋ってしまいました」

貞務の眉根の皺が深くなった。

「自分の責任が問われる可能性を懸念したのか？」

藤堂が聞いた。唇についたケチャップを舌で舐めとった。

「その可能性もありますが、あの時、なぜ神崎さんを苛めるようになったのかについては言葉を濁しましたので、きっと誰かの指示で動いていたのでしょう」

貞務が考えるように首を傾げた。

「大村は、すべて誰かの指示で動いていたというのか」

勇次が言った。

「その誰かについては、彼の父親である大村幸治さんしか考えられません」

貞務は険しい調子で断言した。

「あの怒鳴り込んできた親父か！」

藤堂が意外だという顔をした。驚きの声を発した瞬間に、口からスパゲッティの一部が飛び出し、テーブルを汚した。

「汚いな。藤堂さん、ちゃんと食べてから喋れよ」

勇次が苦笑しながら言った。

「すまねぇ。意外な人間の名前が出てきたからな」藤堂が恥ずかしそうに頭をかいた。

「貞務さん、続けてくれ」

「なぜかと言いますと、先日、大村さんの父親が怒鳴り込んでこられた時、私は、ひょっとしてと思い、『茶谷を知っているんですね』と言いました。すると……」

「おお、そうだった。あの男は急におろおろして逃げ出すように帰っていったぞ」

藤堂が言った。スパゲッティの山は、すっかり消えていた。

「大村さんの父親、幸治さんは間違いなく茶谷のことを知っているのでしょう。あの態度が証明しています。茶谷となんらかの関係があり、私たちの動きを知りたかったのではないでしょうか。しかし亡くなった大村さんは茶谷と父親に接点があることは知らなかったのでしょう。私に茶谷を調べるとか、茶谷が神崎さんを殺したのかもしれないとか、言っていたのですから」

「茶谷を調べようとして返り討ちにあったというのですね」

榊原は言った。

「調べるだけではなかったかもしれません。もしそれだけなら、茶谷が怪しいと依頼者である、おそらく幸治さんでしょうが、そちらへ情報提供するだけでよかったのかもしれません。ところが大村さんはそれをやらずに自ら茶谷に近づいた。茶谷は、榊原さんの研究成果を利用してファンドによる莫大な収益を上げようとしていたわけですからね。それに一枚嚙ませてもらうつもりだった可能性があります。恐らく『神崎進介を殺したのはお前だ』とでも脅してやろうと思ったのではないでしょうか。依頼者の指示通り動くより、自分がファンドの分け前にあずかろうとした……」

「だとすると、浅はかな野郎だ。茶谷がどういう人物か十分に調べてからにすべきだったな」

勇次が大村の愚かさをなじった。

「殺されたのは、あのビルの中にある茶谷の事務所か?」

藤堂が言った。

「おそらく、そうでしょうね。大村さんは事務所に行った。そして襲われた。事務所に入り、なにか神崎さん殺しの証拠になるものはないかと探していて、泥棒と間違えられて攻撃されたのかもしれません。あるいは茶谷にとって不都合なものを見つけてしまったのでしょう。いずれにしても仕掛けようとして返り討ちにあったということです」

貞務は無念そうに唇を結んだ。

「茶谷の事務所を捜索すれば、大村の血痕ぐらいは残っているな」

藤堂が言った。

「おそらく……。しかし残念ですが、誰も踏み込めません。今のところは」

貞務は苦々しく言った。

「大村の父親が貞務さんに、お前が殺したと怒鳴り込んだのは、あながち大間違いでもないな。貞務さんから余計な情報を聞き出したせいで、欲が出たんだとすればね」

勇次が言った。

「その通りです。返す返すも残念で、申し訳ない気持ちでいっぱいです。私が余計な情報を口にしなければ、大村さんを死に追いやることもなかった……」

貞務が表情を曇らせた。

「貞務さんのせいではありません。悪いのは茶谷です」榊原が言い、「ところで茶谷が犯人だとして、どうして大村さんの遺体を隅田川に遺棄したのでしょうか」榊原は不安そうな表情になっている。

「それは……」貞務は榊原を見据えた。「あなたへのメッセージではないでしょうか。

理由はそれしか考えられません」

貞務の言葉に、榊原は唇を半開きにし、視線を宙に泳がせた。それは自分が不安に思っていたことをズバリと指摘されたからだ。

「自分に逆らうなという警告ですね」

榊原の声が弱々しくなった。

「こうなると、いよいよ榊原さんを守らねばならない」

藤堂が険しい表情で言った。先ほどまで子どものようにナポリタンスパゲッティに飛びついていたとは思えない。

「なあ、貞務さん」勇次が貞務を見つめる。「大村が父親の指示で動いていたとして、それはなぜなんだ？　我々の動きの情報を得ることもそうだが、神崎を苛めることまで父親の指示だったのか？」

「それについてはあの父親に直接聞いてみる必要があるでしょう。ポイントは、あの父親がうなばら不動産の影浦会長の秘書兼運転手であることです。大村さんがおっしゃっていましたが、七十歳になるのに、辞めずに務めているそうです。余程、気に入られているのか、それとも……」

「弱みを握っているのか、お互いで悪さをしているのか……ってことかい？　俺と勇次さんのように」

藤堂がにたりとした。

「おいおい、藤堂さん、悪さはしてないぜ」

勇次が口角を歪めた。

「ははは、冗談だよ、冗談」

藤堂が笑いながら否定した。

勇次は、眉根を寄せ、笑いともつかぬ苦い顔をした。

「うなばら不動産は旧大海洋不動産で、そのトップに君臨する影浦氏は、久木原など歯牙にもかけぬほどの実力者です。いずれ上場を果たし、うなばら銀行の影響を排除しようと考えているとの噂があります」

「久木原と対立しているのか？」

勇次が聞いた。

「久木原は、うなばら銀行の系列に残ってほしいと考えているようですが、どうなるか分かりません。なぜなら久木原を心底恨んでいる鈴野元会長が、相談役でいるからです」

「鈴野？　鈴野彰か？　懐かしい名前が出てきたな。あいつもかなりのワルだったという記憶がある」

勇次が往時を思い出すかのように上目遣いになった。

「久木原と組んでトップたちを追い出し、うなばら銀行を支配した奴だな。どうしてその男がうなばら不動産にいるんだ」

藤堂が疑問を口にした。

「久木原に追放されたのです。久木原は、ワン・うなばらを標榜《ひょうぼう》して、自分にすべての権力を集中させ、邪魔な鈴野を追い出しました。かなり揉《も》めたという噂でしたが……」

「貞務さんは追い出しに関与したのか？」

勇次の目が光った。

「私はなにも関与していません。トップの人事などに関心はありませんから」

貞務は淡々と答えた。

「まあ、そうだろうな。関心があれば、今ごろ、貞務さんがトップになっている。それはさておき、そうなると鈴野はかなりの恨みを抱いているわけだ」

藤堂がしたり顔で言った。

「かなりというものじゃないでしょう。影浦氏のすごいのは、久木原に恨みを抱く、鈴野を相談役に据えて、うなばら銀行に睨みを利かせるというか、宣戦布告していることです」

貞務が言った。

「すみません。話が見えなくなったのですが……」

榊原が不満を顔にした。

「悪いね。昔の話を思い出したんだ。うなばら銀行の経営危機をね、俺たちで乗り切ったんだ」

藤堂が不敵な笑みを浮かべた。

「榊原さんが知らない話をして申し訳ありません。話を戻します。大村さんの父親は、影浦氏と一体で動いていると思われます。ですからすべての指示は影浦氏から出ていると考えてもいいでしょう。おそらく茶谷のファンドの資金もうなばら不動産から出ているのではないでしょうか?」貞務は、ここまで話すと榊原に向き直り、「確か、当麻教授は、うなばら銀行と光鷹製薬のファンドから資金を導入して、茶谷の息のかかった桜田ファンドを排除しようとしたのではなかったですか?」

「はい、それで当麻教授は私にも桜田排除に協力するように言われましたが……」榊原の表情が陰った。「上手くいかないのです。桜田が了承しないのは勿論ですが、最近、うなばら銀行が非常に消極的になったというのです。理由が分からず教授は困惑されています」

「うなばら銀行の姿勢が変わったのですね」

貞務が重ねて聞いた。

「はい……」

榊原は答えた。

貞務は、考えを深めるべく目を閉じた。

「最初は、積極的だったうなばら銀行がここにきて急にしり込みをし始めたってわけか。妙だな？　神崎は桜田ファンド排除に動いていた。うなばら銀行も同じだ。それがここにきて排除の動きが止まった。このままだと、榊原さんの研究成果を使った新しい抗癌剤が完成すれば、それは一手に桜田ファンド、すなわち茶谷のものになる。そこに神崎と大村の死がかかわっている……」

藤堂も自らの考えを整理するかのように呟く。貞務のように黙って考えをまとめることができないようだ。

「私の考えは、まだ完全にまとまりません。というのは、茶谷と影浦氏、及び彼と表裏一体の動きをし続けてきた大村幸治氏の接点が不明だからです。これが分かれば、すべての謎が解けるのではないでしょうか」

貞務は自分に言い聞かせるように言った。

「貞務さん」

勇次が聞いた。

「なんでしょうか？」

貞務が言った。

「新薬開発のファンドなんていうのはどれだけ金がかかるか分からない。ましてや大手の光鷹製薬と組んでやるとなると、それは当然、久木原の意思が入っているんだろう？」

勇次の視線が強い。

「当然です。たっぷりと意思が入っています」

貞務が答える。勇次の言わんとすることが分かっている表情だ。

「やはり久木原が絡んでいるな。積極的だったうならば銀行が急にしり込みし始めたというのは……」

勇次は言葉を選ぼうと思考を巡らせる顔つきになり、貞務と藤堂を交互に見た。

「久木原の野郎、脅されているんじゃないのか」

藤堂がぽろりと呟いた。

「その可能性が、たっぷりあります」

貞務が、腹立たしさ、悔しさ、悲しさなどの感情が入り混じったこれ以上ないぐらいの複雑で渋い顔になった。

第十章　血の涙

1

聖仁は、研究室で一人静かに海外の学術雑誌を読んでいた。

新発見した癌抑制物質ＪＴ－１の研究発表の反響は大きく、多くの海外の研究雑誌に掲載されていた。

しかし聖仁の心は晴れやかではなかった。新発見の物質に欲望に凝り固まった者たちが群がってきたからである。

こんな物質を発見しなければ進介は死ぬことはなかったのではないかと考えると、無念でならない。

進介とは十歳の時に別れてそれきり無縁となっていたが、片時も頭から離れたことがなかった。

自分の秘密の重さに耐えきれなくなり、思わず進ちゃんと心の中で何度も叫んだ。その瞬間、心が悲しみで切り裂かれ、ぼたぼたと血が溢れ、こぼれていくのを実感したこともあった。

進介が、突然、この研究室に訪ねてきた時は、驚きのあまり拒絶反応が出てしまった。誰しも同じだろう。予測しなかった事態に遭遇した際は、驚愕のためにまずその事態を認めず、拒絶する反応が起きる。しかしその拒絶反応が大きければ大きいほど、その事態を受け入れた時の喜びが倍加する。

聖仁もそうだった。進介の姿が目の前に現れた時、あまりの驚きでそれを認めがたいと思ったが、認めた瞬間から、大きな喜びに変わった。

進介とは、その後、何度も会い思い出を語り合った。それは研究生活に疲れた聖仁にとって少年時代に戻ることができる心弾む癒しの時だった。

それにしても、と考える時がある。なぜ進介は聖仁を訪ねてきたのだろうか。

進介は、雑誌に掲載された聖仁のインタビュー記事を見て、懐かしくなり訪ねてきたと言った。

それは本当だろうと思う。しかし、懐かしいだけなのだろうか。進介は、別の意図を持っていたのではないだろうか。

進介は銀行員だ。銀行員は職業柄、利益に対する嗅覚が敏感なはずだろう。

聖仁の記事を雑誌で見た時、これには利益の匂いを嗅いだことだろう。

もう一つの疑問は、進介一人の考えで近づいてきたのかということだ。

進介は、養護施設時代に、明即ち聖仁と別れてから茶谷の支援を受けたという。茶谷は、桜田ファンドの金主だ。JT－1の抗癌剤への活用の目途がつけばどこか大手の製薬会社と提携したり、投資ファンドを高値で売却したりする考えに違いない。進介は自分の考えではなく、茶谷の指示で研究室を訪問したのではないだろうか。

聖仁は、この考えに確信を持っていた。なぜなら進介が逆らうようになったと茶谷自身が言っていたからだ。

進介は、茶谷に助けられ、茶谷の言いなりになり、そして死んでしまった。もしあの時、一緒に逃亡に成功していたら、全く別の人生があっただろうに……。その人生は、幸せか、不幸かは分からない。しかし茶谷に支配されているよりも幸せであったことだけは間違いないように思う。

聖仁の学術雑誌のページをめくる手が止まっている。英文を目で追っているが、全く頭に入ってこない。徐々に緊張が高まり、顔が熱っぽくなってくる感覚がある。

その理由は、今から進介の死や、うなばら銀行の大村前支店長の死の真相が判明する可能性があると期待しているからだ。否、それは期待ではなく不安、あるいは恐怖かもしれないのだが……。

もうすぐドアが開き、男が入ってくるだろう。それを想像するだけで聖仁の緊張は高まってくる。

「明、どういう風の吹き回しだ。俺を呼び出すなんて」

茶谷はにやつきながら言う。

左頬に傷跡が、ミミズが這っているようになまなましく残っている。それは聖仁がかつて切りつけた痕だ。

2

貞務は頭取室で、この部屋の主を待っていた。主は、久木原善彦。うなばら銀行の頭取である。うなばら銀行はメガバンクの一角を占める世界的な巨大銀行だ。

久木原は前任者から禅譲を受け、うなばら銀行の頭取というトップになるため口を開けて待っていたわけではない。

久木原は自ら謀略を仕掛けたのである。

彼は、頭取になる前は旧大海洋銀行出身の専務だった。もう一方の旧丸日銀行出身者に副頭取の鈴野彰がいた。

二人は、合併のため派閥争いがはびこり、一向に経営改善が進まない現状を憂えていた。そして旧大海洋出身、旧丸日出身という派閥を超えて連携し、当時のトップであった会長、頭取を追い落とし、自分たちがトップに座ることを画策したのだ。

二人は、大蔵省天下り組の会長の不正融資を利用した。会長は、融資で引き出した金を政治家に提供すると同時に着服し、自分のために浪費していた。これは二人が仕組んだことでもあった。

この陰謀に暴力団並川組に関係していた鯖江伸治を利用したのである。

鯖江は、非常に能力の高い人物で、並川組組長並川弥太郎の紹介で不正融資に関係した政治家の秘書をしていた。

彼はいずれ並川弥太郎の下から独立しようと考えていた。そのため自分の人脈、金脈を着々と築いていた。鯖江は、暴力を厭《いと》わない男で、味方にすると心強いが、敵に回すととんでもなく危険だと言われていた。

久木原と鈴野に食い込んだ鯖江は、二人が頭取、会長の座を射止めるのにひと役もふた役も買ったのである。

ところが頭取の座についた久木原は、鯖江を排除しようとした。怒った鯖江は久木原を銃撃し、重傷を負わせたのである。鈴野が襲われなかったのはたまたまなのか、鯖江排除は久木原の独断だったのかは不明だ。

鯖江は罪を認め、今は刑務所に収監されているが、模範囚であればそろそろ出所するのではないだろうか。

一方、鯖江を利用して頭取になった久木原は、銃撃されるというスキャンダルにまみれたにもかかわらず、今も頭取の座に座っている。

悲劇の頭取を演じきったおかげで、銃撃スキャンダルで世間から糾弾されることはなかった。

久木原は、貞務から見てもなかなかの策士である。優柔不断のように見せかけて水面下で絶えず陰謀を巡らせ、ライバルを追い落とす。

前任者を追い落とした仲間である鈴野も、会長の座から引きずり降ろしてしまった。今、彼はうなばら不動産の相談役という閑職についている。噂では久木原への恨みをふつふつと滾らせているらしい。

貞務は、豪華な調度が備えられた頭取室を眺めていた。壁には出入りの美術商が高額で納めた、誰が描いたとも分からない絵が飾られている。抽象画で、ミロともモンドリアンとも貞務には判別がつかない。きっと久木原も同じだろう。高額＝名画とでも思っているに違いない。詐欺のような美術商のいいカモだ。

「こんな部屋で部下にかしずかれるのが嬉しいのかなぁ」

貞務は独りごちた。そして久木原は絶対によい死に方はしないだろうと確信した。

ドアが開いた。

久木原が満面の笑みで入ってきた。貞務は立ち上がった。

「おお、待たせたな」

まだ笑顔だ。この笑顔に騙されそうになる。貞務は軽く頭を下げる。

「堅苦しいことは抜きだ。まあ、座ってくれ。よく来てくれたな」

せわしく久木原はソファに座る。貞務も再び腰を下ろす。

秘書が、コーヒーを二つ運んできた。二人の間にあるテーブルにコーヒーを置くと、礼をして部屋から出ていった。すべてが儀式のように進んでいく。

久木原は威厳たっぷりに足を組み、コーヒーカップを右手で、ソーサーを左手で持ち上げると「貞務も飲めよ」と言い、口に運んだ。

「いただくよ」

貞務もコーヒーカップを持ち上げ、コーヒーを飲んだ。苦い味が口に広がる。今から久木原に話すことを考えると、余計に苦い。

「ところで今日はどんな用件だ」久木原はコーヒーをテーブルに置いた。「お前じゃなければ時間を割かなかったところだ。多忙を極めているんでね」久木原は、どことなく緊張をはらんだ声で言った。

貞務がこうして直接訪ねてきた場合、久木原にとってはろくでもないことに違いないからだ。それは今までの経験上からの教訓である。

「お前、俺に浜田山支店のことは聞かないのか」

貞務は、じろりと睨んだ。

頭取である久木原に、俺、お前のため口を利けるのは、銀行の中でも貞務一人である。同期であることと、貞務に久木原がどれだけ助けられたか分からないからだ。

「そうだな。どうだ、上手くやっているか？」

「ああ、順調だ。お前が心配をしていた浜田山支店内の動揺も収まっている」

「それはなによりだ。貞務に頼んだ甲斐があったというものだ。さすがだ。よくやってくれた」

久木原の口元が不自然に歪んでいる。言葉が早口になっている。これは久木原が本心から語っていない証左だろう。

「そんなことを褒めてもらって仕方がない」

貞務が、カップをテーブルに置いた。視線は、久木原をとらえたままだ。

「今日は、いつになく厳しい顔をしているな。貞務らしくない」

久木原が苦笑いともなんともつかない表情をする。

「今、俺は、猛烈に腹を立てている。もうそろそろ俺を浜田山支店に赴任させた本当の理由を説明したらどうだ？　なぜ神崎進介さんの死の真相を調べさせたのだ」

貞務の問いかけに久木原はなにも答えない。ただし表情からは余裕が消えた。

「本気でお前のことを心配しているんだ。なにか隠し事があるならすべて吐き出した方がいい。ためておいてもろくなことはない」

貞務の口調から厳しさが消え、友を気遣う心情がほとばしり出ている。

貞務は、久木原に利用され、なんども苦い目にあっているが、憎んだり、嫌ったりしたことはない。

それは貞務の甘さだと言えばそれまでだが、自分とは全く無縁な権力闘争の渦中に身を置く生き方を選択している久木原に同情し、ぎりぎりのところで本物の悪にならないように踏みとどまってほしいと願っているのだ。

「いつも心配をかけてしまうな」

久木原の声に力が失われつつある。

「言っておくが、俺は、お前の心配より、このうなばら銀行が心配なんだ。数万の行員、家族の生活がお前の行動に左右されるんだ。そのことを自覚しているのか」

貞務が久木原を叱る。

「ああ、自覚している。だからお前に浜田山支店に行ってもらったのだ」

久木原の顔が苦渋で歪んだ。

「亡くなった神崎さんは、お前の子どもだとでも言うんじゃないだろうな」

「まさか……それはありえない」

「だったらどうして一行員の死がお前をそれほどまで不安にさせたのだ。お前は、不安に怯えた時しか、俺を呼ばないではないか」

貞務は眉根を寄せた。久木原は貞務の渋面に小さく頷いた。その通りだと謝罪の気持ちを表しているのだろうか。

久木原が顔を天井に向けた。迷っているのか、考えをまとめようとしているのか。

「神崎さんとお前との間になにがあるんだ。言えば、まだ救いようがある。大村前支店長が殺されたのは知っているな。あれもお前が原因なのか」

貞務が冷静な口調で言った。

久木原は、天井に向けていた顔を貞務に向け、目を瞠った。

「大村君……。まさか彼が殺されるとは思いもよらなかった」

久木原は両手で顔を覆った。

「なにもかも話して楽になれよ。俺は、まだお前を見捨ててはいない」

貞務は、思いを込めた口調で言った。

久木原が思いつめたような目つきで貞務を見つめた。息を詰め、胸の奥に詰まったものを、今、まさに吐き出そうとしているかのようだ。

「すべてはあいつから始まったのだ」

久木原は絞り出すように言った。

3

大村幸治は、なぜこんなことにと悔やみ続けていた。

一人息子である健一の死をまだ受け入れられない。ましてや殺されたのである。犯人は、なんの反省も後悔もせず、のうのうと美味い物を食い、酒を飲んでいるのだろう。そんなことが許されるはずがない。同じ報いを受けるべきだ。

健一は、素直な息子だった。言いつけを守り勉強し、大学に入り、自分が望む通り銀行員になった。それもうならば銀行という一流銀行の行員になり、順調に出世していた。ところが突然、死によってその人生を断たれてしまった。悔しい。そう思っているのは死んだ健一よりも、自分の方かもしれない。

なぜ健一をこんなことに巻き込んでしまったのか。悔やんでも悔やみきれない。

すべては自分があの男を影浦に紹介したからだ。そして健一を殺した犯人の目星はついている。今、目の前を歩いている男だ。いったいどこへ行くのか。どこへ行こうと必ず仕留めてやる。

4

桜田毅は愉快でたまらない。東都大の当麻純之助の研究室で当麻と向き合っているのだが、あまりの愉快さに笑い出しそうになった。

自分の目の前で、日本で最も権威ある東都大学医学部教授が、怯え、震えているのだから。

当麻は抗癌剤研究の第一人者ぶっているが、最近は、目立った研究成果はない。若いころはいざ知らず、ここ何年も論文ひとつ書いてはいない。

研究より学内政治に明け暮れ、近いうちに行われる学長選挙に出馬しようと考えている。

詳しいことは知らないが、研究者という者は、二十代なのか三十代なのか分からないが、いずれにしても若いころがピークだ。それを過ぎると自分の地位確保のために学内政治活動を始める者がほとんどとの噂だ。

東都大教授ともなると、世間での権威は圧倒的だ。政府委員や各企業の社外役員などへの就任要請が引きも切らない。

ましてや学長ともなれば、一生安泰だ。だから研究者としてピークが過ぎたと自覚した途端に学内政治に没頭し始める。いわゆる俗物と化すのだ。

当麻も俗物の極みだ。自分の弟子の榊原聖仁が発見した癌抑制物質に自分の名前のイニシャルであるJTを付け、成果のすべてを自分のものにして喜んでいる。笑止千万な人物だ。

学長選挙に勝つためには、票固めにかなりの資金がいるのではないかと聞いたことがある。そこで桜田は、その資金を提供しようかと当麻に申し出た。

しかしさすがに国立大学の教授だ。警戒心が強い。多少の金銭でも懐に入れようものなら、手が後ろに回ることぐらいは知っているようで断ってきた。その点は、評価に値すると言ってもいいだろう。少しぐらいは骨がある。

しかし研究資金にはよほど困っていたのだろう。

JT－1に世間がまだ注目していなかったころ、桜田がファンドを通じて資金提供を申し出た時は、一も二もなく飛びついてきた。

しかし、桜田はそれほどたいした金額を動かせたわけではなかった。

不動産で当てた資金があり、それをベンチャー企業に投資してわずかばかり儲かったことがあった程度だ。

それをもっと増やすために、なにかいい投資先がないかと考えていた時、不動産投資で関係があったうなばら不動産の影浦道三会長から当麻を紹介された。

投資資金は心配するなと影浦は言った。それならと桜田はＪＴ－１の将来性など十分には分かっていなかったが、投資した。

確かに影浦の言う通り資金の心配はなかった。茶谷という別のファンド経営者が資金を提供してくれたからだ。

桜田には、茶谷を不気味に感じる時がある。頰にミミズがうねっているような傷跡があるせいかもしれないが、それだけではない。茶谷の全身から暴力的な雰囲気が発散されているのを感じるからだ。

茶谷が、どんな経歴でファンド経営者になったのかは知らない。一度茶谷に、ファンドであるなら自分で直接投資したらどうだと言ったことがある。

するとぞっとするような目で、余計なことを言うと資金を引き揚げるぞと脅されてしまった。

茶谷のファンドであるティー・バレイカンパニーの名前を表に出したくない事情があるのだろうと、それ以上深入りはしなかった。

推測するに、おそらく影浦の裏資金を運用しているのではないだろうか。それが巡り巡って自分に回ってきているのだろう。

「当麻先生、これまで必要とされる資金は十分に投資してきましたね。ようやくＪＴ－１が世間に認められ、実用化も視野に入ってきました。私も投資した甲斐があったというものです。私のところにも、高値で私のファンドを買い取りたいと言ってくるところがあります。中国政府系ファンドやアメリカの製薬会社なんかは非常に熱心なんですよ。私も高値で売却し、利益を確保したいと考えています。それなのに手を引いてくれってどういうことですか？　あなたは恩義ってものを感じないんですか？　恩知らずですなぁ」

桜田は項垂《うなだ》れている当麻にねっとりと粘りつくような口調で言った。

「桜田君には確かに世話になった。感謝している」当麻は、力を振り絞るように言い、顔を上げ、桜田を見つめた。その目には必死の覚悟が満ちていた。「しかし私たちの研究は収益を求めるよりも公益を求めるという理想が重要なのだ。それを分かってほしい。榊原君の意志もそこにある。彼が癌抑制物質の研究に励んだのも身近な人を癌で亡くし、同じ病で苦しんでいる人々を救いたい一心からだったのだ。私はその考えに賛同して彼の研究を応援してきた。儲けようという考えはないんだ」

「なにを寝言を言っているんですか、先生。今、目の前に大儲けのチャンスがあるんですよ。ＪＴ－１で夢の抗癌剤を作ることができれば、先生は一生、遊んで暮らせるんだ。東都大学の学長にだってやすやすとなれるんですよ」

桜田は、呆れたという顔で言った。当麻の、あまりにも理想家めいた発言をばかばかしく思い、自然と声が甲高くなってくる。

「そんな欲望はとっくに捨てたよ」当麻は薄く笑った。「榊原君の理想を一緒に追いたくなった。普通の人が普通に利用できる抗癌剤がＪＴ－１で作ることができるんだ。富裕層だけが高価な治療で助かる世の中にしてはいけないんだよ。その理想を一緒に追求してくれる人たちと組みたいんだ。その理想を実現させてほしい」

当麻は頭を下げた。

「先生、聞くところによると光鷹製薬とうなばら銀行のファンドに支援を求めているらしいじゃないですか。そこは金儲けじゃないんですか。私なんかより金の亡者でしょう」桜田はからかうように口角を引き上げ、皮肉な笑いを浮かべた。「彼らは当てにはできませんよ。頭取が腰が引けているんだから。私の支援者が言っていましたからね。間違いない情報でしょう。研究を続けたくても資金は出ませんよ。先生には私の助けが必要なんです」

桜田が言い切った。

その時、当麻の研究室に二人の男が入ってきた。

桜田は驚いて振り向いた。

「誰だ！」

桜田は言った。

二人は、研究室内をゆっくりと歩き、桜田の傍に立った。

「初めまして、私は光鷹製薬の溝口勇平と申します」

「私は、うなばら銀行の沢上良夫と申します」

二人は自己紹介し、桜田に頭を下げた。

「お前たちが、私のファンドを邪魔しようとしているんだな」

桜田は憎々しげに言った。

「邪魔などしようとは思っておりません。私たちは、当麻先生と榊原先生と一緒に理想を追求しようとしています」

沢上が穏やかに言った。

「なにをきれいごとを言っているんだ。お前の銀行の頭取は、とっくにＪＴ－１への投資から撤退することを決めているんだぞ。身近にいてそれも知らないのか」

桜田はののしるように言った。

沢上は、溝口と顔を見合わせ、笑みを浮かべた。

「なにがおかしいのだ」

桜田が声を張り上げた。

沢上は、桜田に向き直ると、「これは失礼しました」と軽く頭を下げた。「確かに我がうなばら銀行の頭取、久木原は迷っているようです。しかし私たちは、このＪＴ－１が多くの人を苦しみから救うことになるだろうと確信しております。そのためには頭取の反対があろうとなかろうと、私たちの使命として創薬実現まで支援する考えです。頭取にもご理解いただけるものと信じております」沢上は強く言った。

「光鷹製薬としましても当麻、榊原両先生の理想の実現に徹底してお付き合いするつもりです」

溝口もしっかりとした口調で言った。

二人は自信に溢れている。桜田は動揺した。気《け》おされている気がするのだ。

「どうでもいいが、私は絶対にJT－1の投資から降りないぞ」

桜田の表情には焦りが出ている。

二人が、笑みを浮かべながら近づいてきた。

「よく分かっています。そこでご相談ですが……」沢上が桜田を見つめて言った。「私たちと組みませんか？　あなたがどこから資金を得ておられるのかは存じませんが、JT－1への投資契約をされているのはあくまであなたです。あなたさえ承知されれば、私たちと一緒にJT－1で世の中に貢献する夢の抗癌剤の創薬を実現できるのです。ぜひ手を組ませてください」

「な、なんだって……」

桜田は手で額を拭った。汗ばんでいる気がしたのだ。二人は、自分を取り込もうとしている。思いがけない展開に、動揺し、どういう態度を取っていいか分からなくなっていた。

「桜田さん、あなたは、今の出資先と、本当は関係を断ちたいと思っているんじゃないですか」

溝口が囁《ささや》くように言った。

一瞬、桜田の眼前に茶谷の怒りに満ち満ちた顔が浮かんだ。その左頬の傷跡は怒りで赤く腫れあがっていた。

5

幸治の足が早まった。目の前を歩く茶谷が東都大学の正門前で止まったのだ。

やるなら今だ！

幸治は、茶谷を背後から見つめながら立ち止まり、スーツの中に隠し持ったナイフを取り出した。

慎重に周囲を見渡し、誰も気づいていないことを確かめると、ゆっくりと地面を踏みしめながら茶谷に近づく。

この年になってナイフで人を刺し殺すはめになろうとは思わなかった。

しかしこれは息子健一の仇討《かたきう》ちである。確たる証拠はないが、目の前にいる茶谷が殺したに違いない。

貞務に健一が殺されたことの責任があると抗議したが、あの男は人を死に追い詰めるような人間ではないと思った。その時だ。「茶谷」の顔が突然浮かんできた。霊感か、あるいは健一のお告げか。そして貞務が「茶谷を知っているんですね」と聞いた時、すべてを理解した。

茶谷なら人殺しなど平気でやるだろう。思えば、あいつ――鯖江から茶谷をよろしくと頼まれて以来、この日が来るのは必然だったのかもしれない。

初めて会った茶谷は不気味で、死神のような印象を受けた。付き合いたくないと思ったが、あいつの頼みである以上、断れなかった。

あいつは念には念を入れ、鈴野にも茶谷を頼むと連絡した。

不遇をかこっていた鈴野は、二つ返事で了承した。あいつとの関係を復活させたのだ。私は、切れない関係だが、鈴野は切ろうと思えば切れる関係だった。だが、愚かにも再びつながってしまった。すべては久木原への恨みからだ。

私は、茶谷を影浦に紹介した。鈴野も同様に動いた。

あいつは自分の資金の運用を茶谷に任せていると言っていた。その話を影浦にすると、影浦は裏資金を茶谷に任せることを思い付いた。

不安を覚えないではなかったが、結局、茶谷は影浦に取り入り、裏資金の運用も任されるようになった。

それぞれの関係は順調に行っていたのだが……。創薬への投資をあいつが茶谷に指示してからというもの急に狂い始めたのだ。

それがまさか健一の死につながってしまうとは……。

幸治は、スーツの中に隠し持ったナイフの柄《つか》を強く握りしめた。

あいつは正門の警備員と話している。背後には全く警戒していない。今がチャンスだ。このナイフで背後から心臓をひと突きすれば、健一の恨みを晴らすことができる。

幸治は、茶谷の背中を睨みつけ、息を吸い込み、止めた。右足を一歩大きく踏み込んだ。

うっ。

幸治は、危うく後ろに倒れそうになった。突然、誰かに背後から肩を摑まれたのだ。

その時、スーツの中に隠し持っていたナイフを落としてしまった。歩道の石畳に当たるカチンという硬い音がする。

幸治は慌ててそれを拾おうとする。その時、別の方向から手が伸び、ナイフを拾い上げた。

幸治は、驚き、背後を振り返った。そこには二人の男が笑みを浮かべて立っていた。

「やっぱり情報屋の大村さんじゃないか。藤堂だよ」

藤堂がやや黄色くなった歯を見せて笑った。藤堂の場合は、笑っていても不気味な印象は拭えない。

「勇次だ。覚えているかい？　木下勇次だ」

勇次も笑みを浮かべている。

幸治は、寝ぼけたような顔で二人を交互に見た。

「ああ、覚えているよ。あんたたちじゃないかと思っていたんだ。驚いたよ。うなばら銀行なんかで出会うなんてね」

幸治は悲しそうな目つきで言った。背後を振りむいた。すでに茶谷の姿は見えない。

「俺たちもあの時、あんたがあまりにも血相を変えていたし、服装も立派になっていたから、見違えてさ。しかし後で勇次さんと記憶を辿《たど》ったら、あれは情報屋の大村さんだと気づいたんだ」

藤堂が言った。

「こんなところでこんなものを振り回したら、折角の人生が台なしだよ」

勇次が苦笑いを浮かべた。

幸治は項垂れ、膝から崩れ落ちそうになった。慌てて藤堂が支えた。

「大丈夫か」

藤堂が言った。

「すまないなぁ」幸治は、今にも泣き出しそうな顔を勇次に向けて、「それを返してくれないか。茶谷の野郎をひと突きに殺したいんだ」と言った。

「大村さん、あんたの悔しさはよく分かる。俺たちもあいつを狙っている。俺たちがあいつを警察に突き出してやる。だからこんな真似は止めてくれ」

勇次は、ナイフの刃をハンカチにくるむと、ポケットにしまった。

「ううう」

幸治は、呻き、固く閉じた瞼から涙がこぼれ落ちた。

「詳しく経緯《いきさつ》を聞きたいところだが、茶谷を俺たちも追いかけよう」

藤堂は幸治の肩を優しく抱いた。

6

いよいよ、約束の時間だ。聖仁は息を飲んだ。まさにその時、ドアが開いた。

「明、どういう風の吹き回しだ。俺を呼び出すなんて」

茶谷が、予想通りの言葉を口にして入り口に立った。左頬のみみず腫れの傷跡を愛《いと》おしそうに撫でている。

聖仁は、その傷跡を見る度に心が痛む。自分が切りつけたことへの反省もさることながら、暗く冷たい隅田川の水を思い出すからだ。鼻から口から耳から、身体中の穴から水が入り込んでくる。腐臭というのだろうか、生臭く、動物が腐ったような臭い。水がきれいになったというニュースを聞いたことがあるが、それでも臭い。身体の中に臭いが満ちる。しかし顔を水面に上げることができない。そんなことをすればたちまち茶谷の手が伸びてくるからだ。苦しくともこのまま水面下で流されていくしかない……。

「気分でも悪いのか。顔色がよくないぞ」

茶谷は、聖仁の前に置いてあったパイプ椅子を自分の方に引き、どさりと大儀そうに座った。

「どうだ？　研究は進んでいるのか？　早く儲けさせてくれよ」

茶谷はにやりとする。手はそのまま傷跡を撫で続けている。それが聖仁への責め苦になるとでも考えているのだろうか。

「茶谷さん」

聖仁は姿勢を正し、真剣な目つきで茶谷を見つめた。

「おいおい、なにが始まるんだ？　やけに真面目じゃないか。俺はお前の研究のスポンサーだぜ。そんな憎しみのこもったような目で見るんじゃないよ」

茶谷はわずかばかり動揺したのか、笑いともつかぬように口角を引き上げた。

「今後、一切、ここには出入りしないでいただきたいのです。またあなたとの関係も一切断ちたいと思います」

聖仁は「一切」という言葉に力を込めた。

茶谷の表情が急変した。目が吊り上がり、口が不自然に曲がった。

「おい、それを本気で言っているのか。俺は、桜田を通じてお前の研究に多額の金を出しているんだ。いわば恩人だぞ。それなのに、その言い草はなんだ！」

今にも椅子を蹴って立ち上がりそうだ。

「そのことについては私は詳細は存じ上げませんが、もしそうなら桜田さんにも投資を中断していただきます」

聖仁はきっぱりと言った。

「明、お前、自分がなにを言っているか分かっているのか。お前と俺との関係は、切っても切れない腐れ縁なんだ。もし切ろうとするならさわらぎ園にいたこと、お前のせいでこんな顔になったこと」茶谷は左頬の傷跡を聖仁に向けた。聖仁は、思わず顔を背けた。「記憶喪失を装って経歴を偽っていたことなどをお前の養母にも、マスコミにもみんなばらしてやる。それでもいいのか」

ついに茶谷が立ち上がった。怒りで、今にも飛び上がらんばかりだ。

聖仁は、自分が経歴を秘密にし、記憶喪失を偽っていたことを養母の十三枝が知れば、どんな顔をするだろうかと想像した。

過去を思い出さない聖仁を心配して、いろいろな病院を駆けずりまわってくれた榊原の両親の不安げな顔を思い浮かべると、心が揺らぎそうになった。

しかしなにもかも正直に話せば、十三枝は優しい笑顔で許してくれるだろうと確信した。お父さんに手を合わせなさい、分かってくれるからね、と言うに違いない。

「私は、構いません。どうぞお好きにしてください」

聖仁ははっきりとした口調で言った。

「てめぇ、俺から逃げようって言うのか。許さねぇ。絶対に逃がしゃしねぇぞ」

茶谷は、椅子を蹴って聖仁に迫ると、聖仁の白衣の襟を両手で絞り上げた。

聖仁の顔に茶谷の怒りに熱せられた息が容赦なく吹きかかる。聖仁は、顔を背けたいが、茶谷の力が強く顔を動かすことができない。苦しそうに顔を歪める。

「止めてください。息ができません」

聖仁は掠《かす》れた声で言った。

「俺には、人殺しなんて平気だっていう人がついているんだ。その人は大金持ちで、俺はその金を一手に預かって運用している。その人が、お前の研究に目をつけたんだ。それで俺に投資をするように指示があった。俺やその人は表に出られないから桜田を使っただけだ。お前は、その人の金で、人殺しの金で、人助けの研究をしていたわけなんだ」茶谷は、聖仁の首元をさらにきつく締めあげた。聖仁は、気を失いそうになった。

「ははは、笑えるよな」茶谷は空疎な笑い声を上げた。

「それに気づいたから、進介を殺したのですか?」

聖仁は苦しい息を吐きながら聞いた。

「ああ、俺は、なんとしても今回の投資を成功させねばならない。そうでないと俺が殺されるからな。だから進介をお前に近づけた。お前の様子を探るのと、他からの投資を受け入れないように監視させるためだ。ところが進介の奴は、俺を裏切り、投資から手を引けと言いやがった。

あいつは、俺を銀行に呼び出した。支店の通用口が開いていた。あいつが開けておいたんだろう。支店には誰もいなかった。俺も進介も、お前のことで激高して殴り合いになりそうになった。その時、お前の命に代えても明を守るというなら俺は手を引くと言った。それだけの覚悟があるのかとね」

聖仁の目の前に、茶谷の顔がさらに迫る。左頬の傷跡がなまなましく赤く染まっていく。傷が治った後、薄くなった皮膚に幾筋もの血管が走ったのだろう。

「進介は……」

息も絶え絶えに聖仁は聞いた。

「あいつは本当に首を吊った。お前に関わるなと叫んでな。あいつがロープに首を突っ込んだのを見て、俺は、踏み台を蹴ってやった。進介は目をむいてバタバタと足を動かしていた。本気ではなかったんだ。俺を脅すつもりだったんだ。芝居だったんだ。俺は笑ったぞ。思いきりな。暗い銀行の支店の中に俺の笑い声がよく響いた。俺は、あいつが置いていた鍵を適当に管理者っぽい奴の机の中にしまい、堂々と外に出た。本当に馬鹿な奴だよ、進介は。あいつはお前のために死んだんだ。俺が約束を守るとでも思ったのか」茶谷は、聖仁の首元を締める手に力を入れた。「おい、このまま絞め殺してやろうか。お前の榊原の母親も、当麻教授も、婚約者も、誰でも殺すことができるんだぞ。俺が殺してもいいし、俺以外の人間に殺しを命じることだってできるんだ。明、これからもずっと俺はお前に食いついてやるからな。進介の死は無駄になったってわけだ」

茶谷は笑い、さらに白衣の襟を摑んだ手に力を込めた。聖仁の身体が浮き上がりそうになった。聖仁は意識が遠のき始めた。

その時、研究室に多くの人が飛び込んできた。

「茶谷俊朗、そこまでだ！　暴行、恐喝の現行犯で逮捕する」

浅草東署輿梠副署長だ。一緒に来た五人の警官が茶谷に飛び掛かった。

茶谷が聖仁から手を放した。聖仁は床に崩れ落ち、喉を押さえて激しく咳《せ》き込んだ。

「なにしやがるんだ」

茶谷が大声で叫んだ。警官たちは茶谷を床に倒し、身体の上から押さえ込んだ。警官が二人がかりで茶谷の頭を平たくなるほど押さえつけている。茶谷の顔は歪み、息が苦しいのか、「死ぬ！」と叫んだ。足を激しく動かしている。ようやく身体が起こされた。

「明、はめやがったな。覚えてろ」

茶谷は警官たちに左右を抑え込まれたまま、聖仁を睨み、激しくののしった。

聖仁は、まだ咳き込みながら、茶谷に近づくと、右手を思いきり上げた。拳を固く握りしめ、茶谷の左頬の傷跡をめがけて、渾身《こんしん》の力で振り下ろした。

ガシッ。鈍い音がして、茶谷の唇から血が流れ出た。

「進介の恨みだ」

聖仁は言った。

茶谷は、憎しみを込めた目で聖仁を睨んだ。

「茶谷！　よくも息子を殺したな」

勇次と藤堂に挟まれた幸治が廊下に立っていた。

「あいつは大村の息子だったのか？　俺の事務所をこそこそと探っていやがったんだ。あいつ、机にあったお前の名刺を見て、首を傾げていたぞ。ははははは」

茶谷は笑った。

「この野郎……。許せん」

幸治も拳を上げたが、勇次が止めた。

茶谷は、警官に囲まれて連行されていった。

「興梠、ご苦労だんだったな」

藤堂が言った。

「もう少し早く踏み込めばよかったんですがね」

興梠が渋面を作った。

「これを……」聖仁が、ICレコーダーを興梠に手渡した。「すべて録音してあります。どうか一生、刑務所から出さないでください」

「ありがとうございました。あなたの勇気に感謝します」

興梠は聖仁に敬礼をした。

「『兵は詐《さ》を以《もっ》て立ち』という貞務さんの作戦勝ちです」

聖仁は言った。

「ほほう、孫子の兵法ですね」

興梠が感心したような口ぶりで言った。

「ご存じでしたか?」

「多少はね。あの支店長は孫子のファンでしたか」

興梠が藤堂を見た。

「ファンというか、信奉者だね。戦いは相手の裏をかく、欺かねばならないという意味だけど、茶谷を誘い出して、なんらかの罪に問い、事務所などの家宅捜索を可能にして大村さん殺しの証拠を発見しようという作戦に、まんまと茶谷は嵌《はま》ったってことだ」

　藤堂が答えた。

「貞務さんは、今はどこに？」

　興梠が聞いた。

「今ごろ、本当に悪い奴に話を聞いているんじゃないかな」

　藤堂が遠くを見るような目つきで言った。

「本当に悪い奴？」

　興梠が首を傾げた。

「大村さん、少しは気が晴れたかい」

　勇次が聞いた。

「まだまだだね。茶谷を死刑にしてもらいたいものだ」

　幸治が怒りを抑えて言った。

「さてあらためて、大村さんと茶谷のかかわりをお聞きしましょうか」

　勇次が言った。

「なにもかも話しましょう」

　幸治は勇次を見つめて答えた。

7

「鯖江伸治……すべてはあいつが原因だ」

久木原は絞り出すように言葉をつないだ。

「やはりそうか」

貞務は言った。

「驚かないのか」

「ああ、俺を浜田山に赴任させた時から、お前は誰かに脅されているのではないかと疑っていた。お前を脅せるのは鯖江しかいない。たとえ刑務所に入っていても、お前を脅す材料はいくつも持っているだろうからな」

貞務の冷静な話しぶりに久木原はがくりと肩を落とした。なにもかも見通されていることに愕然としたのだ。

「実は、神崎進介君を我が行に入行させたのは私なんだ。鯖江が頼んできた。私が専務の時代だったと思う。私は鯖江を利用したいと考えていたから行員を一人、入行させるくらいはたわいもないことだった。彼のことなどすっかり忘れていた。ところがある日、手紙が届いた……」

「神崎君からか？」

　貞務は久木原を見つめた。

「そうだ」

　久木原は頷いた。

「内容は？」

「手紙には、入行時のことが書かれており、神崎君は、私の推薦で入行できたことを知っていた。鯖江の配下にある茶谷という男から、散々自慢話のように聞かされていたらしい。私は茶谷という男は知らない。鯖江が面倒を見ている男のようだ。茶谷は鯖江に頼んで、彼を入行させたんだ。茶谷は彼に、自分はうなばら銀行の頭取を支配する力を持っていると言っていたらしい」

　久木原が笑った。それは空疎で皮肉に満ちた笑みだった。

「そこには榊原さんが発見したＪＴ－１の投資について書いてあったのだな。神崎君の手紙の主目的はそれだから」

　貞務の視線が強くなった。

「その通りだ。神崎君と榊原さんとの関係が詳しく書かれていた。幼いころの苦労や一緒に逃げ出したこともね。ＪＴ－１については、それに投資している桜田は、茶谷という人物のダミーでしかなく、そして茶谷は、私を傷つけた鯖江の資金を運用している者だと……。実は、私は、ＪＴ－１に以前から注目し、我が行で投資するように担当役員の沢上に命じていた。彼は、そのことは知らなかったようだが、とにかくＪＴ－１の投資から桜田、茶谷、そして鯖江の資金を撤退させてほしい。私が鯖江を知っているなら、それは可能だろうと彼は書いていた。とにかく彼は、汚れた資金で榊原さんに研究を続けさせたくないとの思いで、私に切々と訴えてきたんだ」

久木原は貞務と視線を合わせず淡々と話し続けた。

「その手紙を受け取ってお前はどう動いたのだ」

貞務は聞いた。久木原の動きが神崎進介の死につながった可能性がある。

「私は、うなばら銀行でJT―1の投資を独占しようと考えた。それで鯖江に手を引かせようと……。これが浅はかな考えだった」久木原は顔を上げ、貞務を見た。うなばら銀行で絶対的権力を持つ男とは思えない弱り切った表情をしていた。「これだけは信じてほしい。私はあの事件以来、鯖江とは接点を持っていない。それで私に鯖江を紹介してくれたうなばら不動産の影浦会長に相談を持ち掛けた。影浦会長は、まだ鯖江との関係を維持していると知っていたからだ。あの人は清濁併せのむ人だからね」

「お前に鯖江を紹介したのは影浦会長なのか」

久木原の言葉に、貞務は初めて驚きの表情を浮かべた。

「ああ、西村《にしむら》さん、近藤さんの追い落としのシナリオを陰で書き、私を支援していたのは、実は、影浦会長なんだ。彼は、近藤さんとの頭取レースに敗れたことを、ずっと恨みに思っていた。それで私に鯖江を紹介し、旧丸日の鈴野とも組ませたのだ。その鈴野は、なんと今は、私に恨みを持ってうなばら不動産の相談役に収まっているから、世の中は皮肉なものだ」

久木原は、少し天を仰いだ。

「それで影浦会長は、お前の依頼になんと答えたのだ」

「私の行動が、如何《いか》に拙速だったかを思い知らされたよ。私は自分の利益しか考えていなかった」

久木原は自分の愚かさを嘆くように薄く笑った。

「智者の慮は必ず利害に雑《まじ》う」と孫子は言った。物事の利と害の両面を考えて動けば失敗はないというのだが、久木原は、利だけを考えて動く。そのため多くの問題を起こした。しかし今は権力の座にいる。

孫子の言うように利と害を考えて動くより、自分の利だけを追求する利己主義的な人物のみが権力を握ることができるのかもしれない。

「私は、影浦会長に鯖江をなだめ、収めてほしいと頼んだ。彼は、言下に拒否した。鈴野まで同席して、私を罵倒したよ。実は、影浦会長や鈴野までもがＪＴ－１に投資していたんだ。同じ穴のムジナだった。だから、うなばら銀行に独占なんかさせないと言うんだ。逆にうならば銀行こそ手を引けと言われる始末だ。久木原が投資を邪魔していると、鯖江に伝える。どうなるか分かるなと脅されたんだ。その時、鯖江がそろそろ釈放されるとも聞いた。私は、恐ろしくてすごすごと引き下がった」

「神崎君の手紙を見せたのか」

貞務は厳しい顔つきで聞いた。久木原は、力なく頷き、「ああ、その場に置いてきた。私には必要がないからね。神崎君の入行を頼んだのは彼らだったからという思いもあった」と言った。

「なんて馬鹿なことをしたんだ。その手紙が、すべての事件の引き金になった可能性がある……」

貞務は眉根を寄せた。

「手紙の送り主である神崎君が死んだ。それで私は恐怖を感じてお前に真相を探るように頼んだのだ。実際、その後は、鯖江の部下を名乗る茶谷から私に執拗な脅しが来るようになった。私は、恐ろしくなって沢上にＪＴ－１の投資から手を引くように命じたのだ」

久木原は、力なくソファに身体を預け、精気のない目を天井に向けている。なにを考えているのか分からない。自分の行為が、神崎進介と大村健一という行員の貴重な命を奪ったかもしれないという反省はあるのか。

貞務は、今ほど、目の前にいる男を本気で殴り飛ばしたいと思ったことはなかった。

貞務は立ち上がり、右手の拳を握りしめ、久木原の前に立った。

久木原は、貞務の異様な様子に気づき、貞務を見上げ、肩をすぼめた。

「殴るのか?」

久木原が視点をうろうろと動かし、落ち着かない様子で聞いた。

貞務の心の中に土砂降りの雨が降っていた。激しく泣いていた。こんな愚かな男をトップにいただかなければ、神崎も大村も死ぬことはなかった。貞務の心の中は、涙が出る「泣き」ではなく憤怒、絶望など負の感情が滾る「嘆き」がふさわしいかもしれない。

「殴らない」貞務は拳をほどいた。「殴る価値もない奴だ。孫子は、『兵とは国の大事』と言った。戦争は国の興亡を決める重大事だというのだ。銀行経営も同じだ。孫子はそのために五つの条件を挙げた。それは道、天、地、将、法だ」貞務の言葉を久木原は真剣な表情で聞いている。しかし本当に心に届いているかは分からない。「詳しいことは言わない。しかし将とは、お前のことだ。法とは、今風に言うならコンプライアンスやガバナンスということになるだろう。今からでも遅くない。お前が身を律して、うなばら銀行のコンプライアンスやガバナンスの確立に努めろ。うなばら不動産の影浦会長、鈴野相談役がまだ鯖江と関係を持っているのは大いに問題がある。どのように処理するかは、お前に任せる。きちんとけじめをつけた方がいい。そうしないといずれ大問題になるだろう」

貞務は、「分かったな」と言うように、久木原に顔を近づけた。

「ああ、分かった。分かった」

久木原は、緊張で、瞼を痙攣《けいれん》させた。

「俺は、行く。お前はここでじっくりこれからのことを考えるんだな」

貞務は、吐き捨てるように言い、頭取室を出た。

うなばら銀行本店を出て、空を見上げた。厚い雲が垂れ込め、今にも雨が降り出しそうな気配だ。

神崎のことを想った。

彼は、孤独に成長し、孤独に暮らし、唯一の生きがいが榊原聖仁だった。聖仁を再び取り戻そうと命を懸けた。その真剣さ、悲痛さに悲しみを覚えた。

空を見上げる貞務の顔にぽつりと雨が落ち、頰を伝う。

8

「支店長、遅れますよ。もうみんな待っているんですから」

雪乃が先を急ぐ。

浜田山の洋食レストランで神崎進介のお別れ会をするのだ。

幹事は雪乃だ。感染症拡大で、多くの人が集まる大規模な葬儀やお別れ会はできない。そのため、事件の関係者だけが集まることになった。

「年なんですから、もっとゆっくりお願いします」

貞務は息を切らせて、雪乃についていく。

「はい、着きました。ここです」

入り口のピンクのチェック柄の庇《ひさし》が愛らしい。オムライスやハンバーグが美味くて評判らしい。

雪乃が、ドアを開けた。カランと澄んだカウベルの音が響いた。

貞務が先に入る。雪乃が後に続く。背中越しに「お待たせしました。貞務支店長の到着です」と雪乃が言う。

店は貸し切りだ。フロアのテーブルが一か所にまとめられ、大きなテーブルにしつらえてある。そこにも入り口の庇と同じデザインのテーブルクロスが広げられている。テーブルの一番奥に、神崎進介の笑顔の写真が置かれ、その周りには美しい花々が飾られている。

テーブルには神崎の遺影に一番近いところに榊原、その傍には婚約者の美里が座っていた。銀行からは金田副支店長、桜田洋子がいる。当麻教授も駆けつけてきて、娘である美里の隣に座り、義理の息子になる予定の榊原を頼もしそうに見つめている。

勿論、勇次と藤堂もいる。

貞務は自分の名札が置かれた席に着いた。隣は金田だ。

雪乃が立ち上がった。彼女が司会を担っている。

「それでは全員揃いましたので、ただいまから故神崎進介さんのお別れの会を始めます。最初に神崎さんの冥福をお祈りし、黙禱《もくとう》を捧げたいと思います。座ったままで結構ですので、私の合図で黙禱をお願いします」雪乃が言った。

「黙禱」

全員が頭《こうべ》を垂れ、目を閉じた。

貞務は、神崎に黙禱を捧げながら、大村健一のことを想《おも》っていた。彼も哀れな男だった。行員に嫌悪されていたので、誰からもお別れの会の提案は出てこない。

葬儀は、家族のみでささやかに営まれたという。貞務は出席していない。家族葬は、感染症拡大の中での葬儀の常識となってしまったようだ。

勇次と藤堂が、父親の大村幸治から聴取したところによると、神崎を苛め、退職に導こうとしたのは幸治の指示だったという。大村は、理由も分からず幸治の指示に従順に従ったのだ。幼いころから、幸治の指示には絶対服従するように躾《しつ》けられていたらしい。

幸治は、元情報屋で、鯖江伸治との関係が深かった。

情報屋時代の人脈を通じ、うなばら不動産の影浦会長の秘書兼運転手に転じた。その際、幸治は「よかれと思って影浦会長に鯖江を紹介した」と言う。

今から思えば、鯖江が合併で混乱するうなばら銀行に食い込む計画に利用されたのかもしれないが……。

ある時、影浦と鈴野から、浜田山支店に勤務する神崎進介という行員を辞めさせろと命じられた。その際、神崎が久木原に出した手紙を見せられた。影浦は、「この男をそのままにしておくと鯖江との間に悶着《もんちゃく》が起きる。鯖江がこのJT－1に投資しているんだ。お前の息子が浜田山支店の支店長をしているというではないか。どんな手段を使ってもいい。この男を首にするんだ」と言った。幸治は、「健一が偶然、浜田山支店の支店長をしていたのが、不幸だった」と嘆いたという。影浦の命令に逆らえない幸治は、大村元支店長に「頭取の指示だ。上手くやれば出世できる」と嘘までついた。大村は、指示をそのまま素直に受け、神崎を苛めたというわけだ。

警察によるティー・バレイカンパニーの家宅捜索で、事務所の床からルミノール反応で大村の血痕が見つかった。大村が茶谷の事務所で殺されたことは分かったが、なんの目的でそこに行ったのかは、大村が亡くなった今となっては分からない。大村は何かよからぬことを企んでいたのかもしれないが、貞務としては、大村なりに神崎の死に責任を感じて、その真相を探ろうとしていたのだろうと思いたい。

桜田は、茶谷が逮捕されたことに驚き、ＪＴ－１投資から手を引いた。出資者である鯖江、そして影浦や鈴野とはどのように折り合いをつけたのかは不明だが、うなばら銀行の沢上専務に桜田ファンドの買取りを要請してきたという。

沢上からは、貞務に礼の電話があった。

光鷹製薬とうなばら銀行で進めようとしていたＪＴ－１への投資を諦めるよう、久木原が急に沢上へ指示してきた。なにか裏があると考えた沢上は、専務という立場を打ち捨てて、久木原のトラブルシューターとして行内で名前が通っている貞務に相談してきたのだ。

貞務は、沢上に「其《そ》の虚を衝《つ》けばなり」と孫子虚実篇《きょじつへん》の法則を教え、「久木原頭取のことは心配することはない。自分がなんとかする。自信をもって、敵の最も手薄で弱い部分である桜田を崩すように」と言ったのだ。

貞務の指示通りに動いた結果、沢上は桜田を取り込むことに成功した。桜田のファンドをうなばら銀行と光鷹製薬のファンドに吸収すると久木原に報告した際、久木原は疲れた顔で、「そうか……」とだけ言ったらしい。

その時、久木原の頭の中では影浦と鈴野をどうするかでいっぱいだったのだろう。優柔不断な久木原は、結論が出せず混乱の中で呻いていたのだ。沢上の報告など耳に入っていなかったかもしれない。

「ありがとうございました」

雪乃が言った。

貞務は目を開けた。

「それでは会の初めにあたりまして支店長から一言お願いします」

雪乃が貞務の方に手を差し伸べた。

貞務は立ち上がり、神崎の写真に頭を下げた。

そして榊原の方に向き直った。

「人の人生には二つの道があると思います」貞務はなんの原稿も用意していなかった。自然と言葉が口から出てきた。「自分のために生きる人生と人のために生きる人生です。神崎進介さんは後者を選びました。榊原聖仁さんのために生きることを選択したのです。彼はこの世では亡くなりましたが、榊原聖仁さんの守護神として永遠に生き続けています。こんな人生を選んだことを全く後悔していないでしょう……」

貞務の言葉がレストランに響く。突然、「ううっ」という嗚咽《おえつ》が貞務の耳に聞こえた。見ると榊原が両手で顔を覆い、テーブルに顔を伏せ、泣き崩れていた。その背に美里が優しく手を置いている。

「榊原聖仁、いや、俺にとっては山名明だ。おい、明。世のため、人のためになる薬を作るんだぞ。俺はいつもお前を見守っているからな」

貞務は神崎が憑依《ひょうい》したかのように親しげに呼びかけた。自分の言葉が自分のものでないような気になっていた。驚いたように目を瞠り、貞務を見つめる榊原の目からは涙が滂沱《ぼうだ》と溢れ、貞務に向かって何度も何度も頷く。それに応える貞務も涙が止まらない。

貞務は神崎の遺影に視線を向けた。神崎が笑顔のままで涙を流していた。

［参考ならびに引用文献］

『新訂　孫氏』金谷治訳注　岩波文庫
『老子　無知無欲のすすめ』金谷治著　講談社学術文庫
『孫氏の兵法』守屋洋著　産業能率大学出版部

初出　Webジェイ・ノベル二〇二〇年三月十七日～十二月二十二日配信

本作品はフィクションであり、登場する人物、団体、組織その他は実在のものと一切関係ありません。

（編集部）

実業之日本社文庫 え14

銀行《ぎんこう》支店長《してんちょう》、泣《な》く

2021年6月15日　初版第1刷発行

著　者　江上《えがみ》 剛《ごう》

発行者　岩野裕一
発行所　株式会社実業之日本社
〒107-0062　東京都港区南青山5-4-30
CoSTUME NATIONAL Aoyama Complex 2F
電話［編集］03(6809)0473［販売］03(6809)0495
ホームページ　https://www.j-n.co.jp/
DTP　ラッシュ
印刷所　大日本印刷株式会社
製本所　大日本印刷株式会社

フォーマットデザイン　鈴木正道（Suzuki Design）

ISBN978-4-408-55664-2（第二文芸）